AtV

TESSA KORBER, geboren in Grünstadt/Rheinland, studierte Germanistik, Geschichte und Kommunikationswissenschaft und promovierte 1997. Sie arbeitete in Verlagen, im Buchhandel sowie als Werbetexterin, bevor ihr mit dem ersten Roman »Die Karawanenkönigin« gleich ein Bestseller gelang. Sie ist Mitglied im *Syndikat* und im Autorenkreis *Quo Vadis* und lebt mit ihrer Familie in der Nähe von Erlangen. Im Aufbau Taschenbuch Verlag erschienen bisher die Jeannette Dürer Krimis »Toter Winkel« (AtV 1633), »Tiefe Schatten« (AtV 1811), »Falsche Engel« (AtV 1977) und »Triste Töne« (AtV 2027).

Eine junge Frau ist in ihrer Studentenwohnung brutal erschlagen worden. Einziges Indiz: Sie muß ihren Mörder gekannt haben, denn außer an der entstellten Leiche sind keine Spuren von Gewalt am Tatort zu finden. Ein erstes Verhör der Nachbarn bleibt erfolglos. Ihr aufgebrachter Exfreund aber kann seine Verbitterung über die vor kurzem gelöste Verlobung kaum verhehlen, und auch ihre Mutter hat ein kleines Geheimnis, denn sie gesteht, die Wohnung der Tochter in deren Abwesenheit für Treffen mit fremden Männern genutzt zu haben, mit denen sie sich über das Internet verabredete. Jeannettes Kollege Martin Knauer stürzt sich in die Chatrooms des World Wide Web, um als vermeintliches Vollweib den Köder zu geben. Doch erst als Jeannette einer Freundin in Weißenburg beim Umzug hilft, findet sie eine heiße Spur: eine Kontaktanzeige mit dem Gesicht ihres Mordopfers. Hatte das Mädchen wirklich bei einer Partnervermittlung inseriert?

Tessa Korber

Kalte Herzen

Ein Jeannette Dürer Krimi

Aufbau Taschenbuch Verlag

ISBN 3-7466-2107-0

2. Auflage 2005

Einbandgestaltung Mediabureau Di Stefano, Berlin
unter Verwendung eines Fotos von Michael S. Yamashita, Corbis
Druck GGP Media GmbH, Pößneck
Printed in Germany

www.aufbau-taschenbuch.de

Aus allen Dschungelnischen: Seufzer, Schreie.
Er hebt den Fetisch. Dir entfällt das Wort.
Die süßen Hölzer rühren dunkle Trommeln.
Du blickst gebannt auf deinen Todesort.

Ingeborg Bachmann »Liebe: Dunkler Erdteil«

Gutsituierter Unternehmer, 52, 1,82, Nichtraucher,
sucht sehr hübsche junge Sie zum Verwöhnen.

Kontaktanzeige

Wohl um den Umstand wissend, daß die Art Frau, von der ich mir wünschte,
daß sie auf diese armselige kleine Kontaktanzeige antwortete,
dies a priori nicht tut,
harre ich doch in naivem Optimismus der Antworten,
die da ausbleiben werden.

Kontaktanzeige

1

»Partnervermittlung Dürer, guten Tag?« Jeannette klemmte sich das Handy zwischen Schulter und Kinn und schaltete einen Gang hinunter.

»Oh, Entschuldigung«, sagte sie, als sie die Stimme der Sekretärin ihres Chefs Paumgartner erkannte, und sie lachte leise. »Ich dachte, es wäre eine Freundin.« Vorsichtig lenkte sie durch den lebhaften Verkehr auf dem Plärrer. Zu ihrer Linken glitt die Stadtmauer vorbei. »Nein, ich bin nicht deshalb nicht beim Gerichtstermin, weil ich eine neue berufliche Zukunft anstrebe.« Sie setzte den Blinker und bog ab in Richtung Germanisches Nationalmuseum. »Zametzer vertritt mich, weil wir übereingekommen sind, daß meine umwerfend blonde Mädchenschönheit nicht den prozeßnotwendigen Eindruck polizeilicher Kompetenz vermittelt.« Sie ließ der Sekretärin Zeit, den Satz zu entschlüsseln, während sie sich einordnete, um in die enge Gasse einzubiegen, die zum Parkhaus unter dem Maximum führte.

»Übereingekommen, ha!« kam ein trockenes Bellen aus dem Handy. Den folgenden Kommentar quittierte Jeannette mit einem stummen Lächeln. »Na, dann haben Sie eben Glück«, kam die Sekretärin rasch zurück zum Geschäftlichen, »und dürfen sich statt dessen um eine Leiche kümmern, die in der Brosamer Straße gefunden wurde.« Sie beschrieb die Lage der Wohnung. »Das ist gleich bei dem Kino«, ergänzte sie.

»Casablanca.« Jeannette nickte. Sie fuhr an der Einfahrt zur Tiefgarage vorbei und bog rechts ab.

»Dachte mir doch, daß Sie das wissen.«

Jeannette verabschiedete sich mit einem Seufzer. Da war das Tor zur Straße der Menschenrechte, dort die Sushi-Bar, in der sie ihre heiße Wut über Zametzers diskriminierendes Verhalten mit ein paar Reisröllchen hatte abkühlen wollen. Am meisten ärgerte sie, daß sie ihn damit hatte durchkommen lassen. Daß sie resigniert hatte, teils weil sie ohnehin nicht gerne vor Gericht auftrat, teils weil sie gemerkt hatte, daß Paumgartner geneigt war, Zametzer zuzustimmen, nachdem sie das letztemal mit dem Richter aneinandergeraten war. Sie habe seinen Gerichtshof als ironiefreie Zone zu betrachten! Jeannette schnaubte noch bei der Erinnerung an die Zurechtweisung. Nur weil sie zu bedenken gegeben hatte, daß es sich bei der Art, wie ihre Ermittlungsergebnisse aufgenommen wurden, vielleicht eher um Wahrheitsneuerfindung statt um Wahrheitsfindung gehandelt hätte. Heftig schüttelte sie den Kopf mit dem blonden Zopf. Sie hätten nicht nachgeben dürfen. Und das würde sie Paumgartner auch noch einmal in einem Gespräch unter vier Augen zu verstehen geben.

Das Handy klingelte erneut, als sie sich mit wachsendem Ärger durch den dichten Verkehr wühlte.

»Ja!« schnappte sie knapp.

»Jeannette?« So perfekt französisch und perfekt vorwurfsvoll betonte nur eine ihren Namen. Jeannette spürte ihre Wut abrupt zu einem Resignationswölkchen zusammenpuffen. »Ja, Mutter?«

»Meldest du dich immer so unhöflich, wenn du im Dienst bist?« fragte die tadelnde Stimme in leicht beleidigtem Ton.

»Um was geht es, Mutter?« Verdammt, daß sie sich auch nie merken konnte, welche Straße zum Kopernikusplatz führte. Immer bog sie entweder eine zu früh oder eine zu spät ab.

Frau Dürer beschloß, den ersten Anklagepunkt kommentarlos fallenzulassen. »Es geht um deine Schwester«, erklärte sie.

»Du meinst jene nun bald vierzigjährige, berufstätige Frau, die mit ihren drei Kindern ihr eigenes Leben lebt und es bestens im Griff hat?« fragte Jeannette routinemäßig zurück. Diesmal war sie zu früh abgebogen.

Ihre Mutter hielt sich nicht einmal mit einem Seufzer auf. »Sie trifft sich mit einem Mann.« Ihre Stimme fiel in Grabestiefen.

»Wäre es dir lieber, sie träfe eine Frau?« Jeannette grinste. Sie wußte sehr gut, wie ungern ihre Mutter es sah, daß Tanja ins Haus ihres Kollegen Martin Knauer und seines Lebensgefährten Joseph gezogen war. Selbst wenn sie laut nicht einmal mehr den Einwand wagte, es könnte einen schlechten Einfluß auf die Kinder haben. Auch jetzt quittierte sie Jeannettes Provokation lediglich mit einem Schnauben.

»Wir kennen diesen Menschen doch gar nicht«, erwiderte sie statt dessen nur. »Es ist ein völlig wildfremder Mann. Und deine Schwester hat ihn noch mit keinem Ton erwähnt.«

Jeannette seufzte. Dazu gäbe es dermaßen viel zu sagen, daß sie gar nicht wußte, wo sie anfangen sollte. »Mama«, setzte sie schließlich an.

Aber Frau Dürer kam ihr zuvor. Sie ließ sich lange über das Unglück in der Liebe ihrer älteren Tochter, über ihre Scheidung und ihre ausgesprochen unglückliche Hand bei der Wahl ihrer Männer aus. Jeannette verkniff es sich einzuwerfen, daß zumindest die Heirat damals Tanja von den Eltern mehr oder weniger aufgezwungen worden war. Davor hatte es ihres Wissens keinen anderen Mann gegeben, danach nur einen. Falls der einen Nachfolger gefunden haben sollte, durfte sie Tanja dazu nur gratulieren und ihrer Mutter raten, sich endlich aus dem Leben ihrer Töchter herauszuhalten. Aber sie konnte nicht gleichzeitig streiten und sich durch die engen Wohnstraßen zwängen.

»Du bist doch bei der Polizei«, schloß ihre Mutter schließlich den Vortrag.

Jeannette schnaubte. »Soll ich dir eines von unseren Plakaten mitbringen? Steigt nicht zu fremden Männern ins Auto? Die Kollegen von der Sitte haben da noch ein paar aus ihrer Kindergarten-Aktion.« Sie bemühte sich, möglichst spöttisch zu klingen.

»Nein, ich meine …« Frau Dürer kam erstmals ein wenig ins Stocken. »Ihr habt doch diese Computer im Büro«, begann sie schließlich. »Könntest du da nicht nachschauen, ob irgend etwas gegen ihn vorliegt. Nur damit man ruhiger wäre.«

»Nein, Mama.« Es sollte abschließend klingen. Sicher würde sie sich nicht noch einmal so weit vergessen, daß sie ihrer Schwester hinterherspionierte. Der Reinfall mit Tanjas letztem Liebhaber hatte ihr genügt. Sie hatte ihn für einen Serienkiller gehalten, dabei waren ein bißchen Haschkonsum und ein wenig Promiskuität alles, was man ihm vorwerfen konnte. Über beides war Tanja informiert gewesen. Und vom Eifer ihrer kleinen Schwester überhaupt nicht erbaut. Heftig schüttelte Jeannette den Kopf. »Das ist illegal.«

»Aber wenn wir wenigstens wüßten, ob er vorbestraft ist …«

Jeannette nahm das Handy vom Ohr und lockerte ihre vom Telefonieren steif gewordene Schulter. Sie sah jetzt die Fassade des Kinos vor sich. Trotz des fortgeschrittenen Herbstes saßen ein paar Leute an Bistrotischen davor und musterten interessiert die Schutzpolizisten, die sich an einem Hauseingang schräg gegenüber zu schaffen machten. Die Stimme ihrer Mutter klang nur noch als undeutliches Hintergrundrauschen aus dem Gerät. »… allein du bist schuld …«, hörte sie es undeutlich. Entschlossen hob sie es erneut ans Ohr. »Mama?« sprach sie noch einmal hinein und fügte brutal hinzu: »Ich muß jetzt in eine Wohnung, in der ein Mädchen mit eingeschlagenem Schädel liegt.«

Frau Dürer legte auf.

Jeannette parkte ihren Wagen, begrüßte die Kollegen, die ihr mitteilten, daß Martin Knauer bereits oben auf sie wartete, und wandte sich, ehe sie hineinging, noch einmal kurz um, um das Kino gegenüber zu betrachten. Wie oft war sie hier als Jugendliche gewesen. Ihre Familie hatte damals eine Weile in der Südstadt gewohnt, und der Besuch des Casablanca zählte zu ihren ersten Kinoerlebnissen überhaupt, zu den ersten selbständigen Ausgeh-Abenden, mit Taschengeld im Portemonnaie, dem Hausschlüssel um den Hals, der sorgsam eingebleuten Heimkehrzeit und dem noch sorgsamer ausgewählten T-Shirt zur engen Jeans, von dem man mit klopfendem Herzen hoffte, daß es ausreichend cool war. So cool, als zöge man jeden Abend los und kenne sich hier bestens aus. So cool, daß es zu den schwarzen Wänden paßte, die Jeannettes Mädchenpuls jedesmal in die Höhe getrieben hatten, signalisierten sie doch, daß sie hier einen Raum betrat, der vom bürgerlichen Pastell ihres Zuhauses so radikal verschieden war wie nur irgend vorstellbar und in dem eben deswegen das Unmögliche möglich schien. Es war dieses Kinoschwarz, das langsam abgefärbt hatte auf all ihre Klamotten, ihren Kajal, ihre Fingernägel und ihre Accessoires, um auf diese Weise den Ablösungsprozeß von zu Hause einzuläuten. Als ihre Mutter sagte, sie liefe rum wie zu ihrer eigenen Beerdigung, war Jeannette tief zufrieden gewesen.

Dasselbe Lächeln umspielte jetzt wieder ihre Züge, als sie das alte Kino betrachtete. Vielleicht, überlegte sie, wäre es gar keine so üble Idee, die Wände ihrer kahlen Wohnung schwarz zu streichen. Sie hatte sich vor einigen Monaten des WG-Gerümpels in ihrer Altbauwohnung entledigt, bereit, einen neuen Anfang zu machen und endlich erwachsen zu werden. Aber ihr adoleszenter Schwung war seither ein wenig erlahmt. Genaugenommen war es jetzt, wenn sie so darüber nachdachte, schon über ein Jahr her, daß sie ihre Wohnung ausgemistet und gestrichen hatte. Und noch immer starrte sie auf makellos gekalkte Wände und eine Leere, die jedem Zen-Kloster Ehre gemacht hätte. Wenn man von den Zonen absah, die Regine nach ihrem Einzug mit Beschlag belegt hatte.

Jeannette seufzte. Statt den geplanten Schritt in ein neues Leben zu tun, war sie um einen zurückgetreten und hatte ihre alte Studenten-Wohngemeinschaft mit ihrer Freundin Regine neu belebt. Warum dann also nicht weiter regredieren in pubertäres Schwarz? Ob Regine fände, daß es gut zu ihrem pinkfarbenen Ledersofa passe?

Über ihr ging quietschend ein Fenster auf. »Jeannette?« klang es fragend. »Kommst du endlich?« Es war Martin Knauer, der bereits nach ihr Ausschau gehalten hatte. Die Arbeit rief.

Sie antwortete nicht und wandte sich von dem Kino ab, dessen Fassadenfarbe stark abblätterte und die Gesichter der Filmidole von einst verblassen ließ. Der Zauber hatte nachgelassen. Und welche Farbe sie auch immer für ihr Refugium wählte, nichts trüge sie hinaus aus dieser Welt, in der ihr Alltag stattfand. Und soweit sie sich erinnern konnte, war in den schwarzen Räumen mit den Spiegeln und glitzernden Flaschen hinter der Bar, mit den Rauchschwaden, die durch das Scheinwerferlicht waberten, und den fremden Körpern, die sich dicht an dicht murmelnd zwischen den Barhockern drängten, auch nie etwas geschehen. Etwas Aufregendes, Unglaubliches, alles Veränderndes. Irgend etwas. Kein Kontakt zwischen ihrem hoffnungsvoll klopfenden Herzen drinnen und der Welt draußen. Aber das Schwarz hatte das verhüllt.

2

Jeannette erkannte ihr Ziel auf den ersten Blick, die einzige der drei Wohnungstüren auf diesem Stockwerk, die offenstand. Ohne Flur oder Garderobe, führte sie direkt in ein vollgestopftes Wohnzimmer. Ikearegale an den Wänden ringsum, dicht bepackt mit Büchern, dazwischen waren Kunstpostkarten aufgestellt, standen buntbeklebte Kartons mit Krimskrams, getrocknete Blumen, Fotografien, die Miniaturausgabe einer Nana von Niki de Saint Phalle, ein nicht zu Ende geschnitzter Speckstein, der undeutlich einen Frauentorso zeigte.

Die metallisch-silbern schimmernden Kissen auf dem Schlafsofa sahen selbstgenäht aus, der Brokat wie ein Erbstück, ein Vorhang aus Großmutters Zeiten, originell verarbeitet. Ein ähnlich prunkvolles Stück Stoff war über das wacklige Rattantischchen geworfen, das als Eßtisch diente, und verlieh dieser Ecke einen Hauch von Harem. In der Küchenecke standen ebenfalls Ikearegale, verhängt mit leuchtend pinkfarbenem Tüll, um die Töpfe mehr zu verfremden als zu verbergen. Daran festgeklipst Moosgummiblumen und Stoffbienen.

Raffaels Engel blickten von Postkarten an den Wänden, neben ausgeschnittenen Bildern von Designermöbeln, einem alten Stich vom Forum Romanum, einer Porträtaufnahme Hannah Arendts und privaten Schnappschüssen. Ein großer vergoldeter Bilderrahmen beinhaltete nichts als ein ausgeschnittenes Zitat Gertrude Steins. Jeannette trat näher an einen Schrank, an dem ein Kärtchen mit Text klebte, ein Ingeborg-Bachmann-Gedicht. Traurig schaute sie sich in dem bunten Sammelsurium um, das Kunst und Kitsch so fröhlich mischte. Sie kannte das, oh, sie kannte es.

Sorgfältig stakste sie um die Leiche herum, die in der Mitte des Raumes hinter dem umgefallenen Couchtisch lag, um näher an die Regale heranzutreten. Langsam ging sie die Buchrücken entlang, glitt mit den Fingern darüber, nickte bei jedem bekannten Namen. Einen Titel zog sie heraus. Sie schlug den gesuchten Text auf und fand ihn. Jochen Böhm, ein Kollege von der Spurensicherung, der ihren Bewegungen aufmerksam gefolgt war, trat hinter sie. Jeannette drehte sich um und drückte ihm das zerlesene Taschenbuch vor die Brust. »Liebe: Dunkler Erdteil«, sagte sie, »ein tolles Gedicht. Solltest du mal lesen.«

Er schüttelte nur den Kopf, verdrehte die Augen und stellte den Band hinter ihrem Rücken wieder an seinen Platz.

Martin Knauer stand noch immer an dem Fenster, von dem aus er so dringend nach ihr gerufen hatte. Er war in die Knie gegangen, um seinem Gegenüber, das ruhig blinzelnd dasaß, eindringlich ins Gesicht zu sehen. Jeannette stellte sich neben ihn. »Wir haben einen Zeugen?« fragte sie und legte den Kopf schief.

Jochen Böhm, der wieder die Regalbretter einpinselte, stieß ein rauhes Lachen aus. »Der kriegt das Maul nicht auf«, rief er zu ihnen hinüber.

Der andere wandte ob der Beleidigung nur den Kopf ab.

Jeannette konnte nicht umhin, sein Phlegma zu bewundern. Es war schwer einzuschätzen, was sich dahinter verbarg: Gleichgültigkeit, Arroganz, Dummheit? Verstand er überhaupt, was sie redeten? War er sich ihrer Aufmerksamkeit bewußt? Oder lebte er in gänzlich anderen Welten?

»Ich hatte schon Junkies auf dem Revier, die lebhafter waren«, kommentierte Martin.

Neugierig schob sie ihr Gesicht näher an seines heran. Seine Augen waren so leuchtend grün, daß es fast aussah, als wären sie aus dem raschelnden Grasimitat ausgeschnitten, mit dem der Sessel bezogen war, in dem er sich ungeniert fläzte. Sie schimmerten fast unwirklich aus einem Gesicht, dessen Form durch eine Narbe brutal entstellt wurde. Sie ließ die gesamte linke Hälfte schief aussehen, zog alle Linien herab und verhinderte auch, daß das linke Auge sich ganz schloß, weswegen es von einem rot entzündeten Rand umgeben war, der seltsam mit dem Grün kontrastierte. Auch einem Ohr fehlten Teile und zeugten von einem Leben voller Gewalttätigkeit, das gar nicht zu der heiteren Kulisse des Zimmers paßte, in dem er sich installiert hatte. Plötzlich erwiderte er ihren Blick ganz intensiv. Dann griente er wieder gleichgültig und entblößte dabei obszön leere, rosafarbene Kiefer. Jeannette zuckte angeekelt zurück.

»Er stinkt aus dem Mund«, stellte sie ernüchtert fest und erhob sich wieder.

»Na, wir wollen doch nicht beleidigend werden«, meinte Martin und hob die Hand, um dem Kater das tizianrote Fell zu kraulen. Der schien diese Solidarität nicht zu schätzen, sondern schlug mit ausgefahrenen Krallen nach ihm. Mit einem protestierenden Maunzen entrollte er seinen massigen Körper, sprang vom Sessel und strich einmal um Jeannettes Beine, ehe er hinkend in der Küche hinter dem Tüllvorhang verschwand, wo er sich zwischen den Pfannen zusammenrollte, um ihr Treiben weiter zu beobachten.

»Farbempfinden hat er auch keines«, meinte Jeannette, die den buschigen roten Schwanz betrachtete, der unter der brennend pinkfarbenen Gaze hervorragte.

»Er hat dir auf die Schuhe gesabbert.« Dieser Kommentar Martins schloß das Kapitel Kater vorerst ab.

Während Jeannette sich mit einem Papiertaschentuch die Turnschuhe reinigte, erklärte er ihr, was sich über das Geschehen bereits sagen ließ.

»Sie muß den Täter gekannt oder zumindest freiwillig hereingelassen haben«, erläuterte er.

Jeannette wischte ein letztes Mal, knüllte das Papier zusammen und schaute sich nach einem Mülleimer um. »Ist mir beim Hereinkommen schon aufgefallen«, bestätigte sie. »Die Tür war unbeschädigt, sagen die Kollegen.« Sie wies mit der Hand auf den Raum. »Und nach einem Kampf sieht es hier auch nicht aus.«

Martin nickte. »All die kitschigen Nippes stehen noch an ihrem Platz.«

Jeannette schüttelte den Kopf. »Das ist kein Kitsch«, erklärte sie. »Das ist Vorsatz. Eine Inszenierung, die in ironischer Absicht Hoch- und Massenkultur vermengt. Glaub es mir, ich habe auch jahrelang in so etwas gewohnt.« Sie schaute sich um und hielt inne. »Der Tisch ist umgefallen, als sie stürzte, oder?«

Martin nickte bestätigend. »Es ist das einzige Möbelstück, das verrückt worden zu sein scheint.«

»Abgesehen von dem hier«, rief Jochen Böhm in diesem Moment. Er winkte ihnen, und sie folgten seiner Aufforderung hin zum Regal auf der Küchenseite des Raumes, wo auf einem Brett neben einer selbstgezeichnet aussehenden Skizze irgendeiner Landschaft, der Miniatur-Reproduktion der Venus von Milo, einer Paperback-Ausgabe des Grimmschen Wörterbuches und einem Glas mit Haargummis ein mit venezianischem Papier bezogener Bilderrahmen lehnte. Das Glas war zersplittert und fehlte größtenteils, das Foto, das einmal darin gesteckt hatte, war so brutal herausgerissen worden, daß nur die zerfetzten Ecken im Rahmen zurückgeblieben waren. Jeannette und Martin neigten sich vor, um einen Fetzen in Augenschein zu nehmen, auf dessen Rückseite offensichtlich noch die digitale Anzeige eines Datums zu sehen war, wie sie auf manchen Fotos mit abgedruckt wird. Sie konnten eine Vier und eine Null entziffern, der Rest fehlte.

»Dreizehn mal achtzehn, seidenmatt«, kommentierte Jochen

Böhm. »Standardformat.« Was allerdings einmal darauf zu sehen war, das konnte man nur ahnen.

»Bei dem Krempel hier könnte es alles mögliche gewesen sein«, meinte Martin und zuckte mit den Schultern. »Ein Porträt genauso wie irgendein Blödsinn.«

Jochen Böhm nickte und wies mit dem Kinn in die entgegengesetzte Ecke des Zimmers. »Da drüben sind lauter Aufnahmen von kaputten Statuen unter einem Wellblechdach.« Er schüttelte den Kopf.

»Aber warum sollte jemand Statuenfotos klauen?« Nein, Jeannette war ziemlich sicher, daß sich in dem Rahmen ein privateres Bild befunden hatte, die Aufnahme eines Menschen, der der Bewohnerin nahegestanden hatte, vielleicht sogar ihr eigenes Konterfei. Es ließ sich wohl nicht länger umgehen: Sie hatte sich lange genug von der Wohnung ablenken lassen. Sie mußte die Leiche selber in Augenschein nehmen, auch wenn sie das Gefühl hatte, sie schon sehr gut zu kennen.

»Können wir die Abdeckung zurückschlagen, Jochen?«

Als ihr Kollege nickte, kauerte sie sich mit Martin zusammen neben den Kopf. Oder neben das, was davon übrig war.

Martin zeichnete mit dem Finger Linien in die Luft. »Der erste Schlag muß sie von schräg vorne getroffen haben, siehst du, hier. Und hier. Ich schätze, so wie der Schädel aussieht, war der schon tödlich. Dann wurde noch ein paarmal auf sie eingedroschen, als sie lag. Das hat schließlich die Nase, das Jochbein und den Kiefer zerstört.

Jeannette betrachtete das deformierte Gesicht, von dem schwärzlich geronnene Klumpen auf den Teppich geflossen waren. Es war kaum noch als solches zu erkennen.

»Woher weißt du, daß schon der erste Schlag sie getötet hat?« fragte sie und fuhr die Bruchkante in der Luft vorsichtig nach, aber sie kannte die Antwort schon. Hätte er es nicht, wären die Spuren dieser Metzelei in der gesamten Wohnung zu sehen. Das Mädchen wäre herumgetaumelt, sie hätten Blut und Chaos überall gefunden. Aber sogar der Teppich war, abgesehen vom unmittelbaren Umfeld der Leiche, makellos.

Martin bestätigte es ihr. »Außerdem sehen die späteren Schläge aus wie von oben geführt, siehst du?« Er demonstrierte es mit einer unsichtbaren Waffe. Das brachte Jeannette auf ihre nächste Frage, die nach der Tatwaffe.

»Nichts.« Martin zuckte mit den Schultern. »Zweifelsohne groß, schwer, etwas Metallenes, würde ich schätzen, so was wie ein Wagenheber. Aber keine Spur davon in der Wohnung oder Anzeichen dafür, daß hier so etwas fehlt.«

»Wir werden abwarten müssen, was der Gerichtsmediziner sagt.« Jeannette stand auf. Sie ließ ihre Fingergelenke knacken und warf einen letzten Blick hinunter auf das tote Mädchen. Hier und da war ihr halblanges schwarzes Haar noch unberührt von der Verwüstung. Und das war der traurigste Anblick. Sie seufzte. Unmöglich zu sagen, wie die Kleine einmal ausgesehen hatte. Eben wollte sie wieder die Plane über Julia Steinerts Körper ziehen, als sie Stimmen aus dem Treppenhaus hörte, die lauter wurden.

»Julia! Julia! Lassen Sie mich vorbei!«

Mit wenigen Schritten war sie an der Tür, wo Jochen eben mit ausgebreiteten Armen einen Mann daran zu hindern suchte, die Wohnung zu betreten.

3

»Bitte seien Sie doch vernünftig«, hörte sie ihren Kollegen sagen und dazu die laute, befehlsgewohnte Stimme des anderen:

»Ich bin Anwalt, hören Sie, und Sie haben keinerlei Recht … Wo ist meine Tochter?«

»Deck alles zu«, rief Jeannette noch über ihre Schulter zu Martin, dann tauchte sie mit einer fließenden Bewegung unter Jochen Böhms Arm hindurch und schob sich zwischen die beiden streitenden Männer, was den Neuankömmling dazu brachte, verblüfft einen Schritt zurückzutreten.

»Tür zu«, zischte Jeannette gedämpft. Vor ihr im Treppenhaus standen zwei verdatterte Menschen. Der Mann trug über dem Anzug einen legeren Trenchcoat und auf dem Kopf seltsamerweise eine jener enganliegenden Lederkappen mit Kinnriemen, wie sie Rennfahrer in der Frühzeit des Automobils zu tragen pflegten. Er war etwa um die Fünfzig, schätzte sie, durchtrainiert und gebräunt und gewohnt, eine Krawatte zu tragen. Von der Frau hinter ihm war nicht viel zu erkennen. Sie stand noch auf der letzten Treppenstufe und trug neben einer großen Sonnenbrille ein Kopftuch, das unterm Kinn gekreuzt und um den Hals nach hinten gebunden war, wie man es in den Filmen der Loren aus den Sechzigern sehen konnte. In ihren Händen hielt sie so etwas wie einen Plastik-Wäschekorb, der bis zum Rand mit Lebensmitteln gefüllt schien. Es war ein unwahrscheinliches, absurdes Bild, das die beiden boten.

»Herr Steinert?« fragte Jeannette sanft den Mann, in dessen Gesicht noch die Erregung der Auseinandersetzung stand. Die Mimik der Frau war nicht zu erkennen.

»Herr Doktor Steinert«, korrigierte er sie. »Ich bin Anwalt, wie gesagt, und Sie haben keinerlei Recht, mich am Betreten der Wohnung meiner Tochter zu hindern.« Er hielt atemlos inne, aus dem Konzept gebracht vom Anblick der jungen Frau, die mit hängenden Armen dastand und keine Miene machte, sich ihm zu widersetzen. Jeannette sah, wie die Wut von ihm wich und langsam das Begreifen in seine Züge kroch. Sie verstand, daß er sich liebend gerne weiter an seiner Empörung festgeklammert hätte.

»Herr Doktor Steinert«, sagte sie leise. »Es tut mir sehr leid.«

Von der Gestalt hinter ihm kam ein Laut. Aber durch das Fenster am Treppenabsatz schien in diesem Moment die Herbstsonne voll herein. Sie ließ die feinen Nadeln der Aspidistra, die auf einem Hocker davor stand, grün aufleuchten und die Frau nur als dunkle Silhouette erkennbar werden.

»Hat sie …«, er suchte sichtlich nach einer Formulierung, die das Unfaßbare irgendwie begreifbar machte, ohne den schmerzlichen Kern zu sehr zu berühren, »… einen Unfall gehabt?«

Jeannette schüttelte den Kopf.

Herr Steinert fuhr auf. »Sie würde sich nie etwas antun, niemals!« Seine Stimme hallte im Treppenhaus wider.

Rasch trat die junge Kommissarin vor und legte ihm eine Hand auf den Arm. »Sie ist ermordet worden«, sagte sie leise, aber bestimmt und wiederholte: »Es tut mir leid.«

Steinerts Frau legte die Hand vor den Mund.

»Das kann nicht sein.« Er schüttelte den Kopf, wiederholte immer wieder flüsternd: »Das kann nicht sein, das kann nicht sein.«

»Die Situation läßt leider keinen anderen Schluß zu. Deshalb muß ich Sie auch bitten, jetzt mit mir den Tatort zu verlassen.« Jeannette ging mit ausgebreiteten Armen auf die beiden zu, um sie mit sich die Treppe hinunter zu nehmen. Je eher sie aus diesem Hausflur kamen, desto besser.

Steinerts Kopf fuhr hoch. »Hat man sie vergewaltigt?« brüllte er.

»Robert«, sagte seine Frau. Sonst nichts.

In der nachfolgenden Stille klappte unten eine Tür, Schritte klapperten die Treppe hinab, jemand pfiff vor sich hin, Laute aus einem unangetasteten Alltag wie aus einer anderen, für die oben Versammelten unrettbar verlorenen Welt.

Steinert griff sich an den Kopf und riß die Lederkappe herunter, als hätte er mit einemmal begriffen, was für ein seltsames Schauspiel sie alle zusammen hier in diesem Treppenhaus boten, er, seine Frau, ihre Nostalgie-Maskerade und der Tod. Wirr und verschwitzt stand sein ergrautes Bürstenhaar von den Schläfen.

Jeannette schaute sich um. Hier konnten sie nicht bleiben. Sie verfluchte im stillen die Wohnung in ihrem Rücken, die keinen Flur besaß. Selbst um in das Schlafzimmer zu gelangen, mußte man durch den Wohn-Eßraum gehen, in dem unübersehbar Julia lag, ein Anblick, dem sie die Eltern nicht ohne Vorbereitung aussetzen konnte. Aber weder die Treppe noch die Straße waren geeignete Orte, um die Unterhaltung zu eröffnen, die unweigerlich geführt werden mußte. Sie erwog, die beiden von einem Beamten nach Hause begleiten zu lassen, um sie später dort aufzusuchen. Es wäre zweifellos das schonendste gewesen. Da öffnete sich die Tür links neben der Wohnung des Opfers.

Ein Mann trat heraus. Mit dem Rücken zu ihnen war er damit beschäftigt, seine Tür abzuschließen. Als er sich umwandte und die stille Gruppe endlich bemerkte, erschrak er kurz. Sein peinlich berührtes Erröten, als er das Ehepaar Steinert sah, zeigte Jeannette, daß er die Eltern seiner Nachbarin kannte. Er neigte leicht den Kopf, schluckte dann und spielte mit seinem Schlüssel. Offensichtlich suchte er nach den richtigen Worten. Jeannette warf einen Blick auf das Schild neben seiner Klingel.

»Herr Galster?« fragte sie.

Er nickte erleichtert, daß das Schweigen gebrochen war, und wandte sich an Jeannette. »Ich weiß es schon«, sagte er rasch. »Ihre Kollegen … Und ich dachte, ich gehe aus. Man ist ja nicht gern ... So Wand an Wand.« Nun, da er endlich seine Sprache wiedergefunden hatte, machte er auch einen Schritt auf die noch immer steif dastehenden Steinerts zu. »Es tut mir unendlich leid«, setzte er an.

Die Frau sah zu Boden. Herr Steinert machte eine abwehrende Geste mit der Hand, in der er seine Rennfahrerkappe hielt. Der Kinngurt klapperte unangemessen laut mit der Spange gegen das Treppengeländer. Hilfesuchend wandte Galster sich wieder an Jeannette. »Wenn ich irgend etwas tun kann.«

Jeannette gab sich einen Ruck. »Das können Sie tatsächlich«, erklärte sie. »Könnten wir wohl für einen Moment in Ihre Wohnung?« Sie nickte leicht in Richtung der Eltern, und zu ihrer stillen Freude nickte Galster. Offenbar hatte er verstanden, worum es ihr ging.

»Selbstverständlich«, erklärte er und räusperte sich. Freundlich und verbindlich lud er sie dann ein, durch die Tür zu treten, die er ohne Umstände wieder öffnete. Er nahm sogar Frau Steinert den Wäschekorb ab, als sie über die Schwelle trat. Sie ließ ihn nur sehr zögerlich los, als wüßte sie nicht recht, was ihre Rolle sein sollte in diesem Stück, wenn sie sich von ihm trennte.

»Nehmen Sie doch Platz«, bot Galster an.

Das Ehepaar Steinert suchte sich zwei fern voneinander stehende Sessel aus, die um einen gläsernen Couchtisch gruppiert waren. Jeannette entschied sich für ein Zweiersofa, das unter einem Paar Radierungen von Bruno Bruni hing. Alles hier war in Beige und Messing eingerichtet, hell, pastellfarben, ein wenig altmodisch. Neben der Sitzgruppe dominierte ein modern aussehender Schreibtisch mit Laptop und Halogentischlampe, der ihr gegenüber am Fenster stand.

»Ich wollte ihr nämlich noch ein paar Sachen bringen.« Es waren die ersten Worte, die Frau Steinert sagte. »Sie wissen ja, die Kinder essen nicht immer ordentlich.« Sie verstummte, sei es aus Verlegenheit darüber, daß die Kommissarin, an die sie sich gewandt hatte, sich etwa im selben Alter befand wie die Kinder, von denen sie sprach, sei es, daß sie sich langsam darüber klar wurde, daß ihre Tochter die mitgebrachten Nahrungsmittel nie wieder in ihren Kühlschrank mit den aufgeklebten Postkarten einsortieren würde.

Jeannettes Blick ruhte eine Weile auf aufgeschichteten Tiefkühlschachteln, deren Pappe langsam weich wurde, auf Tupper-Dosen, Einmachgläsern und den majestätischen Blättern einer Ananas, die das Sammelsurium überragten.

Herr Steinert schnaubte. »Es sind die Reste aus unserem Kühlschrank«, erklärte er in einem Ton, als habe er etwas richtigzustellen. Es klang, als wollte er die Fürsorge seiner Frau ins rechte, realistischere, Licht rücken. »Wir wollten gerade verreisen.« Er warf sich in seinen Sessel zurück, als habe ihn etwas verärgert.

»Und da wollte mein Mann ihr die Schlüssel zu meinem kleinen Mercedes vorbeibringen«, ergänzte seine Frau. »Obwohl sie ja diese Bahncard hat.«

»Sie geht jedenfalls besser mit dem Auto um als du.«

Frau Steinert schwieg. Jeannette schaute von einem zum anderen. Herr Galster, der immer noch stand, nickte Jeannette zu und wies mit der Hand in Richtung der Küche, die in seinem Heim, einer Eckwohnung, ein eigenständiger Raum war. »Ich gehe dann mal Kaffee machen«, flüsterte er vernehmlich. »Wenn Sie irgend etwas brauchen …« Jeannette dankte ihm mit einem zerstreuten Lächeln.

Herr Steinert fuhr sich durch die silbergraue Igelfrisur. »Ich wollte ihr zu Weihnachten einen Sportwagen schenken«, fuhr er unmotiviert fort.

Frau Steinert lächelte Jeannette müde an. »In solchen Dingen ist mein Mann immer sehr großzügig.«

Jeannette wußte nicht recht, was ihr an der Antwort mißfiel, aber Herr Steinert schien es zu wissen, denn er runzelte die noch immer schwarzen, üppigen Brauen und warf sich erneut unbehaglich in seinem Sessel zurück. »Man sollte annehmen, daß du dich noch nie zu beklagen hattest«, gab er scharf zurück. »Ich«, er betonte dieses ich, »wollte sie ja auch in den Urlaub mitnehmen.« Und zum ersten Mal schlug er die Hände vors Gesicht.

Seine Frau lächelte bitter. »Als ob sie sich dafür interessiert hätte, ihre Ferien mit uns alten Leuten in einem Golfhotel zu verbringen.« Sie wandte sich an Jeannette. »Meine Tochter war eine so lebenslustige junge Frau.«

Steinert schnaubte hinter seinen Händen.

»Es tut mir leid«, sagte Jeannette, »daß Sie den Leichnam Ihrer Tochter vorerst nicht sehen können.« Schlagartig wurde alles wieder still. Irgendwo tickte eine Uhr. Jeannette konnte förmlich hören, wie die Eltern über den Sinn des Gesagten nachdachten, ihn abklopften, erwogen, hilflos vor der Erkenntnis zögerten. »Haben Sie vielleicht ein Foto Ihrer Tochter dabei?«

Frau Steinert begann schließlich mit zitternden Fingern in einer Krokodillederbrieftasche zu kramen, deren Inhalt sich ihr in den Schoß ergoß. Hilflos wühlte sie in den zahllosen Papieren, Quittungen und Bildern. Verärgert stemmte Herr Steinert sich aus dem Sessel hoch und griff in seine Gesäßtasche. Aus der dort befindlichen Brieftasche zog er mit rascher Geste ein Foto und warf es auf den Tisch. Mit zusammengekniffenen Augen betrachtete Jeannette die überbelichtete kleine Figur darauf.

»Das ist Julia auf dem dritten Grün in meinem Club. *Sie* interessierte sich nämlich für Golf.«

Seine Frau, immer noch über das Durcheinander aus ihrer Handtasche gebeugt, gab einen Laut zwischen Schluchzer und Seufzer von sich. Nach einer Weile, als Ergebnis ihres Kramens, bot auch sie Jeannette eine Fotografie an. Sie zeigte Mutter und Tochter lachend über einem großen Eisbecher sitzend. »Das war letztes Jahr in Venedig«, fügte sie erklärend hinzu. »Mein Mann konnte wegen einer Firmenfusion nicht mit.«

»Ich bin auf Vertragsrecht spezialisiert«, sagte er reserviert.

Jeannette nickte auf die eine wie auf die andere Antwort. »Darf ich das eine Weile behalten?« fragte sie und steckte das Bild ein. Schwarzes Haar, mehr war nicht zu sagen. Ein hübsches Gesicht mit tiefschwarzen Augen und einem breiten, markanten Mund. Nichts davon war an der Leiche nebenan noch zu erkennen gewesen.

Jeannette zückte Block und Stift und schickte sich an, ein paar Fragen zu stellen. Rasch ging sie die Eindrücke durch, die die Wohnung ihr vermittelt hatte. »Ihre Tochter studierte, nehme ich an. Literatur?«

Herr Steinert schüttelte den Kopf, seine Frau nickte. Die beiden Ehegatten starrten einander an.

Herr Steinert brach das Schweigen zuerst. »Sie hat Betriebswirtschaft studiert«, erklärte er kategorisch. »Meine Arbeit erlaubt es mir, ihr gute Einblicke in die Profitabilität dieses Berufsfeldes zu gewähren. Und natürlich«, er neigte sich vor, »die entsprechenden Kontakte.«

Jeannette nickte hilflos. »Frau Steinert?«

»Germanistik und Kunstgeschichte«, sagte sie mit leiser, aber seltsam zufriedener Stimme. »Sie hat vor einem Jahr gewechselt. Meinem Mann wollte sie es erst beichten, wenn sie erfolgreich die Zwischenprüfung abgelegt hatte.«

»Sie pendelte nach Erlangen?« hakte Jeannette nach.

Frau Steinert nickte. »Mit dem Zug, wie gesagt, sie war sehr umweltbewußt.«

»Du und deine verdammten Heimlichkeiten.« Herr Steinert sprang so abrupt auf, daß der Sessel kippte. Einen Moment stand er mit geballten Fäusten da, als wollte er jemanden niederschlagen, dann stopfte er sie nur wütend in die Taschen seines Trenchcoats und stapfte zum Fenster.

Aus der Küchentür nebenan hörte man es plätschern und scheppern. Herrn Galsters Fuß erschien in der Tür, die er mit der Ferse dezent ein Stück weiter zuzog. Als hätte er die negative Stimmung im Nebenraum erfaßt und suche sich gegen sie abzuschirmen. Etwas kratzte über den Fußboden. Vermutlich, dachte Jeannette, hat er die Kaffeekanne fallen lassen. Sie war selber ein bißchen erschrocken über diesen Ausbruch. Kurz erwog sie, die Befragung abzubrechen und die beiden Eheleute einander zu überlassen. Aber auch das schien keine gute Idee zu sein.

Sie machte sich ein paar Notizen und fuhr dann fort. »Hatte Ihre Tochter einen Freund?«

»Ja«, kam es unwirsch vom Fenster. Jeannette sah den Niederschlag von Steinerts Atem sich auf der Scheibe ausbreiten und wieder zusammenschrumpfen. Er hob die Hände, ohne sich zu ihnen umzudrehen. »Ich glaube es jedenfalls«, fügte er sarkastisch hinzu. »Ich weiß nicht. Ach, ich sage gar nichts mehr.«

»Ja«, bestätigte Frau Steinert. Sie artikulierte sehr sorgfältig und saß aufrecht da, den Rücken zu ihrem Mann. Sie gab Jeannette den Namen und die Adresse, dann noch eine Liste weiterer Bekannter. Was ihre Tochter am Vortag unternommen hatte, wußte sie hingegen nicht zu sagen.

Es klopfte leise an der Tür. Jochen Böhm teilte Jeannette im Flüsterton mit, daß die Gerichtsmediziner die Leiche abtransportiert hätten.

Jeannette wandte sich wieder an die Eltern. »Bitte haben Sie Verständnis dafür, daß Julias Wohnung vorerst versiegelt bleibt, bis die Spurensicherung abgeschlossen ist. Aber ich würde gerne einen von Ihnen bitten, jetzt noch kurz mit mir hinüberzukommen, wenn es Ihnen möglich ist.«

»Das mache *ich.*« Herrn Steinerts Antwort war so knapp wie bestimmt.

Seine Frau erhob sich und zupfte an ihrem Kopftuch, das sie ebenso wie die Brille noch keinen Moment abgelegt hatte. »Ich warte im Wagen«, sagte sie zu niemand Bestimmtem und verließ den Raum mit hoch erhobenem Kopf und schwingendem Rock, wie die Loren in ihren frühen Filmen.

Jeannette führte Herrn Steinert, der sich in den Räumen seiner Tochter sichtlich unwohl fühlte, keinen Seitenblick wagte und mit Schweißperlen auf der Stirn und geballten Fäusten in den Taschen darauf wartete, daß man etwas von ihm wollte, vor den zerstörten Bilderrahmen. Sie wies auf das leere Gehäuse. »Können Sie uns sagen, was für eine Fotografie sich hier drin befunden hat?«

Steinerts Augen schweiften ab zu der Venus, den Haargummis, den Wollmäusen, den Zeichnungen und dem Tüll. Er wirkte zu groß für die Spielereien, die ihn umgaben. Er räusperte sich. »Staubig«, murmelte er spröde und fuhr mit dem Finger über die Scherben. Dann schüttelte er den Kopf. »Ich schätze, ich habe mich im Leben meiner Tochter nicht sehr gut ausgekannt.« Seine Stimme wurde fast unverständlich, so gepreßt klang sie.

Jeannette schluckte. »Ich bin sicher«, setzte sie an, »Ihre Tochter wußte zu schätzen, was Sie für sie getan haben.«

»Ich war nicht viel da.« Er räusperte sich, seine Stimme wurde wieder klarer. »Aber irgend jemand muß die Ansprüche der Damen schließlich finanzieren.« Er straffte sich, wippte auf den Zehen und begann endlich, sich umzusehen, wieder ganz Herr der Lage. Kritisch glitt sein Blick über das bunte Sammelsurium aus Julias Leben. »Literatur!« Es klang abschätzig. »Was hätte sie damit schon werden können.«

»Kulturattaché.« Jeannette lächelte süßlich. Es war die

Antwort, die sie für jeden dummen Frager parat gehabt hatte, als sie selber noch Literaturstudentin war.

Herr Steinert schaute sie verdutzt an, dann zog er eine überlegene Miene, als sei er der Meinung, eine kleine Polizistin könne sich hierüber wohl kaum ein Urteil erlauben. Einer Antwort würdigte er sie nicht, statt dessen setzte er zu einer letzten Drehung an. Und erstarrte. »Der Schlüssel«, sagte er und begann, in seinen Taschen zu wühlen. Bald darauf hielt er den Autoschlüssel mit dem metallenen Stern-Anhänger in der Hand und ging mit großen Schritten quer über den Teppich. Jeannette hielt den Atem an, doch er schien die Blutflecken neben seinen Schuhen nicht zu bemerken, und sie hatte nicht vor, ihn darauf aufmerksam zu machen, daß er eben über die Stelle geschritten war, an der seine Tochter bis vor kurzem gelegen hatte.

Herr Steinert hielt vor einer Installation, anders ließ es sich nicht ausdrücken, einem Sammelsurium von Rohren und Wasserhähnen, umwunden von einem langen blauen Plastikschlauch, in dem kleine Glühbirnchen blinkten, die das ganze Kunstwerk in ein kühles Licht tauchten. Eine ganze Reihe Jacken und Taschen hingen daran. Es handelte sich zweifellos um Julias höchst individuell gestaltete Garderobe. Ihr Vater allerdings steuerte auf einen kleinen sonnenförmigen Metall-Haken links daneben zu. Er streckte die Hand aus, um seinen Schlüssel daran zu hängen. Jeannette wollte es ihm nicht verwehren, doch der Mann hielt in seiner Bewegung inne. Mit anklagend ausgestrecktem Finger stand er da. »Der Schlüssel.«

»Ich bin sicher, Ihre Tochter hätte es zu schätzen gewußt, daß …«, begann Jeannette beruhigend.

»Nein, nein.« Fuchtelnd gebot ihr der Anwalt Einhalt. »Der Hausschlüssel. Ich habe dafür gesorgt, daß sie einen Zweitschlüssel machen ließ. Der ging immer an uns, wenn sie länger nicht zu Hause war. Er hat einen Golfball als Anhänger.«

Nun trat auch Jeannette näher. Sie entdeckte an dem Haken ein Stück alte Paketschnur mit etwas, das wie ein Fahrradschlüssel aussah, eine bunte Kordel mit einem Namensschildchen, die verstaubte Medaille eines Schwimmwettbewerbes und ein leeres, ledernes Schlüsselmäppchen. Keine Spur von einem Golfball.

»Und Sie sind ganz sicher, daß der Schlüssel hier hing?«

»Selbstverständlich. Ihre Mutter kam dann immer, um ein wenig Ordnung zu machen.«

Jeannette dachte an die Tiefkühlpappen, die gerade drüben bei Galster vor sich hin welkten. »Vielleicht«, mutmaßte sie, »hat sie ihn ihrem Freund gegeben?«

Steinert starrte sie an.

»Diesem«, Jeannette schaute auf ihren Block, »Hajo Krause.«

Steinert grunzte.

Jeannette wartete noch einen Moment, dann steckte sie ihre Notizen weg. »Nun, wenn Sie sich bitte melden würden, falls sich der Schlüssel doch noch bei Ihnen findet.«

Steinert nickte gedankenverloren. Dann wandte er sich abrupt um und stapfte aus der Wohnung. Er warf nicht einen Blick zurück.

4

Martin, der sich während Steinerts Anwesenheit in die Küchenecke verdrückt hatte, trat zu ihr. »Und? Wie ist dein Eindruck?« fragte er. »Wie tragen sie es?«

Jeannette schaute dem Anwalt nach, dessen Schritte auf der Treppe hallten. Als er am Fenster vorbeikam, wurde er zu einem schwarzen Schatten, der die Aspidistra verdeckte. »Die sind ziemlich mit sich selbst beschäftigt«, faßte sie ihren Eindruck zusammen.

Martin trat ans Fenster und betrachtete die Anwaltsgattin,

die wie eine Gestalt von der Kinofassade in ihrem Sportwagen saß und vor sich hin starrte. »Das ist der Schock«, meinte er, »das Begreifen wird erst langsam folgen.« Er schaute zu, wie Herr Steinert aus dem Haus trat, neben seine Frau auf den Fahrersitz glitt, den Motor aggressiv aufheulen ließ und davonbrauste. Die beiden hatten einander weder angesehen noch ein Wort gewechselt. »Wie gesagt, das kommt noch.« Er trat vom Fenster zurück und schaute Jeannette an. »Was hast du als nächstes vor?«

Jeannette strich sich über den Nacken. »Ich habe beim Nachbarn zur Rechten bereits einen Fuß in der Tür.« Sie dehnte sich und gähnte. »Also werde ich ...«

Martin nickte. »Dann übernehme ich gleich mal die andere Seite.« Gemeinsam verließen sie die Wohnung von Julia Steinert. Jeannette sah, wie ihr Partner mit dem Fuß einen Stapel verschnürter Zeitungen beiseite schob, um näher an die Klingel herantreten zu können, und sah noch, wie eine bissig aussehende alte Frau mit eisgrauen Dauerwellen und im geblümten Küchenschurz in der Tür sichtbar wurde. Daß es so was noch gab. Sie hatte geglaubt, die letzten dieser Art hausten in ihrem Lieblingskino, wo sie mit Taschenlampen und schlechter Laune den Besuchern die Plätze anwiesen und sie tatsächlich noch anraunzten, die Füße von den Lehnen der Vordersitze zu nehmen. Jeannette genoß bei ihren Besuchen das Schauspiel jedesmal als Relikt ihrer Kindheit.

Sie schüttelte den Kopf und wollte ihrerseits erneut bei Galster läuten, als sie bemerkte, daß die Tür noch angelehnt war. Sie trat ein und entdeckte ihn, wie er sich gerade auf allen vieren unter dem Couchtisch zu schaffen machte, auf dessen Rauchglasplatte ein Tablett mit vier unberührten Tassen dampfenden Kaffees neben einer liebevoll arrangierten Zuckerdose und einem Milchkännchen stand. Richtig, er hatte ja für sie in der Küche gestanden. Ihr schlechtes Gewissen regte sich.

»Ich fürchte, wir haben Ihnen Ungelegenheiten gemacht.« Jeannette fühlte sich verpflichtet, eine der verwaisten Tassen zu nehmen, um wenigstens daran zu nippen, obwohl sie Teetrinkerin war. Sie kostete, schüttete dann so viel Milch dazu, wie die Füllhöhe der Tasse eben zuließ, trank todesmutig und verzog das Gesicht.

»Aber ich bitte Sie.« Galster rappelte sich auf und griff zu einer anderen Tasse. Er bevorzugte seinen Kaffee offenbar schwarz. »In so einer Situation.«

»Sie kannten die Eltern Ihrer Nachbarin?« fragte Jeannette und schlürfte.

Er schüttelte den Kopf. »Sie sieht ihrer Tochter unglaublich ähnlich.«

Jeannette hob die Brauen. Sie selbst hatte von Frau Steinert nicht eben viel erkennen können.

»Ich bin Lehrer, ich habe ein Gedächtnis für Gesichter«, fügte Galster erklärend hinzu und lächelte, ehe er einen tiefen Schluck nahm.

»Lehrer?« fragte Jeannette interessiert. »Dann sind Sie vermutlich viel zu Hause.« Schon zückte sie ihren Block, um mit einer Darf-ich?-Geste wieder auf dem Sofa Platz zu nehmen.

Galsters Lächeln verschob sich ins Gequälte. »Es ist ein verbreitetes Vorurteil, daß wir zuwenig arbeiten, ich weiß. Ich wünschte, nur einer unserer Kritiker würde sich einmal einen ganzen Vormittag vor eine Klasse pubertierender Gören stellen, um zu sehen, was es heißt, die im Zaum zu halten, sich ihre Aufmerksamkeit zu erkämpfen und ihnen darüber hinaus womöglich noch etwas beizubringen.«

Einen Moment lang sah er aus, als überlege er, Jeannette seine gesammelten Gedanken zu diesem Thema vorzutragen, das ihm offensichtlich am Herzen lag. Jeannette, die nicht daran zweifelte, daß seine Überlegungen dazu zahlreich und ausgefeilt waren, atmete erleichtert auf, als er statt dessen nur erneut einen tiefen Schluck Kaffee nahm und sich mit einem ironischen Gesichtsausdruck begnügte. Sie hatte erlebt, wie alle, fast alle ihrer Kommilitonen sich seinerzeit von Studenten in Referendare verwandelt hatten. Was hatten sie nicht alle an der Schule gelitten. Und alle, alle wollten stundenlang darüber reden. Schon bei der Erinnerung überkam sie ein Gähnen. Allerdings hatte der allgemeine Weltschmerz auch sein Gutes gehabt. Als Jeannette aus dem Lehramtsstudium ausgeschieden war, um Polizistin zu werden, hatte keiner der völlig mit sich selbst beschäftigten Referendare sich sonderlich um diese Entscheidung gekümmert, die ihr ja selbst nicht ganz geheuer gewesen war.

»Ich wollte damit nur sagen«, fügte sie ihrer Bemerkung hinzu, »daß Sie Julia Steinert möglicherweise besser kannten als der übliche Nachbar. Sie wissen schon: Guten Morgen, guten Abend. Wer hat diese Woche die große Hausordnung?«

Galster lächelte. »Um die Hausordnung kümmert sich bei uns zum Glück die Frau Spörlein von gegenüber. Ich schätze, weder das Fräulein Steinert noch ich selbst waren so ganz der Typ dafür.«

»Sie haben sie also gekannt?« hakte Jeannette nach.

Galster stellte seine Kaffeetasse auf den Tisch. »Was heißt schon gekannt? Sie ähnelte im Grunde den Mädchen in meinen Abiturklassen. Sie war ja auch – wieviel älter nur? Zwei, drei Jahre vielleicht? Sie kennen den Typ sicher: selbstbewußt auf eine im Grunde noch ganz kindliche Weise. Verspielt, altklug. Cool.« Er sprach das letzte Wort voller Ironie aus, doch mit einem entschuldigenden Lächeln. »Dabei nervtötend idealistisch.«

Jeannette lächelte zurück, um anzudeuten, daß sie verstand,

was er meinte. Sie notierte sich alles, was er sagte. »Worüber haben Sie miteinander gesprochen?«

»Bücher«, antwortete er und wies mit der Hand vage in Richtung der Regale um seinen Schreibtisch. »Ich habe ihr sogar mal etwas für ein Referat geliehen. Es ging um Bachmann, glaube ich.«

Jeannette nickte. »Liebe, dunkler Erdteil«, zitierte sie.

»Es kam jedenfalls mit Tomatensoßenflecken zurück.«

»Wissen Sie, ob sie einen Freund hatte?«

»Bedaure.«

»Und am gestrigen Nachmittag?«

Er hob die leeren Handflächen. »Eine Konferenz. Dienstag beginnt die Schule wieder, wie Sie vielleicht wissen. Sie zog sich bis neunzehn Uhr. Ich habe es gerade noch in die Oper geschafft, ein Abonnementplatz. Man gab Orpheus und Eurydike.« Er lehnte sich in seinem Sessel zurück und schwieg einen Moment in Erinnerung an den Abend. »Glauben Sie, sie ist gerade gestorben, als ich …?« Er vollendete den Satz nicht. Die Hände gefaltet, starrte er auf seine Knie.

Jeannette dachte an den Kontrast zwischen dem schrecklichen Geschehen, das sich in der Nachbarwohnung abgespielt haben mußte, und der Schönheit, mit der sich Orpheus seinen unendlichen Schmerz von der Seele sang. Vage schüttelte sie den Kopf. »Machen Sie sich keine Vorwürfe«, sagte sie. Sie bat ihn um seinen genauen Namen und die Telefonnummer, um ihre Aufzeichnungen zu komplettieren.

»Glauben Sie, daß sie gelitten hat?« fragte er plötzlich in die Stille, während ihr Kuli über das Papier fuhr.

Erstaunt über die Frage, schaute Jeannette auf. Sie betrachtete den etwa vierzigjährigen Mann, der vor ihr saß, mit seinem sich lichtenden Haar über der hohen Stirn, den sensiblen braunen Augen hinter der viereckigen Hornbrille und seinen Händen, die auffallend langfingrig und auffallend blaß waren. Sie schloß auf einen weichen, bleichen, untrainierten Körper. Der Bauchansatz war unübersehbar. Dennoch war Herr Galster auf seine schüchterne Weise attraktiv. »Kummer kriecht nämlich durch Wände«, sagte er und lächelte gequält.

Jeannette stand auf, um ihn mit seinen vier Kaffeetassen und seinen Gedanken über die Wand zur Nachbarwohnung allein zu lassen. »Machen Sie sich keine Sorgen«, sagte sie. Dann fiel ihr noch etwas ein.

»Frau Steinert hat bei Ihnen einige Sachen stehenlassen«, begann sie. »Ich fürchte ...«

»Kein Problem«, erwiderte er und rappelte sich aus seinem Sessel auf. Er schien erleichtert, daß es etwas zu tun gab. »Ich habe es schon gesehen. Die Lebensmittel werde ich wegwerfen, wenn Sie nichts dagegen haben, und die Tupperdosen auswaschen. Soll ich sie der Polizei als Beweismittel überstellen?«

Jeannette mußte lächeln. Im Geiste machte sie sich eine Notiz, Paumgartners Sekretärin auf die Ankunft eines Stapels Tupperdosen vorzubereiten. »Wir werden das Material weiterleiten«, ging sie auf seinen Scherzversuch ein.

Schon fast an der Tür, wandte sie sich noch einmal um. »Sie hatten nicht zufällig einen Schlüssel für Julia Steinerts Wohnung?«

Fast erschrocken schaute er sie an. »Nein«, sagte er entgeistert. »Wozu?«

Jeannette winkte ab und ging endgültig hinaus. Die Tür der Hausmeisterin gegenüber war noch geschlossen, doch dahinter waren deutlich Stimmen zu vernehmen, also läutete sie.

Ihr Handy klingelte, während sie noch wartete, und so konnte sie, als man ihr schließlich öffnete und sie hereinließ, Martin, der drinnen am Küchentisch saß, mitteilen, daß Paumgartner sie alle zu einer Besprechung zu sehen wünsche. Sie setzte sich gar nicht erst, sondern blieb in der Küchentür stehen, um von dort aus die Szene zu betrachten, die plastikbezogenen Möbel mit den Stahlfüßen, die Vorhänge und die Lampe aus den Fünfzigern, die Zigarettenbrandlöcher auf der spinatgrünen Arbeitsplatte. Zerstreut lauschte sie ihrem Partner, der seine letzten Fragen stellte, und bewegte ihre Zehen in den Schuhen. Auf einmal hatte sie das deutliche Gefühl, beobachtet zu werden.

Sie löste sich vom Türrahmen und wandte den Kopf, um einen Blick in den dunklen Flur zu werfen. Im ersten Moment konnte sie nicht mehr erkennen als die Umrisse einer schmiedeeisernen Garderobe. Dann hörte sie, wie weiter hinten eine Tür zuklappte. Eine Bewegung allerdings hatte sie nicht bemerkt. Für eine Weile noch hielt sie das Ohr in den Flur und suchte, Frau Spörleins Klagen über Mieter, die am Sonntag Wäsche in den Hinterhof hängten, auszublenden, doch sie konnte keine weiteren Geräusche vernehmen. Wer immer mit ihnen in der Wohnung war, er zog es nach dem einen Blick auf sie vor, sich still zu verhalten.

Jeannette wandte sich wieder um, zückte eine Visitenkarte und legte sie Frau Spörlein auf den Tisch. »Wenn Ihnen noch etwas einfällt«, sagte sie in abschließendem Ton und sah zu, wie die Karte in der Tasche des Polyesterkittels verschwand.

Martin schien erleichtert, endlich hinauszukommen. »Ich mußte mir die Füße abtreten«, flüsterte er ihr zu, als sie wieder im Treppenhaus standen, und wies auf die Fußmatte mit der Aufschrift »Hax'n abkratzn«.

Jeannette, die die Einrichtung gesehen hatte, kicherte nur leise. »Sonst irgendwelche Erkenntnisse?«

Martin Knauer blätterte in seinen Unterlagen. »Also die Alte wäre sicher imstande, einen Mord zu begehen, falls jemand Kratzer ins Linoleum macht.«

Jeannette lachte. Genau den Eindruck hatte ihr die mißmutige Frau mit dem Kittelschurz auch gemacht. »Aber die Juden vergasen«, fügte sie hinzu.

»Was?« Verständnislos schaute Martin auf.

»Das sagt Regine immer in solchen Fällen«, versuchte Jeannette ihm zu erklären. »Wenn alte Leute mosern, daß du auf dem falschen Fahrradweg fährst. Oder keinen Untersetzer unter dein Glas tust. Oder sonst irgendeinen oberflächlichen Ordnungswahn erkennen lassen. Das ist ihnen wichtig. Aber die Juden vergasen war in Ordnung. Verstehst du?«

Martin zuckte mit den Schultern und blätterte kommentarlos weiter. Er hielt nicht besonders viel von Jeannettes Freundin.

»Immerhin«, setzte sie hinzu, »drückt sie ihre Zigaretten auf der Arbeitsplatte aus. Das läßt ja Raum für Hoffnung.«

Martin hatte nicht zugehört. »Sie beklagte sich darüber, daß die Steinert viel Besuch gehabt hätte. Auch von Männern, verschiedenen, wie sie betonte. Ich habe ein paar ganz gute Beschreibungen bekommen, aber keine Namen.«

»Hm.« Jeannette nahm an, daß sich die meisten davon in Julia Steinerts Seminaren würden identifizieren lassen. Aber man konnte nie wissen. Sie machte sich im Geist eine Notiz, an den entsprechenden Instituten vorzusprechen. Julias Stundenplan mußte sich irgendwo zwischen ihren Unterlagen finden.

»Außerdem«, fuhr Martin fort, während sie schon die ersten Stufen hinuntergingen, »war da ein Mann drin.«

Der Beobachter im Flur, ging es Jeannette durch den Kopf.

Martin fuhr fort. »Was sag ich, Mann: ein Bulle.« Er deutete die entsprechenden Proportionen an. »Er kam reingeschlurft, während ich mit der Alten sprach, ging zum Kühlschrank, holte sich ein Dosenbier, kippte es und latschte wieder raus, ohne zu grüßen oder auch nur piep zu sagen. Ich bin ihm nach bis in den Flur, aber er schlappte ins Bad und knallte mir die Tür vor der Nase zu.«

Martin sah während des Berichts noch so konsterniert aus,

wie er es zweifellos in jenem Hausflur gewesen war. »Ich hab dann die Alte nach seinem Namen gefragt. Sie stand in der Küche und wischte das Bier vom Resopal, das er verspritzt hatte. Es handelt sich wohl um ihren Sohn, der nur am Wochenende da ist. Er arbeitet als Hausmeister.«

»In der zweiten Generation«, bemerkte Jeannette und klopfte Martin auf die Schulter, was als Lob dafür gemeint war, daß er nicht dem ersten Testosteron-Schub nachgegeben und die Badezimmertür eingetreten hatte, um dem Typ zu zeigen, was Respekt vor einem Gesetzeshüter war. »Zum Glück für ihn bist du ein bürgerfreundlicher, sensibler Beamter, der sich nicht von seinen stammhirnerzeugten Affekten hinreißen läßt.«

Martin griente. »Irgendwann kauf ich mir den noch, darauf kannst du dich verlassen.«

Jeannette hielt inne. »Können wir noch mal hochgehen?« fragte sie und war schon auf dem Weg.

»Wieso? Willst du ihn vertrimmen?« fragte Martin nicht ohne Hoffnung in der Stimme.

»Nein«, kam es von oben. »Ich habe mir nur überlegt, daß ich den Stundenplan von der Steinert am besten gleich mitnehme.«

Jeannette war schon wieder auf dem Absatz des dritten Stocks angelangt, wo die Tür der Tatwohnung noch immer offenstand. Jochen Böhm hatte seine Arbeit noch lange nicht beendet. Doch nicht er begrüßte sie beim Eintreten in die Räume, sondern mit vorwurfsvollem »Miau« der fette rote Kater.

Böhm, der gerade Faserproben aus dem Teppich entnahm, richtete sich auf, als sie erneut hereinkamen. »Ich habe mich schon gefragt«, sagte er, »was ihr mit dem da zu tun gedenkt.«

»Wieso wir?« fragte Jeannette erstaunt, die an den kleinen Schreibtisch herantrat, um in dem Rucksack zu wühlen, der, wie sie sich erinnerte, auf dem lilafarbenen Drehstuhl davor lag. Jochen Böhm ging hinüber, um ihr auf die Finger zu klopfen. »Ich bin hier noch nicht fertig«, verkündete er, »die Papiere soll später jemand sichten.« Aber Jeannette hatte schon anderweitig gefunden, was sie suchte, einen Schulstundenplan, an die Wand neben den Computermonitor gepinnt. Sie nahm ihn vorsichtig ab.

»Also, was ist jetzt?« Jochen Böhm verschränkte die Hände.

Jeannette schaute ihn fragend an.

Böhm wies mit dem Kinn auf den Kater. »Hier kann er nicht bleiben. Er tappt mir immer wieder durch das Fingerabdruckpulver. Und wenn ich hier dann gleich weg bin, wird alles versiegelt.«

»Du könntest ihn doch im Tierheim vorbeibringen, wenn du fertig bist«, schlug Jeannette in harmlosem Ton vor.

Jochen Böhm machte sich nicht die Mühe zu formulieren, was er von dieser Zumutung hielt. Er wandte sich einfach ab, um weiter seiner Arbeit nachzugehen.

»Immerhin ist er ein wichtiger Zeuge«, meinte Martin und konnte sich ein Kichern nicht verkneifen. Jeannette schlug nach ihm und nahm dann vorsichtig das Tier hoch, das sich auf ihre Füße gesetzt hatte und gerade silberne Speichelfäden auf ihren Hosenbeinen verteilte. Es schnurrte.

»Er mag dich«, stellte Martin fest.

Jeannette verzog das Gesicht und versuchte, den Kater so zu halten, daß sie möglichst wenig mit ihm in Berührung kam. Er ließ es stoisch über sich ergehen und schnurrte weiter. Das Tier war schwerer, als sie gedacht hatte.

»Er stinkt nicht nur aus dem Maul, sondern auch hintenrum«, konstatierte Jeannette.

»Flatulenz«, kam es dumpf vom Boden, wo Jochen Böhm herumkroch. »Das kriegen die im Alter.«

»Was?« fragte Martin, der hinter ihr hertappte.

»Die Furzkrankheit.«

Genervt klingelte Jeannette an der ersten Tür, die ihr in den Sinn kam, der von Galster. Der Lehrer schien überrascht, sie so schnell schon wiederzusehen, lächelte dann aber fragend. Aus der geöffneten Tür seiner Wohnung drangen Mozartklänge.

Jeannette hielt den Kater noch ein Stück weiter von sich weg. »Herr Galster, Sie waren vorhin schon so liebenswürdig wegen der Lebensmittel. Dürfte ich Sie vielleicht noch einmal bemühen?« Auffordernd stemmte sie ihm das Tier entgegen.

Herr Galster starrte es einen Moment an und rümpfte dann die Nase. »Bedaure«, sagte er, »aber ich bin Allergiker.«

»Wohl eher Ästhetiker«, murmelte Jeannette.

»Schwächling«, brummte Martin, als die Tür zugefallen war. »So sah er auch aus.«

»Es kann nicht jeder siebzig Liegestütze am Stück machen und die Oper hassen wie du.« Jeannette versuchte ihr Glück bei der Hausmeisterin. Sie sah ein Auge im Türspion. Eine dumpfe Männerstimme rief etwas, ein schriller Sopran antwortete. Dann wurde bei Spörleins geöffnet, und Jeannette trug ihre Bitte vor.

»Tiere sind hier im Haus verboten«, lautete der knappe Kommentar, dem sie nichts mehr hinzufügen konnten, ehe die Tür wieder ins Schloß fiel.

»Eine ganz reizende Familie«, stellte Jeannette fest und dachte daran, was Galster über Julia Steinerts Abneigung gegenüber Hausordnungen gesagt hatte. Immerhin hatte sie für ihren pelzigen Mitbewohner einen Zusammenstoß mit der Spörlein riskiert. Das ließ ihr das Fellbündel in ihren Händen ein wenig wertvoller erscheinen.

Sie versuchte ihr Glück noch ein Stockwerk tiefer, wo sich

an zwei Türen nichts tat. Die dritte wurde von einer freundlichen Griechin geöffnet, die etwas Griechisches äußerte und ansonsten nur fragend dreinblickte.

Als Jeannette ihr Auto aufschloß, hielt sie den Kater noch immer im Arm. »Na gut«, knurrte sie. »Dann bringe ich ihn eben nach der Besprechung ins Tierheim.«

Zu ihrer Erleichterung machte er es sich ohne Kommentare auf der Rückbank bequem, wo er, wie Jeannette vermutete, sofort begann, sein unverwechselbares Aroma in die Polster sickern zu lassen.

»Glaubst du, er hat Flöhe?« fragte Martin, der sich auf den Beifahrersitz schob. Er erntete dafür einen Ellenbogenknuff, dessen Rückstoß Jeannette so das Lenkrad verreißen ließ, daß sie beinahe in die Kaffeehausstühle vor dem Casablanca gerast wären.

5

»Sie riechen so seltsam«, begrüßte Paumgartners Sekretärin sie in der Tür des Sitzungszimmers mit einem Stirnrunzeln.

»Flatulenz«, klärte Martin sie im Vorbeigehen auf und schlüpfte hinein. Jeannette öffnete den Mund, bekam aber keine Gelegenheit mehr zu reagieren, da Dienststellenleiter Paumgartner eben seine immer wieder beeindruckenden zwei Meter zehn in den Raum schob, um sich hinter einen der Stahlrohrtische zu zwängen.

»Was haben wir?« verlangte er zügig zu wissen.

Jeannette hastete zu ihrem Stuhl und knallte ihre Unterlagen auf den Tisch, um mit dem Vortrag zu beginnen. »Also, ich ...«

Da stand Zametzer auf und räusperte sich. Paumgartner nickte ihm zu. Mit feuerrotem Gesicht setzte Jeannette sich hin. Sie war so damit beschäftig gewesen, die jüngsten Fakten im Kopf zu sortieren, daß sie gar nicht bemerkt hatte, daß nicht sie gemeint gewesen war.

Zametzer gab eine kurze Zusammenfassung des Prozeßtages. »Es ist mir gelungen«, erklärte er selbstgefällig, »dem Richter das Ergebnis der Gegenüberstellung plausibel zu machen. Trotz der«, er machte eine Pause, »unorthodoxen Vorgehensweise unsererseits, die dabei zur Anwendung kam.« Dabei sah er derart penetrant nicht in ihre Richtung, daß Jeannette ihm am liebsten eine Grimasse geschnitten hätte.

Sie unterließ es und registrierte dankbar, daß Paumgartner es ihrem Kollegen nicht gestattete, sich weiter zu diesem Thema auszulassen

»Nun, Frau Dürer? Ihr Fall in der Brosamerstraße?«

Diesmal hatte es zweier Aufforderungen bedurft, um sie aus ihren Gedanken zu wecken. Jeannette schob den Stuhl zurück, um sich erneut zu erheben.

»Bleiben wir doch sitzen.« Paumgartner winkte ihr leger zu, und sie nahm wieder Platz. Zweimal gruppierte sie die Papiere, die vor ihr lagen, um, ehe sie begann. Zunächst zögernd, dann mit wachsendem Schwung, präsentierte sie der Runde die ersten Fakten im Fall Julia Steinert. Sie schilderte das Umfeld der Toten, soweit sie es zu diesem Zeitpunkt rekonstruieren konnten, und referierte, was sich im Gespräch mit Jochen Böhm bereits herauskristallisiert hatte. »Ohne natürlich der gerichtsmedizinischen Untersuchung vorgreifen zu wollen«, erklärte sie.

»Aber liebe Kollegin, voreilige Annahmen sind doch Ihre Spezialität.« Zametzer grinste.

Jeannette würdigte ihn keines Blickes. »Ohne also vorgreifen zu wollen, möchte ich doch betonen, daß alles an diesem Fall auf eine Beziehungstat hinweist.« Jeannette holte tief Luft. »Nicht nur die bei Ankunft der Beamten unbeschädigte

Tür, die darauf hindeutet, daß das Opfer seinem Täter selbst geöffnet hat, auch das unangetastete Mobiliar und die fehlende Unordnung lassen es unwahrscheinlich erscheinen, daß ein Fremder gewaltsam eingedrungen ist, in welchem Fall es wohl zu Kampfspuren gekommen wäre. Im ersten Anlauf würde ich sagen, Julia Steinert bekam gestern abend Besuch von jemandem, den sie kannte. Und dieser Jemand muß eine solche Wut auf sie gehabt haben, daß er sie nicht nur mit einem tödlichen Schlag zu Boden streckte, sondern auf sie einschlug, bis ihr Gesicht völlig unkenntlich geworden war.«

Sie erwähnte auch das fehlende Foto, das ihr im Zusammenhang mit dem geschändeten Schädel zu stehen schien. Als ob jemand Julias Anblick nicht mehr ertragen hätte, wie sie ihre These formulierte.

»Gibt es irgendeinen Beleg dafür, daß die Fotografie ebenfalls das Opfer zeigte?«

Die Frage kam von Zametzer, und Jeannette mußte sie zähneknirschend verneinen.

»Aha. Danke.« Ihr Widersacher verzichtete auf weitere Bemerkungen, lehnte sich aber mit verschränkten Armen in seinem Stuhl zurück und wippte ein paarmal gegen die Stahlrohrlehne.

»Dennoch bleiben der Verdacht der Vertrautheit mit dem Täter und der offensichtliche Zorn«, faßte Jeannette zugeknöpft zusammen.

Paumgartner zog seine Lesebrille aus der Hemdtasche, schob sie auf seine Nase und studierte die Skizzen, die Jeannette ihm hingelegt hatte. Dann nahm er mit einer flüssigen Bewegung die Brille wieder ab. »Hatte sie einen Freund?« erkundigte er sich.

»Die Eltern sagen: ja.« Jeannette blätterte nach dem Namen und der Adresse. »Hajo Krause, er lebt in Erlangen.«

»Dann sollten wir bei ihm anfangen«, stellte Paumgartner

fest. Es regte sich kein Widerspruch. Er hatte auch keinen erwartet.

»Was sagen die Nachbarn?« fuhr Paumgartner fort.

Jeannette stellte zerstreut die bislang wenig ergiebigen Dossiers vor. Martin fügte hinzu, daß die Kollegen eine Aussage bei der Nachbarin aufnehmen wollten, die direkt unter dem Opfer wohnte. »Sie wirkte sehr aufgeregt«, erläuterte er. »Und sie war mitteilsam. Allerdings sprach sie nur Griechisch. Wir schicken morgen einen Übersetzer hin.«

»Vermutlich wollte sie euch nur ihr Tsatsiki-Rezept geben«, mutmaßte Zametzer und lachte laut.

»Aber Herr Kollege, ist das nicht überaus voreilig?« fragte Jeannette sarkastisch.

Zametzer wollte etwas erwidern, als sein Handy klingelte. Jeannette erkannte die Melodie von »We are the champions« und verzog das Gesicht.

Zametzer warf einen Blick auf das Display und steckte das Gerät weg. Paumgartner forderte Martin auf fortzufahren, der aber nach wenigen Sätzen bereits wieder von dem Klingelton unterbrochen wurde. Zametzer fuhr mit der Hand in die Tasche, um es auszuschalten, ohne auch nur hinzusehen. Mit zusammengekniffenem Mund starrte er vor sich hin. »Was ist? Weiter!« knurrte er, als Martin noch immer verdutzt schwieg.

»Erich«, sagte Paumgartner. Alle zuckten zusammen. Der Chef hatte noch nie jemanden geduzt. Zametzer war puterrot geworden.

Paumgartner holte die Lesebrille heraus, klappte sie auf, wieder zu und verstaute sie in seiner Hemdtasche, ohne sich dessen bewußt zu werden. Schließlich holte er tief Luft. »Die Scheidungsrate in unserem Beruf beträgt hundert Prozent«, sagte er. »Eine der vielen Quoten, die in dieser Abteilung nicht erreicht werden. Und ausnahmsweise möchte ich, daß es so bleibt.«

Wie auf Kommando klingelte das Handy erneut.

Während Jeannette beobachtete, wie Zametzer sich widerstrebend meldete und mit jedem »Ja«, das er dem Anrufer antwortete, weiter in sich zusammensank, bis es aussah, als suche er das Mobiltelefon mit seinem ganzen Körper zu verbergen, flüsterte Martin ihr zu: »Seine Frau hat einen Partner-Geburtsvorbereitungskurs gebucht.«

»Ich wußte gar nicht, daß du dich mit so was auskennst«, gab Jeannette ebenso leise zurück. »Wer hat dir das erzählt?«

Martin schaute auf und nickte Paumgartners Sekretärin zu, die eben ein Tablett mit Plastikbechern, gefüllt mit nicht mehr dampfendem Kaffee, hereintrug. Jeannette lehnte ab, Martin dankte überschwenglich und tauschte mit der Dame vielsagende Augenbrauenlupfer in Richtung Zametzer.

Der war inzwischen fertig mit seinem Gespräch und stand auf. »Also dann ...«

»Sie hatten den Urlaub ja eingetragen«, entgegnete Paumgartner nur.

»Ja, dann.« Noch immer schien Zametzer sich nicht trennen zu können. Widerstrebend näherte er sich der Tür des Sitzungszimmers.

»Und immer schön hecheln«, rief ein Witzbold irgendwo links von Jeannette. Zametzer beschleunigte seine Schritte, die Tür knallte.

Jeannette atmete auf. »Wenigstens kann er uns jetzt nicht mehr erklären, sie wäre von einer Drückerkolonne erschlagen worden, die ihr ein Abo der Gala verkaufen wollte«, zischelte sie Martin zu. Paumgartners Hundeblick brachte sie jedoch ebenso rasch zum Schweigen wie ihre feixenden Kollegen. Martin begann, das vorläufige Inventar von Julia Steinerts persönlichem Besitz aufzulisten.

6

Es war bereits dunkel, als Jeannette in ihr eigenes Büro kam, wo sie noch mit dem Bericht beginnen wollte, ehe sie sich auf den Weg nach Hause machte. Sie hatte gerade den Computer eingeschaltet und das Formular aufgerufen, da steckte Paumgartners Sekretärin ihren Kopf in die Tür.

»Frau Dürer, Ihr Auto wackelt.« Als sie Jeannettes verständnislosen Blick sah, fügte sie hinzu: »Ich kann von meinem Fenster aus auf die Parkplätze sehen.«

Jeannette sprang auf. »Das Vieh!« rief sie und stürmte an der Frau und Martin vorbei.

Die beiden wechselten einen erstaunten Blick. Martin zuckte mit den Schultern. »Der neue Mann in ihrem Leben.« Er nahm Jeannettes Jacke vom Stuhl und folgte ihr.

Eine Stunde und den gesamten Inhalt des Papierhandtuchhalters der Besuchertoilette des Kommissariats später kamen Jeannette und ihr Auto in einigermaßen passablem Zustand vor ihrer Wohnung an.

Es war nicht einfach, mit nur einer Hand das Schloß aufzuschließen, doch Jeannette schaffte es. Als sie mit dem Kater unter dem Arm in der Wohnung stand und die gedämpften Klänge eines Nelly-Furtado-Songs hörte, fiel ihr wieder ein, daß sie ebensogut hätte klingeln können. Sie wohnte nicht mehr allein. Wie hatte sie nur vergessen können, daß Regine eingezogen war, dachte sie und schob mit dem Fuß die leeren Weinflaschen zur Seite, die den Flur verstellten. In der Küche brannte Licht, von dort kam auch die Musik, zusammen mit einem verheißungsvollen Zischen und Brodeln.

»Was gibt's zum Essen?« fragte sie und trat ein.

»Wer zu spät kommt, nimmt, was er kriegt«, antwortete

Regine fröhlich und wandte sich um. Das Martiniglas in ihrer Hand sank herab. »Was ist das?« fragte sie.

Jeannette tat, als bemerke sie den Kater, der es sich mitten auf der Prilblumen-Tischdecke gemütlich gemacht hatte, erst jetzt. »Ein wichtiger Zeuge«, erklärte sie. »Er wird in ein Schutzprogramm aufgenommen, damit die Mafia ihn nicht aufspüren kann, und erhält demnächst eine neue Identität als Schäferhund.« Sie kickte sich die Schuhe von den Füßen und fläzte sich auf einen der Holzstühle. »Nein im Ernst, ich hab schon im Tierheim angerufen.«

»Und?« fragte Regine, die sich noch keinen Zentimeter genähert hatte.

»Sie rufen außerhalb unserer Geschäftszeiten an«, ahmte Jeannette die metallische Stimme nach, die ihr vom Band geantwortet hatte. »Ich bringe ihn morgen vorbei.«

»Morgen ist Sonntag«, meinte Regine nur.

Jeannette zuckte mit den Schultern und beschloß, Regine den Zustand ihres Wagens zu verschweigen. Sie hatte Martin drohen müssen, dem Vieh all seine Mäuse zu verfüttern, damit er ihr half, ihn wieder in einen erträglichen Zustand zu versetzen.

»Und wo soll er solange bleiben?«

Als hätte er die Frage verstanden, räkelte sich das Tier in diesem Moment, sprang mit einem Maunzen vom Tisch und hinkte mit hochgerecktem, zitterndem Schwanz so zielstrebig in den Flur, als hätte er schon immer hier gewohnt. Die beiden Frauen wechselten einen Blick und folgten ihm.

»Nein!« schrie Regine gequält, doch es war bereits geschehen. Höchst zufrieden trampelte der Kater sich sein Plätzchen auf der bis dahin makellosen Fläche ihres Designer-Ledersofas zurecht, dessen futuristische Linien und leuchtendes Pink einen schönen Kontrast zu den hohen weißen Altbauwänden und dem Parkettboden gaben, den Jeannette letztes

Jahr in ihrem Renovierungswahn freigelegt hatte. Regine hatte dem nichts als einen Futon, eine fahrbare Kleiderstange und zwei Hi-Fi-Türme hinzugefügt. Es war kein übler Rahmen.

»Nicht mein teures Sofa!«

Jeannette konnte nicht umhin, den Farbsinn des Tieres zu bewundern. Der Kontrast zwischen seinem fettroten Fell und dem schamlosen Rosa ließ einem beinahe die Augen tränen.

»Er stinkt«, stellte Regine fest, die es nicht über sich brachte, das Tier anzufassen, um es von ihrem Möbel zu entfernen.

»Das ist wohl eher dein Essen«, konstatierte Jeannette.

»Verdammt!« Regine wirbelte herum.

Jeannette folgte ihr langsamer. »Ich muß heute abend ohnehin noch arbeiten«, erklärte sie in der Küche, wo sie Regines hektische Rettungsversuche verfolgte, während sie selber sich einen großen Becher Naturjoghurt aus dem Kühlschrank nahm, um sich etwas Müsli dazuzuschütten.

»Das wirst du nicht tun«, erklärte Regine mit zusammengebissenen Zähnen, während sie verkohlte Fleischstücke aus einer rauchenden Pfanne angelte. »Verdammt.« Die Pfanne krachte in die Spüle. Regine gab auf und stellte das Wasser an, was wenigstens dem Rauch ein Ende bereitete. »Du kannst heute abend nicht arbeiten«, erklärte sie Jeannette, die, Müsli löffelnd, zur Balkontür hinübergewandert war, um über die Kisten mit Altpapier und Plastikmüll hinweg nach ihrem Wagen Ausschau zu halten, der mit heruntergekurbelten Fenstern im Innenhof stand. Noch hatte ihn niemand gestohlen. Vermutlich stank er zu sehr.

»Ich habe nämlich Besuch eingeladen. Das errätst du nie.«

Jeannette war nur mäßig interessiert. Sie zuckte mit den Schultern. »Ich habe heute ein Mädchen mit eingeschlagenem Schädel gefunden und muß noch einen Bericht darüber schreiben.«

»Tut mir leid«, Regine trocknete sich die Hände ab. »Wer war sie?«

»Eine Studentin.« Jeannette bemühte sich, betont gleichmütig zu klingen. »Hat mich irgendwie an uns erinnert, unsere WG hier, du weißt schon. Überraschungsei-Figürchen neben Goethe-Büsten, Raffael-Engel neben Sitzpinkler-Cartoons, meterweise Literatur ...«

Regine nickte eifrig. »Witzig, das du das erwähnst, weil nämlich ...«

»Der Kater hat ihr gehört«, fuhr Jeannette unmotiviert fort. Sie schaute auf, als Regine vor ihr stand, einen Packen Werbezettel in den Händen. Mechanisch überflog sie die Überschriften, die für Schnellimbisse warben.

»Griechisch, türkisch, chinesisch oder japanisch? Was sollen wir uns kommen lassen?« wollte Regine wissen.

Jeannette winkte ab. »Ich hab dir doch gesagt, daß ich noch zu tun habe.«

»Aber du errätst nie, wer heute abend vorbeikommt.« Regines gute Laune war nicht zu brechen.

»Ich muß noch einen Bericht schreiben und morgen früh raus«, insistierte Jeannette. Sie wurde von einem Klingeln an der Haustür unterbrochen. Regine schob sie in den Flur, damit sie öffnete, während sie selbst zum Telefonhörer griff. Jeannette hörte sie Pizza ordern, stöhnte und ging zur Tür. Einer von Regines Kurzzeitfreunden wäre der letzte, den sie heute abend noch sehen wollte. »Ich hasse Überraschungen«, verkündete sie laut. Dann machte sie die Tür auf.

Ein Bild sprang sie an, ein kurzer Schreck, Erinnerungen wirbelten, dann fügte sich alles wieder zusammen, und sie erkannte, wer vor ihr stand. »Natascha!« rief sie ungläubig. Einen Moment noch zögerte sie, dann fiel sie der jungen Frau im eleganten Wollmantel um den Hals.

Natascha war einst die dritte im Bunde gewesen, die mit

Jeannette und Regine in dieser WG gehaust hatte. Sie war nach dem Studium ins Referendariat gegangen und Lehrerin geworden. Irgendwo südlich von Nürnberg, grübelte Jeannette. Sie kam nicht mehr drauf. Aber wo auch immer, Regine schien sie ausgegraben zu haben.

Natascha stellte ihre Handtasche auf das Tischchen im Flur und schaute sich um. Regine winkte mit Kußhändchen vom Telefon herüber.

»Hier hat sich ja einiges verändert«, sagte Natascha. »Oder vielleicht doch nicht so sehr«, meinte sie, als sie die Küche betrat und den Tisch mit der Wachstuchdecke, die zusammengewürfelten Möbel und das Chaos alter Zeitschriften sah. Im verstopften Spülbecken schwammen verkohlte Fleischstücke in fettigem Wasser. Der Kater hockte auf dem Abtropfbrett und angelte geschickt danach.

Natascha ging hinüber, um ihn zu kraulen. Sie ließ erst davon ab, als er nach ihr schlug, und roch beim Zurückkommen an ihren Fingerspitzen. »Er stinkt«, stellte sie fest.

Jeannette verdrehte die Augen. Knapp faßte sie für Natascha die Geschichte des Tieres zusammen. »Morgen ist er hier weg«, schloß sie dann.

»Und wo soll er heute nacht schlafen?«

Jeannette verwies darauf, daß er sich schon Regines Sofa ausgeguckt hatte.

»Und was frißt er?«

Jeannette schaute zur Spüle.

»Hast du wenigstens an ein Katzenklo gedacht?«

»Es ist doch nur für eine Nacht«, wandte Jeannette ein. Dennoch wurde sie blaß. Sie dachte an ihr Auto. Konnte es sein, daß noch mehr in so einer Katze drin war? Der Kater leckte den Belag von der Pfanne.

Ohne ein weiteres Wort war Natascha aufgestanden. Jeannette schaute zu, wie sie aus einer Pappschachtel, einer

Plastiktüte und einem Haufen alter Zeitungen, die sie methodisch in Streifen schnitt, eine Toilette für den Kater improvisierte. In weniger als zehn Minuten war alles fertig. Natascha nahm ein Paar rosafarbener Gummihandschuhe vom Haken und zog sie sich über, ehe sie das Tier aufnahm und mit pädagogischem Nachdruck in die Kiste setzte. Der Kater drehte sich einmal, zweimal um sich selbst und bekam einen versonnenen Gesichtsausdruck.

»Wozu ein Staatsexamen doch gut ist«, meinte Jeannette, die mit einer Mischung aus Erleichterung und leiser Abneigung Nataschas Tun verfolgt hatte. Natascha war immer schon diejenige von ihnen gewesen, die sich um die Aufstellung und Einhaltung von Putzplänen gekümmert hatte. Sie hatte die Telefoneinheitenabrechnung erledigt und Spülmittel nachgekauft, wenn es ausgegangen war. Jeannette hatte in solchen Fällen gefunden, es genüge, die Seife aus dem Gästeklo zu benutzen. Natascha war diejenige gewesen, die gemahnt hatte, den Dosenberg zu den Containern zu fahren, bevor er zu groß wurde, um mit dem Fahrrad transportiert zu werden. Und einmal, Jeannette erinnerte sich plötzlich ganz deutlich, hatten sie beim Nachhausekommen Natascha vorgefunden, die im Rahmen ihrer Zimmertür kniete. Sie war tatsächlich dabei gewesen, die Holztüren zu wachsen.

»Ich wußte gar nicht, daß du wieder im Lande bist«, meinte Jeannette in versöhnlicherem Ton.

»Sie hat heute nachmittag angerufen«, sagte Regine, die wieder in der Tür stand. Sie schickte sich an, auch den anderen einen Martini einzuschenken. »Das Essen kommt in einer halben Stunde.«

»Ich habe mich bei einer Nürnberger Schule beworben und werde Dienstag am Labenwolf-Gymnasium anfangen«, erklärte Natascha.

»Aber wieso? Hat es dir in Dings nicht mehr gefallen?«

fragte Jeannette und suchte fieberhaft nach dem Namen der Stadt. »Und wie geht es Joachim?«

Natascha stellte ihr Martiniglas, von dem sie nur genippt hatte, auf den Tisch. »Joachim und ich haben uns getrennt«, erklärte sie knapp. »Das Schwein«, setzte sie dann hinzu und nahm einen großen Schluck.

Regine sah Jeannette vielsagend an und schenkte nach. Es dauerte keine fünf Minuten, dann hatten sie alle Einzelheiten erfahren über Joachims Affäre mit einer seiner Abiturientinnen. Wie Natascha Verdacht geschöpft hatte, daß es da eine andere gäbe. Über die Briefe, die sie gefunden hatte, in denen Joachim die Adressatin als eine Lichtgestalt in seinem Leben bezeichnete. »Dutzende von Briefen«, klagte Natascha, »alles eine pubertäre Mischung aus frühem Expressionismus und Sturm und Drang. Als ob er als Schullehrer nicht genug davon in seinen Aufsätzen gehabt hätte.«

Regine nickte. »Aber zu Hause ging es immer nur um das Montieren der Winterreifen und Fragen des Folieneinsatzes im Erdkundeunterricht.« Es war offensichtlich, daß sie sich diesen Nachmittag bereits mit Natascha ausgetauscht hatte.

»Als ich erfahren habe, daß sie siebzehndreiviertel ist, bin ich ausgerastet«, erklärte Natascha. Jeannette konnte sich nicht recht vorstellen, wie das aussehen sollte, eine Natascha, die die Nerven verlor. Schon das Wort klang seltsam aus ihrem Mund.

»Joachim wollte mir weismachen, es wäre nichts Ernstes.« Ihre Stimme drohte zu kippen. »Dabei stand in den Briefen, daß sie zusammenziehen wollten.« Regine langte hinüber und rieb ihr aufmunternd den Rücken. »Er behauptete zunächst auch, es wäre eine ältere Frau, eine geschiedene Kollegin von einer anderen Schule.« Natascha schnaubte.

Jeannette fragte mit gerunzelter Stirn: »Aber wie bist du überhaupt an seine Briefe gekommen?«

Natascha gab sich einen Ruck und schaute sie vorwurfsvoll an. »Nun, es war wohl keine besonders glorreiche Idee von ihm, sie in der Sockenschublade zu verstecken, wo ich doch die ganze Wäsche mache. Ich habe sie gefunden, als ich die Bügelwäsche einsortierte.«

»Du bügelst Socken?«

»Das war sicher ein Schock«, mischte Regine sich ein und nahm Natascha in den Arm.

»Das kannst du glauben.« Natascha nahm den dritten Martini ohne Umstände. »Aber es war nichts im Vergleich zu dem Schock, den Joachim bekam, als ich ihn mit der Wahrheit konfrontierte. Die Tatsache, daß er sexuell mit Minderjährigen verkehrt hat. Mit Schutzbefohlenen! Daß seine berufliche Zukunft ruiniert ist, wenn das herauskommt.«

»Daß er dich zutiefst verletzt hat«, warf Jeannette ein.

»Das auch.« Natascha trank aus. Die Martiniflasche war leer. Zum Glück klingelte der Pizzaservice und brachte neben einem Berg Schachteln auch eine Zweiliterflasche Lambrusco mit den besten Wünschen des Hauses.

»Wie in alten Zeiten«, verkündete Regine fröhlich und schüttete die rote Brause in die Gläser.

»Und? Hast du ihn angezeigt?« fragte Jeannette hungrig, während sie zwei Ecken Hawaiipizza voneinander trennte und der Käse sich über einen halben Meter zog. Sie hielt einen der taschentuchweichen Happen hoch und ließ ihn in ihren Mund sinken.

»Noch nicht.« Zum ersten Mal sah Natascha glücklich aus. Zweifellos dachte sie daran, wie ihr auf die Folter gespannter Ex sich jetzt fühlen mußte. Mit schwindendem Lächeln schaute sie zu, wie der Kater den Thunfischbelag von Regines Pizza leckte. »Er hat keine Zähne mehr«, stellte sie fest. »Deshalb sabbert er auch so.«

Regine schob Kater samt Pizza unter den Tisch, bediente

sich am Salat und stemmte die Ellenbogen auf, als sie die Plastikschüssel geleert hatte. »Und? Was machen wir jetzt?«

Das Telefon läutete. »Jeannette Dürer?«

In der Stille am anderen Ende der Leitung atmete es.

»Dürer. Hallo?«

Regine nahm Jeannette den Hörer aus der Hand und lauschte. »Ach, fick dich selber«, rief sie dann und legte auf. »Ein Keucher«, erklärte sie den Freundinnen.

»Eine neutralere Reaktion wäre vielleicht sinnvoller gewesen«, meinte Natascha belehrend. »Es gibt Untersuchungen, die zeigen …«

Ehe Regine ihren Satz wiederholen konnte, griff Jeannette in das Gespräch ein. »Wie wäre es, wenn wir alle zusammen noch ausgehen?«

Regine blinzelte. »Wolltest du nicht noch deinen Bericht schreiben, über diese tote Studentin?«

»Was? Wie furchtbar«, sagte Natascha pflichtbewußt.

»Ach kommt.« Jeannette spürte die beflügelnde Wirkung des Weines. »Wo Natascha doch extra aus Dings gekommen ist.«

»Weißenburg«, ergänzte Natascha.

»Genau.« Jeannette nickte, als sei damit alles gesagt.

Regine hob die Hände. »Mädels, mich müßt ihr nicht davon überzeugen, auf die Piste zu gehen.

Sie diskutierten noch eine Weile, da Regine vorschlug, ein neues Lokal auszuprobieren, wo die Gäste sich gegenseitig SMS zuschicken konnten, um zu flirten und erste Kontakte zu knüpfen. Aber die beiden anderen bestanden darauf, wie in den guten alten Zeiten ins Gelbe Haus zu gehen.

»In diesem Flirtdings sind doch alle unter zwanzig, und wir kommen uns bloß alt vor«, mutmaßte Jeannette.

»SMS hat sie ihm auch geschickt«, erklärte Natascha niemand Bestimmtem. »Das machen diese jungen Dinger alle.

Auf sein Handy. Als ob nicht ich es wäre, die die Telefonabrechnungen bezahlt hat.« Sie schnaubte und versuchte aufzustehen. Dann brach es aus ihr heraus. »Ich will keinen Flirt«, rief sie, »ich will keine Bar-Bekanntschaft. Ich will eine Beziehung, die auf Vertrauen und Verantwortung gegründet ist, mit einem seriösen Partner, der weiß, was er an einer charakterlich reifen Frau hat.«

Regine und Jeannette redeten ihr gut zu, wickelten sie in ihren Pashmina-Schal und drückten ihr die Handtasche in die Hand, ehe sie aufbrachen. Ganz sicher waren sie alle nicht mehr auf den Beinen, so daß sich zu Jeannettes Erleichterung die Frage erübrigte, ob sie ihren Wagen nehmen sollten. Sie gönnten sich zur Feier des Tages ein Taxi.

Erst im gepflegten Halbdunkel der Bar entspannten sie sich wieder. Regine bestellte etwas mit Sahne und Kokosschaum, da sie Nahrhaftes brauchte, wie sie erklärte, weil ihr doch die Pizza entgangen war. »Hier im Dunkeln sieht man meine Ringe wenigstens nicht«, meinte sie und klopfte sich auf die Hüften.

»Ring?« murmelte Natascha, die auf den Verlobungsring an ihrem Finger starrte, offenbar ein Relikt aus besseren Zeiten.

»Wagners Ring«, fügte Jeannette anzüglich hinzu und erntete dafür einen Tritt. In der folgenden Stille schaute sogar Natascha auf.

»Also gut.« Regine holte tief Luft. »Ich hatte eine feste Beziehung, okay? Mit einem Mann in meinem Alter.« Sie sagte es, als bekennte sie sich zu einer schweren Depression. »Er war Polizist in Bayreuth, war Wagner-Fan und liebte seinen Hund.«

»Ja, und?« fragte Natascha, die sich interessiert vorgebeugt hatte.

Jeannette zog es vor, die Bewegungen des schmelzenden

Wachses zu verfolgen, das in dem beleuchteten Designbehälter aus den Siebzigern stieg und sank. Noch immer hatte sie Mühe damit, sich Regines und Siegfrieds Alltag in Bayreuth vorzustellen. Wenn sie an Siegfried dachte, sah sie immer sich selbst an seiner Seite. Schließlich hatte er sie zuerst geküßt. Aber dann, gerade als sie sich an den Gedanken gewöhnte, mit ihm etwas anzufangen, hatte er sich Regine zugewandt. Der Schuft. Tatsächlich dachte sie etwas weit Drastischeres, das sie aber in einem Cocktail ersäufte.

»Warum es schiefgegangen ist?« hörte Jeannette Regine sagen und mußte sich den Gedanken verkneifen, daß das ja nur hatte schiefgehen können. Tatsächlich lag ihr das glückliche Lächeln von Regine auf dem Weg zu ihrem ersten Rendezvous mit Siegfried noch immer schwer im Magen.

»Ja, weißt du.« Regine mußte nachdenken. »Da kam eine Menge zusammen. Ich bekam in Bayreuth nicht den Job, den ich mir gewünscht hätte. Dann seine Eltern, nette Leute, aber wenn Siegfried nicht im Raum war, gab es wirklich nichts, was wir uns hätten sagen wollen. Und wir waren sehr oft dort, weil er seinem Vater beim Umbauen half. Er war ein echter Familienmensch, weißt du.« Sie senkte mit einem Zug am Strohhalm den Schaumpegel ihres ersten Planter's Punch deutlich ab. »Und dann waren sie alle so musikalisch, Gott.« Langsam kam Regine in Fahrt. »Ich habe mich immer geschämt, wenn ich mal eine von meinen CDs eingelegt habe. Aber ich mag nun mal Hintergrundmusik.« Sie alle lauschten einen Moment dem Dudeln der Stereoanlage hinter dem Tresen.

»Und dann noch der Hund.« Regine zählte zügig und in sachlichem Ton die restlichen Faktoren auf. »Es kam eben vieles zusammen«, schloß sie mit derselben Phrase, mit der sie begonnen hatte.

»Hm«, machte Natascha, was Jeannette befürchten ließ, daß einer ihrer altklugen Kommentare folgen könnte. Etwas in der Art, daß man für eine feste Beziehung eben Kompromisse eingehen müsse. Vor allem, wenn man eine Figur wie Regine hätte. Ähnliches war schon vorgekommen. Oder stammte der Spruch von ihrer Mutter? Jeannette merkte, wie der Alkohol weiter wirkte. Das folgende Gespräch zwischen ihren Freundinnen bekam sie nur noch phasenweise mit.

Sie schaffte es noch, zu protestieren, als Regine den Kater als den derzeitigen Mann in ihrem Leben bezeichnete. Wie die Diskussion dann langsam zu Partneranzeigen überging, war ihr allerdings nach dem zweiten Gimlet irgendwie entschlüpft. Ihre Gedanken trieben vage über den Körper einer Erschlagenen hinweg. Ikearegale tanzten durch die Flüssigkeit. Joachim beugte sich hinab und klagte. »Oh, du meine Lichtgestalt.«

»Mich wollte mal einer umbringen«, sagte sie, ohne selbst zu wissen, von woher das über ihre Lippen gekommen war. Sie hatte schon lange nicht mehr an den Biologiestudenten gedacht, in den sie sich verliebt hatte, ohne zu bemerken, daß er der Mörder war, den sie suchte. Bis er beinahe sie selbst getötet hätte. Zu ihrer Überraschung hörte keine ihrer Freundinnen zu. Die beiden waren über einen Zettel geneigt, den Regine von irgendwoher gezaubert hatte. Mit dem Stift in der Hand dachten sie über den nächsten Satz nach, den sie zu Papier bringen wollten.

»Blonde Göttin«, verkündete Regine.

»Das ist gut«, stimmte Natascha kichernd zu, »das bringt es auf den Punkt.«

»Was macht ihr da?« verlangte Jeannette zu wissen.

Die beiden schauten auf. »Wir haben beschlossen, dir zu helfen«, erklärte Regine.

Natascha nickte so nachhaltig, daß sie sich an der Tischplatte festhalten mußte. Sie hickste. »Nichts hilft besser über eigenen Kummer hinweg.«

»Was wird'n das?« Jeannette zog den Zettel zu sich heran.

Die Schrift verschwamm vor ihren Augen. »Eine Bekanntschaftsanzeige? Für mich?« Sie wandte sich an Natascha. »Ich dachte, *du* suchst eine Partnerschaft.«

Natascha griff geziert zu ihrem Glas, verfehlte es jedoch. »Ich sagte, eine seriöse Partnerschaft.«

»Ich will aber auch etwas Seriöses«, protestierte Jeannette.

»Nein, Mädchen«, entgegnete Regine, die den Zettel wieder an sich zog und eifrig weiterschrieb. »Du brauchst vor allem jemand, der dich mal ordentlich durchvögelt.«

»Was? ... Also ...« Jeannette mußte sich sammeln, so empört war sie. »Das ist so was von daneben.« Sie überlegte. »Und chauvinistisch.«

»Da hat sie recht«, gab Natascha zu bedenken.

Regine zuckte mit den Schultern. »Traumfigur. So. Das wär's. Sie schob den Zettel zu Natascha rüber, die las und kicherte.«

»Ihr seid ja nur neidisch.« Jeannette wußte kaum, woher die Worte kamen. »Als ob das so toll wäre, schlank und blond. Dauernd starren die Männer dich an, und, und keiner achtet darauf, wie du eigentlich wirklich bist.« Sie schraubte ihre Stimme in theatralische Höhen. »Keiner interessiert sich für dein wahres Wesen.«

»Na, da hast du doch ein Riesenglück«, gab Regine nur zurück.

Jeannette schmollte.

»Die inneren Werte sind aber schon ...«, gab Natascha zu bedenken und erhöhte ihren eigenen inneren Wert mit einem großen Schluck um ein weiteres halbes Promille.

Energisch faltete Regine den Zettel. »So. Den werfen wir gleich auf dem Heimweg ein. Und dann sehen wir schon.« Sie winkte dem Ober und bestellte eine Runde Frozen Margheritas, um das Ereignis zu feiern.

Als der Ober kam, um ihnen zu erklären, daß das Lokal jetzt schlösse, waren sie alle in Tränen aufgelöst. Natascha weinte um ihren Joachim und die Verantwortungslosigkeit der Männer. Regine weinte, auch wenn sie es nicht zugab, um die Unmöglichkeit, mit einem Wagner-Anhänger zu leben. Und Jeannette vergoß ihre Tränen mangels Alternativen um Julia Steinert, um sie und das harte Schicksal aller Frauen mit universitärem Hintergrund. Es war ihr letzter Trinkspruch für den Abend.

7

Jeannette war schon öfter mit einem Riesen-Kater aufgewacht. Aber noch nie hatte er auf ihrem Bauch gelegen. Silberne Fäden ziehend rieb der große Rote seinen Kopf an ihrem Knie und schnurrte sie an. Jeannette schob ihn beiseite, bedauerte, neben dem Gleichgewichts- nicht auch den Geruchssinn verloren zu haben, und wankte ins Bad. Natascha kam ihr geschniegelt und gebügelt entgegen. Sie trug bereits wieder Kostüm und Puder und stöckelte lautstark den Flur entlang.

»Er hat in die Waschmaschine geschissen«, war alles, was sie sagte.

Jeannette überzeugte sich im Bad kurz von der Wahrheit dieser Behauptung. Sie gähnte, schüttete eine halbe Flasche Fleckentferner in die Maschine, knallte die Tür zu und stellte auf neunzig Grad. Umrauscht vom Lärm des Spülgangs, starrte sie in den Spiegel. Irgend etwas war gestern geschehen, aber was? Alles, woran sie sich erinnern konnte, waren innere Werte.

Regine stand im lilafarbenen Seidenkimono am Herd. »Du solltest dich nicht immer anziehen wie deine eigene Großmutter«, hörte sie die Freundin sagen. Natascha antwortete pikiert etwas von Staatsdienst und beruflicher Verpflichtung.

»Hattest du nicht einen neuen Job in Aussicht?« fragte Jeannette, während sie sich setzte und Regine ihr wortlos Speck mit Ei zuteilte.

»Heute ist Sonntag, Schatz.«

Der Kater miaute. Regine stellte ihm Milch hin, die er mit Verachtung strafte.

»Ich bring ihn nachher ins Tierheim«, sagte Jeannette kauend. »Ich muß nur erst noch mit einem Verdächtigen sprechen.

»Heute ist Sonntag, Schatz«, wiederholte Regine und erntete dafür einen Blick von Jeannette.

»Irgend jemand wird schon dasein. Die Viecher brauchen doch auch am Sonntag ihr Futter.«

»Wir kriegen ja auch unser Whiskas«, ergänzte Natascha und betrachtete mit kritischem Blick den verbrannten Schinkenstreifen, der von ihrer Gabel baumelte.

»Bleib doch in Dings, wenn's dir bei uns nicht paßt«, gab Regine zurück und gähnte ausgiebig.

»Weißenburg«, sagte Natascha, »danke.« Sie starrte noch immer auf den Schinken. »Ich besichtige heute zwei Zimmer«, fügte sie dann hinzu. »Wenn es mit einem davon klappt, bin ich sofort weg.«

»Aber du fängst doch Dienstag schon an«, wandte Jeannette erstaunt ein.

Regine schüttelte den Kopf und seufzte. »Dann werd ich schon mal gehen und den Kühlschrank auffüllen.«

»Heute ist Sonntag, Schatz.« Jeannette wollte grinsen, doch ihr Kopf tat zu weh.

»Besorgt vor allem ein richtiges Katzenklo!« schlug Natascha vor und verzog das Gesicht.

Jeannette stöhnte. »Kann irgend jemand mal den Lärm abstellen?« Es dauerte eine Weile, bis sie begriff, daß es das Telefon war, das anhaltend läutete. Stöhnend schlappte sie hinaus in den Flur.

»Jeannette Dürer?« meldete sie sich und wollte, da sie in den ersten Sekunden nichts Deutliches hören konnte, bereits Regines erprobten Satz anhängen, da erkannte sie plötzlich Martins Stimme. Er klang beinahe widerlich frisch. »Es ist Sonntag, Schatz«, versuchte sie es mit ihrem Erfolgsspruch, wurde aber ignoriert.

»Die Mutter hat sich gemeldet«, verkündete Martin mit forschem Schwung.

»Oh, nein, nein.« Jeannette schüttelte energisch den Kopf, was sie bereute. Mit mitleidigem Gesicht reichte Regine ihr ein Glas Alka-Seltzer. Jeannette trank gierig. »Auf gar keinen Fall«, fuhr sie dann fort. »Ich habe Mutter schon tausendmal gesagt, ich werde mich nicht in Tanjas Angelegenheiten mischen.« Sie hielt inne, um das Glas zurückzugeben. »Wieso ruft Mutter eigentlich bei dir an?«

Es dauerte eine Weile, bis sie begriff, daß es nicht ihre eigene, sondern Julia Steinerts Mutter gewesen war, die im Revier angerufen hatte. Sie hatte aufgeregt geklungen, meinte Martin jetzt. »Erschüttert trifft es vielleicht besser. Du solltest sofort hinfahren.«

»Hinfahren?« Jeannettes Gedanken hinkten noch immer ein wenig hinterher.

Martin gab sich angriffslustig. »Jetzt komm mir bloß nicht noch mal damit, daß heute Sonntag ist.«

»Würd ich nie«, murmelte Jeannette, mit einem Blick auf ihre beiden Mitbewohnerinnen. »Ich wollte nur …«

»… schließlich sitze ich hier und schreibe den Bericht, den du nie fertiggestellt hast. Und außerdem …«

Jeannette hielt den Hörer etwas von ihrem Ohr weg. Als hätte Martin es gespürt, wurde seine Stimme werbender und sanfter.

»Bloß ein Frauengespräch, Jeannette, komm schon.«

Sie hatte das starke Gefühl, für die nächsten drei Jahre genug Frauengespräche geführt zu haben. Julia Steinerts Freund schien ihr außerdem die weitaus dringlichere Angelegenheit zu sein. Das sagte sie Martin.

Der erwiderte nur: »Sie hat ausdrücklich nach dir verlangt.«

Jeannette dachte an das Gesicht mit den großen verspiegelten Insektenaugen der Brille. Sie hatte keine Ahnung, was sie dahinter erwartete.

»Hab ich was gesagt?« brummelte sie. Martin gab ihr einen Kuß durch den Hörer, und sie legte auf.

Langsam zog sie sich an und machte sich fertig, während Natascha und Regine sich weiter unterhielten. »Tizian«, schlug Natascha gerade vor.

»Zu prätentiös«, beschied Regine sie. »Stinker paßt eher.«

Natascha runzelte die Stirn. »Zu unschön.« Sie überlegte. »Kafka wäre was.«

»Zu literarisch«, sagte Regine apodiktisch. »Nero.«

»Zu schwül. Stalin?«

»Zu plakativ.« Regine überlegte. »Aber Rasputin.«

»Ist Jeannette denn religiös?« Natascha grübelte. »Vielleicht mit mehr Understatement. Hans-Heiner, oder so.«

Jeannette zog sich die Jacke über die Schultern. »Der braucht keinen Namen«, verkündete sie statt eines Abschiedsgrußes. »Der kommt morgen ins Tierheim.«

Regine schüttelte den Kopf. »Zu lang.«

Jeannette hörte das Gelächter der Freundinnen noch auf dem Flur.

Das Haus der Familie Steinert lag in Mögeldorf, unweit des Tiergartens. Als Kind hatte Jeannette immer von so einer Wohnlage geträumt, nicht nur wegen der rötlichen Sandsteinvillenfassaden, die so anheimelnd aussahen, auch wegen der Nähe zum Wald und dem darin versteckten Zoo, für sie ein Ausflugsziel an privilegierten Sonntagen, für diese

Menschen Alltag, mit nur wenigen Schritten zu erreichen. Die hatten bestimmt alle so eine Dauerkarte, mit der man jeden Tag zwischen Tigern und Löwen spazierengehen konnte wie in einem banalen Park zwischen Enten und Spatzen. Und vielleicht, hatte sie früher gedacht, konnte man von einem der Erkerfenster aus die Köpfe der Giraffen sehen, wie sie zwischen die Baumwipfel ragten.

Frau Steinert, die auf das nostalgische »Dingdong« des Klingelknopfes öffnete, wirkte an Giraffenspielen nicht sonderlich interessiert, eine gepflegte, blasierte Dame mittleren Alters, mit einem leisen Hauch von Verstörung, der schwer zu fassen war. Hätte Jeannette einen Tip abgeben dürfen, dann hätte sie – trotz der perfekten Fassade, des teuren Kostüms, des lässig geschlungenen Halstuches, der vermutlich echten Ohrklips und des geschmackvollen Make-ups – empfohlen, in den Schränken nach leeren Flaschen zu forschen. Oder nach Beruhigungsmitteln. Ich bin unfair, dachte Jeannette bei sich. Wenn einem eben das Kind gestorben ist, hat man vermutlich ein Anrecht auf jede Form von Betäubung, die hilft. Sogar darauf, sich so zu geben, als wäre gar nichts geschehen.

Die Mutter von Julia Steinert hatte ohne Sonnenbrille ein attraktives Gesicht, das immer noch ein wenig Sophia Loren ähnelte. Die Lippen waren nicht ganz so schwellend, die Augen nicht ganz so geschweift. Es war eine gutgebaute, schöne Maske, die bereits die ersten Spuren des Verfalls zeigte. Lose Haut hier und da, Falten unter den Augen, aber alles wohlrenoviert und in Behandlung. Jeannette zweifelte nicht daran, daß Frau Steinert eine Menge Zeit vor dem Spiegel verbrachte. So wie ihr trautes Heim aussah, hatte sie auch sonst nicht viel anderes zu tun.

Das Wohnzimmer öffnete sich mit einer französischen Fensterfront auf den zugewachsenen, beinahe parkartigen

Garten, die Herbstsonne blitzte auf den Kristallscheiben des Lüsters, die teuren Blumenstoffe der Vorhänge blähten sich. Überall Teppiche, Troddeln, Nippes, Goldrahmen. Und dennoch sah es kühl und leblos aus. Ein Dienstmädchen stellte geschliffene Gläser von einem Tablett in eine Vitrine und entfernte sich dann lautlos wieder.

Frau Steinert in ihrem grauen Kostüm lehnte sich in den Rahmen der Terrassentür. Die Chiffonrüschen ihrer Bluse fielen zurück, als sie die Hand mit der Zigarette zum Mund hob. Ihre Finger zitterten fast unmerklich. Sie sieht viel moderner aus als ihr Interieur, fand Jeannette. Vielleicht war der Effekt beabsichtigt. Sie betrachtete Frau Steinerts unruhige Augen. Sie weiß, dachte Jeannette, daß ihr Mann sie nur wegen ihres Aussehens geheiratet hat. Da war es vielleicht eine gute Strategie, sich jugendlich von den Möbeln abzuheben.

»Ich möchte Ihnen noch einmal versichern, wie leid es mir tut«, eröffnete Jeannette das Gespräch. Der Satz kam ihr überflüssig vor, noch während sie ihn aussprach. Frau Steinert wirkte nicht im mindesten traurig oder schockiert. Eher nervös, gehetzt. Wie jemand mit einem schlechten Gewissen. Jeannette beobachtete, wie sie ihr nach diesem Auftakt auswich, und war mehr denn je bereit zu wetten, daß sich hier irgendwo eine leere Flasche Hochprozentiges fand. »Sie wollten mit mir sprechen«, sagte sie schließlich, als ihre Gesprächspartnerin keine Anstalten machte, die Stille zu unterbrechen.

Frau Steinert sog hastig an ihrer Zigarette, trat dann auf die Terrasse, drückte den Stummel umständlich in einem Aschenbecher aus und rief das Dienstmädchen, damit sie ihn entfernte.

»Mein Mann mag es nicht, wenn ich rauche«, sagte sie mit einem entschuldigenden Lachen. Dann schlang sie die Arme um sich selbst, strich sich mit den Händen über die Schultern und ging ein paarmal auf und ab. Es fiel ihr sichtlich schwer, einen Anfang zu finden.

Nun machst du mich aber beinahe neugierig, dachte Jeannette, die ein Gähnen unterdrücken mußte. Fetzen der Unterhaltung vom Vorabend huschten ihr wieder durch den Sinn. Und Regine hatte irgend etwas geschrieben. »Was?« schreckte sie auf, als Frau Steinert schließlich zu sprechen begann.

»Wissen Sie, wie es ist, wenn man jahrelang keinen Sex hat?« wiederholte die Frau ihre Frage. Noch immer war ihr Blick unstet, und ihre Wangen überzog unter dem Puder eine heftige Röte, aber nun, da sie sich einmal zum Sprechen entschlossen hatte, klang ihre Stimme laut und klar. Wie laut, fiel ihr wohl selbst auf, denn sie schloß die Terrassentür, sperrte den Vogelgesang aus und lehnte sich mit dem Rücken gegen die Scheibe.

Jeannette brauchte ein paar Sekunden, um sich von dem Schrecken zu erholen. »Nein«, log sie spontan. Sie suchte eine Position, in der Frau Steinerts Gesicht nicht wieder für sie im Gegenlicht verschwand, während ihr Szenen durch den Kopf schossen, Bilder aus den letzten Jahren, von vielen einsamen Abenden in ihrer Wohnküche und einsam durchwachten Nächten. Von fehlgeschlagenen Rendezvous und Enttäuschungen. Von einem Gefühl des Eingesperrtseins.

»Nein«, wiederholte sie entschlossen. »Ich meine …« Sie besann sich auf ihre Aufgabe, diese Frau zum Sprechen zu bringen. Durch empörte Distanzierung würde sie das wohl kaum erreichen, ermahnte sie sich. »Das, das ist ein sehr privates Thema«, fügte sie lahm hinzu. Sie waren einmal umeinander herum gegangen und hatten sich nun mit viel Abstand auf der Couch und einem Sessel positioniert. Aber Frau Steinert hielt es nicht lange auf ihrem Sitz, sie sprang sofort wieder auf.

»Das dachte ich bis gestern auch«, sagte sie. Mit einer Wendung, beinahe wie ein Modell auf dem Laufsteg, wandte sie sich zu Jeannette um. »Sehen Sie, das heißt, mein Mann und ich, das heißt, sicher weiß ich es nur für mich, wenn ich darüber nachdenke.« Sie lächelte und wiegte sich ein wenig in den Hüften, als präsentiere sie einen Scherz. »Ich hatte in den letzten Jahren keinerlei Sex. Können Sie sich das vorstellen?« Das ironische Lächeln, das sie aufgesetzt hatte, wurde hilflos, und als würde ihr plötzlich das Unpassende ihres Verhaltens bewußt, ging sie mit schnellen Schritten zu einem Sessel, den sie wie einen Schild zwischen sich und Jeannette schob.

»Verstehen Sie mich bitte nicht falsch. Ich hätte mir nie träumen lassen, daß das bei mir mal ein Thema werden könnte. Ich meine ...« Sie ließ sich auf den Sessel fallen und griff nach einer neuen Zigarette.

Jeannette nahm das schwere Rauchglas-Tischfeuerzeug und neigte sich so weit vor, daß sie mit ausgestreckter Hand gerade noch die Spitze von Frau Steinerts Zigarette erreichte.

Die fuhr fort. »Ich meine: Früher hatte ich ihn eben und dachte nicht weiter drüber nach. Ich habe mich nie für besonders sinnlich gehalten.« Sie zog mit ihrer Zigarette einen Kreis. »Ich habe mich auch nie für besonders unsinnlich gehalten. Ach, ich weiß nicht, ob ich ausreichend verständlich bin.«

Jeannette nickte. »Perfekt.« Sie schluckte, ihr Hals war trocken, was sie auf die Margheritas vom Vorabend schob.

Frau Steinert fuhr, einmal in Fahrt, immer weiter fort. »Als es anfing, dachte ich nicht, daß das zum Problem werden könnte. Er hatte eben Streß, die langen Flüge, die Nachtarbeit. Ich habe mir weiter keine Gedanken gemacht. Bis die Unruhe einsetzte.«

Jeannettes Blick schweifte hinaus in den Garten. Beneidenswert diese alten Baumbestände. Sie vermied es, Frau Steinert anzusehen. Doch die ließ sich nicht stören.

»Es war wie, wie soll ich es beschreiben. Es war so eine pulsierende Unruhe, wie ein Juckreiz im Hirn. Und der Körper wollte auch nicht mehr stillhalten. Ich begann, an Sex zu denken, ich spulte ganze Pornos vor meinem geistigen Auge ab, verstehen Sie? Und bitte glauben Sie nicht, daß ich in meinem Leben vorher viele davon gesehen habe.«

Wieder schüttelte Jeannette den Kopf.

»Aber auf einmal waren die Bilder da. Es kam einfach über mich. Es störte meine Konzentrationsfähigkeit. Ich ertappte mich dabei, wie ich beim Metzger im Laden stand und meine Bestellung nicht zusammenbrachte, weil ich mir gerade eine wilde Orgie mit dem Fleischer und seinem Gehilfen auf der Thekenplatte zusammenphantasierte. Es war krank.« Heftig drückte sie ihre Zigarette aus, um sofort nach der nächsten zu greifen.

Jeannette räusperte sich. »Frau Steinert, stehen diese Mitteilungen in irgendeinem Zusammenhang mit dem Tod ihrer Tochter?«

Ihr Gegenüber lächelte traurig. »Sie halten mich für peinlich, stimmt's?« Sie inhalierte tief. »Ich hielt mich selber für peinlich. Ausgerechnet der Metzger!« Sie schnaubte. »Irgendwann dann begann ich in einem Anfall von Trotz nach geeigneteren Partnern Ausschau zu halten. Ich fand sie auch. Aber es geschah absolut nichts. Nichts.« Sie schaute Jeannette an. »Es war mir absolut unmöglich, diesen Männern mein Begehren mitzuteilen. Können Sie das verstehen?«

»Ja.« Die Antwort kam rasch und spontan. Es war das lauteste, was Jeannette bislang an diesem Morgen gesagt hatte, und klang in ihren erschrockenen Ohren noch lange nach. Frau Steinert zeigte sich nicht im mindesten irritiert. Jeannettes Erregung nicht bemerkend, war sie ganz in ihrer eigenen Geschichte gefangen.

»Ich schämte mich zu sehr. Weil meine Wünsche so direkt

waren. Weil mein Mann mich vielleicht abgelegt hatte, weil ich unattraktiv geworden war und Sex mit mir lächerlich zu werden begann. Weil ich Angst vor einer Zurückweisung hatte, das wohl am meisten, oh, es war ein Konglomerat. Vor allem aber war es ein Knoten. Er saß in meinem Hals. Ich brachte nie ein Wort heraus. Ich konnte mich nicht einmal in den Hüften wiegen, wenn ein Kandidat in der Nähe war, ich ging immer stocksteif. Je interessierter ich an einem war, desto spröder gab ich mich.«

»Er hätte es ja bemerken können«, sagte Jeannette leise.

Frau Steinert nickte. »Ich war mir sicher, daß ich leuchtete wie eine rote Ampel. Also verbarg ich alles. In mir kochte es, heftiger und heftiger. Aber ich lief herum, ganz Frau Doktor Steinert, voller Angst und dabei voller Verzweiflung, in mir selber eingesperrt wie ...«

»... in einem Gefängnis.«

»Genau.« Mit zitternden Händen suchte Frau Steinert die Zigarette am Rand des Aschenbechers abzustreifen. »Ich danke Ihnen, daß sie soviel Verständnis für mich aufbringen. Eine junge hübsche Frau wie sie.«

»Oh«, wehrte Jeannette ab und zog es vor zu schweigen.

Frau Steinert lächelte auf einmal mit einem Anflug der alten Koketterie. »Nennen Sie mich Iris«, sagte sie. Jeannette wiegte schweigend den Kopf, ohne zuzustimmen oder abzulehnen. Iris Steinert lächelte ihr zu. »Sie denken bestimmt: Kann die Alte denn nicht flirten?« Sie hielt ihre Zigarette für einen Moment wie ein Filmstar. »Oh, glauben Sie mir, ich habe früher mit Roberts Kollegen und Mandanten geflirtet wie nur was. Das gehörte dazu, Robert war stolz darauf.« Ihr Gesichtsausdruck wurde hart. »Aber von denen wollte ich ja auch nie etwas.«

Jeannette nickte zerstreut und rutschte vor auf die Kante

des Sofas. »Und wie haben Sie dieses Dilemma schließlich gelöst?« fragte sie. »Iris?«

Über Frau Steinerts Gesicht ging ein Leuchten. »Per Internet«, sagte sie.

8

»Wie bitte?« fragte Martin eine Stunde später im Revier.

Jeannette packte die Pappschalen mit den chinesischen Gerichten aus, die sie von unterwegs mitgebracht hatte. »Acht Schätze in scharfer Soße und ein chinesischer Salat für dich. Sie hat es per Internet getan. Hier ist die Adresse.«

Interessiert nahm Martin den Zettel auf. »Und dort hat sie, äh ...«

»Sexualpartner gefunden, ja«, bestätigte Jeannette und tunkte angelegentlich ihre Schweinefleischbällchen in die süßsaure Soße, die leider in den Reis hinübergelaufen war. Es war immer zu viel Reis und immer zu wenig Soße.

Sie erklärte Martin, was Iris Steinert ihr gebeichtet hatte. Daß sie, nachdem sie zufällig auf die Flirtplattform gestoßen war, erst ein wenig gechattet hatte und sich dann spontan mit einem Partner zu einem Treffen verabredet hatte mit klarem Ziel.

»Mit einem völlig unbekannten Mann. Nicht schlecht für ihr Alter«, meinte Martin.

»Das ist keine Frage des Alters, es ist eine Frage der Verzweiflung«, korrigierte ihn Jeannette.

Er lachte. »Du mußt es ja wissen.« Dann wurde er wieder ernst. »So was kann verdammt riskant sein. Und als Treffpunkt hat sie die Wohnung ihrer Tochter benutzt, wenn diese nicht da war?« Er schüttelte mißbilligend den Kopf.

»Sie wußte, an welchen Vormittagen Julia in Erlangen war, sie kannte ja ihren Stundenplan. Zur Sicherheit rief sie kurz vorher dort an.«

»Und hinein kam sie mit dem Schlüssel, den ihr Mann gestern plötzlich vermißte«, faßte Martin zusammen.

»Und der seit dem letzten Treffen verschwunden ist.« Jeannette betonte jedes Wort.

Martin setzte sich auf. Etwas Soße tropfte von seinem Kinn. Hastig wischte er sie ab. »Wie hieß der Kerl?«

»Sein Flirtname lautete ›Casanova‹.«

Martin rollte mit den Augen, während er hastig tippte. »Wie originell.«

Jeannette mußte ihm zustimmen. Auch sie konnte sich nicht vorstellen, wie man mit einem Mann intim werden sollte, der bei der Wahl seines Pseudonyms einen derartigen Mangel an Stil erkennen ließ. Andererseits, dachte sie melancholisch und biß in ihr Fleischbällchen: Wußte sie überhaupt noch, wie man mit einem Mann intim wurde?

Martin schnaubte. »Also Casanova.« Er bestätigte mit Return und schaute zu, wie die Seite sich langsam aufbaute. Rosafarbener Neon blinkte, Buttons poppten.

»Sie hat eine halbwegs brauchbare Beschreibung von ihm gegeben. Vielleicht könnten wir sie bei Gelegenheit mit dem Polizeizeichner zusammenbringen.

Martin schüttelte den Kopf. »Casanova«, murmelte er. Dann schaute er auf. »Wie sieht sie aus?«

»Du meinst, wie sieht er aus?« fragte sie irritiert, dann begriff sie. »Also.« Jeannette überlegte einen Moment. »Wie Sophia Loren«, sagte sie zögernd, »gekreuzt mit Frau Doktor Anwalt aus Mögeldorf.«

»Rassige Schöne«, tippte Martin ein.

Blonde Göttin, schoß es Jeannette durch den Kopf. Verdammt, woher kamen nur alle diese Floskeln?

Ihr Partner betrachtete seine erste Formulierung, runzelte die Stirn und löschte sie wieder. Dann wandte er sich zu ihr um. »Ich müßte wissen, wie sie sich vorgestellt hat.«

Jeannette zuckte mit den Schultern. »Frag sie«, meinte sie und ging zum Getränkeautomaten, um sich eine Cola zu ziehen.

Dort traf sie zu ihrer Überraschung Zametzer, umgeben von einigen Kollegen von der Schutzpolizei. Er wirkte blaß und übernächtigt.

»Also ehrlich«, hörte sie ihn sagen, »ich weiß nicht, warum die Frauen darauf bestehen, daß man dabei ist. Sie schreien rum wie die Irren, man kennt sie gar nicht wieder, und als ob das nicht reicht, kommt dann unten die ganze Soße raus. Ehrlich, bei dem Anblick wird ein Zuchtstier impotent.«

Energisch warf Jeannette ihre Münze ein und drückte die Knöpfe. »Na, solange es Typen wie Sie davon abhält, sich weiter zu reproduzieren, hat es doch seinen Zweck erfüllt«, sagte sie, ohne sich zu den Männern umzudrehen, und trat gegen den Automaten.

In der folgenden Pause kollerte die Colaflasche laut in die Ablage. In ihrem Rücken hörte sie eine Tür klappen. »Ist der neuerdings empfindlich«, meinte Jeannette verblüfft, die eine heftige Gegenattacke erwartet hatte. »Was hat er denn? Postnatales Trauma?«

Ein Prusten antwortete ihr. Schließlich meinte einer: »Bei seiner Frau haben gestern die Wehen eingesetzt, mitten beim Partnerabend, vor aller Augen. Als sie die Geburt nur mal simulieren sollten.« Der Mann grinste. »Das war ihm wohl irgendwie peinlich.«

Jeannette mußte lachen. »Sie hat wohl was falsch verstanden.« Vergnügt öffnete sie die Flasche und nahm einen tiefen Schluck. Das tat gut; reines Koffein, und reine Schadenfreude dazu. Es war der erste gute Moment an diesem Morgen.

Als sie wieder aufschaute, stand Zametzer erneut auf dem Flur. Er trug einen Pappkarton mit Unterlagen unter dem Arm.

»Wo wollen Sie denn hin?« fragte sie verdutzt.

»In den Mutterschutz«, grölte jemand. Jeannette verzog das Gesicht, aber sie konnte nicht anders, sie mußte grinsen.

Zametzer kaute auf seinem Schnurrbart. »Ich habe meiner Frau versprochen, Urlaub zu nehmen, wenn es soweit ist«, knurrte er.

Jeannette wollte ihm ein »brav« hinterherrufen, ließ es aber sein. Zum einen war es politisch total unkorrekt, da sie als Frau jeden Mann, der Elternurlaub nahm, vorbehaltlos bestärken sollte. Zum anderen übertraf nichts *mehr* die Aussicht, ein paar Wochen ohne Zametzer auszukommen.

Als sie wieder an Martins Schreibtisch kam, stand Jochen Böhm mit einer Klarsichthülle da, die er ihr vielsagend hinhielt. »Die Aussage der griechischen Nachbarin.«

Jeannette überblätterte die mit griechischem Text bedeckten Seiten, bis sie die Ausdrucke mit der deutschen Übersetzung fand.

Jochen guckte Martin derweil über die Schulter und las mit, was der eben geschrieben hatte. »He, bist du schwul oder was?« rief er schließlich und lachte laut, während er ihm auf die Schulter klopfte. »So die Männer anzumachen.«

Jeannette zuckte zusammen. Außer ihr wußte niemand im Dezernat von Martins Homosexualität. Und obwohl ihr Partner sie nicht mehr so krampfhaft zu verbergen suchte wie früher und er seinem Lebenspartner Josef mittlerweile erlaubt hatte, ihn in Notfällen im Büro anzurufen, ging doch noch die Mehrheit der Leute hier davon aus, zwischen ihm und Jeannette liefe was. Sie hatten das stets dementiert, aber geglaubt hatte ihnen natürlich niemand.

Sie versuchte mit Martin einen raschen Blick zu wechseln, der aber stur vor dem Monitor sitzen blieb. »Ich übe schon mal für meine Geschlechtsumwandlung«, erklärte er nur.

»Mensch, glutäugiges Vollweib, das nimmt dir doch keiner ab.« Jochen johlte beinahe vor Vergnügen.

»Das ist Internet, Jochen.« Martin wandte sich kurz um, wollte ihm tadelnd in die Augen schauen. »Ich könnte behaupten, ich wäre Marilyn Monroe, oder Dumbo der Elefant. Ach, verdammt.« Er las seinen Text noch einmal, löschte ihn wieder und drehte sich dann fragend zu den beiden um. »Wie kriegt man einen Mann an den Haken, der sich Casanova nennt?«

Böhm zuckte mit den Schultern. »Gib's auf, Junge, das ist nicht unser Fachgebiet.« Er verabschiedete sich mit einem letzten wohlwollenden Tätscheln.

Jeannette schaute nicht von ihrer Lektüre auf.

»Hast *du* eine Idee?« fragte Martin noch einmal, doch er bekam keine Antwort. Jeannette las, völlig gefesselt, mit tonlos sich bewegenden Lippen. Die Aussage der griechischen Nachbarin war alles andere als ein Rezept für Tsatsiki:

»Vor etwa vierzehn Tagen, ich erinnere mich nicht genau, war ich abends zu Hause, als es über mir heftigen Lärm gab. Ich hörte die Stimmen eines Mannes und einer Frau. Ich bin nicht sicher, ob es sich um Julia Steinert gehandelt hat, aber wer soll es sonst gewesen sein. Die beiden haben gestritten und sehr laut geschrien, ich habe aber nur einzelne Wörter verstanden wie ›nein‹ oder ›verdammt‹ und einmal ›kannst du nicht machen‹. Die Frau hat einmal ›Arschloch‹ geschrien, das habe ich gehört, weil ich in der Küche stand, wo die Akustik besser ist, ich bin aber nicht dort geblieben. Ich belausche meine Nachbarn nicht. Dann hat es ein Krachen gegeben und ein Rumpeln. Ich denke, da ist etwas Großes umgefallen oder umgeworfen worden, und die Frau hat noch einmal geschrien. Schließlich knallte die Tür oben zu. Ich bin an die Haustür, weil ich dachte, es gibt vielleicht Ärger und das Mädchen braucht Hilfe. Aber es kam nur sehr schnell jemand heruntergerannt und ist an mir vorbeigelaufen. Er hatte einen langen schwarzen Ledermantel an und lange Haare, da habe ich den Freund von Fräulein Steinert erkannt, der immer lange Locken trug und so einen Mantel, sogar im Sommer.« Unterzeichnet war die Aussage mit Olympias Thanou.

Jeannette knallte den Hefter auf den Tisch und begann, nach ihrem Block zu suchen. Sie hatte sich doch von Iris Steinert die Adresse des Jungen geben lassen, oder? Ja, da war sie: Hajo Krause. Sie nickte. Der Junge wohnte in Erlangen, in einer Studenten-WG im Langen Johann. Diesmal würde sie es nicht länger aufschieben.

»Brauchst du was von zu Hause, Martin?« fragte sie, schon im Aufbruch begriffen. »Ich fahre beinahe dort vorbei.«

Martin Knauer schüttelte nur den Kopf und starrte auf den Monitor. »Was ich brauche, ist der richtige Köder, um Casanova zu knacken«, sagte er.

»Frag Frau Steinert«, rief Jeannette im Hinausgehen über die Schulter. Als sie im Auto saß und auf den Frankenschnellweg zusteuerte, fiel ihr ein, daß sie Julias Mutter eigentlich Diskretion zugesichert hatte. Was soll's, dachte sie, verärgert über sich selbst, ich bin nun mal nicht der diskrete Typ. Und immerhin geht es um Mord. Sie hoffte, Iris Steinert würde über Martins Anfrage nicht allzu verärgert sein. Sie konnte ja schlecht bei ihr anrufen, um ihr zu sagen, daß Martin das allergrößte Verständnis für ihre Position hätte. Aber sie selbst hatte nicht die geringste Lust, sich im Internet dem Problem ihrer Unbemanntheit zu stellen. Nicht einmal anonym und nicht einmal vermeintlich brünett.

Jeannette drückte aufs Gas. Sie hatte von Anfang an gesagt, es sei eine Beziehungstat, und jetzt hatte sie eine Aussage, die belegte, daß Julia Streit mit ihrem Freund gehabt hatte. Was wollte sie mehr?

10

Martin Knauer unternahm noch einen Anlauf, sich eine weibliche Identität zuzulegen. Er chattete ein wenig herum, entdeckte aber keinen »Casanova« unter seinen männlichen Partnern. Was ihn nicht verwunderte. Der Kerl mochte seine Computeridentität schon mehrfach gewechselt haben und jetzt unter anderem Namen wieder mitmischen. Das war ja der Reiz des Spieles, daß man aus seinem Ich herausschlüpfen konnte, sooft man wollte.

Josef hatte da einen Bekannten, der das schon seit Jahren betrieb. Mindestens einmal im Monat gönnte er sich ein Blind Date mit einer seiner Bekanntschaften. Bislang hatte Martin nur mit großen Augen zugehört, wenn Bernd seine Stories zum besten gab, um hinterher den Kopf zu schütteln über die fremde Welt, die sich ihm da auftat.

Einmal wollte Bernd plötzlich das Gefühl bekommen haben, der Partner, mit dem er sich in den privaten Chatroom für zwei zurückgezogen hatte, sei ein Psychopath. »Und obwohl da nur der Bildschirm ist und du weißt, der andere kann dich nicht sehen, nicht hören, er kennt dich nicht und kann dich auch nicht aufspüren, Mann«, hatte er erzählt und sie angestrahlt, »da geht dir mit einemmal ganz schön die Düse.«

Bernd erzählte, er hätte das Gespräch abgebrochen und eine neue Identität angenommen. Bald darauf hatte er auch einen neuen Partner gefunden, aber schon nach kurzer Zeit das Gefühl bekommen, es wäre wieder derselbe Spinner, der sich ebenfalls einen neuen Namen zugelegt hatte. Martin hatte noch im Ohr, wie Josef, gleichmütig an seiner Pfeife saugend, ihm geraten hatte: »Dann brich doch ab.«

»Aber ich bin mir nicht sicher«, hatte Bernd eingewandt. »Ich möchte es einfach rauskriegen.« Gemeinsam hatten sie an Fangfragen herumgeknobelt, die Bernd stellen könnte, ohne selber aufzufliegen, waren allerdings auf keine befriedigende Lösung gekommen. Schließlich war Bernd in einen Zug gestiegen, um zu einem Blind Date mit dem Typ nach Dortmund zu reisen. Er war quietschvergnügt zurückgekommen mit einer wirren Geschichte darüber, wie er unter mutmaßlicher Lebensgefahr aus dem Café geflüchtet sei, in dem sie verabredet waren. Seither betrachtete Martin Zugreisende mit anderen Augen.

Der von der Boulevard-Presse so genannte »Hessen-Hannibal« fiel ihm ein, der das Opfer, das er schließlich verspeiste, auch im Internet gefunden hatte. Immerhin hatte der offen mit seinen Plänen geworben, und das verwunderlichste daran, dachte er manchmal, war nicht der Wunsch des Mannes gewesen, jemanden aus Liebe zu verspeisen, sondern die Tatsache, daß sich fünf, in Worten: fünf, Interessenten auf seine Offerte gemeldet hatten. Martin griff zum Telefon und wählte.

»Josef Brunner«, meldete es sich in der Leitung. Unwillkürlich mußte Martin lächeln, er rutschte ein wenig tiefer in seinen Drehstuhl und tauschte ein paar Alltagssätze mit seinem Geliebten. Über den Garten, über die jüngste Tochter von Jeannettes Schwester Tanja, die Josef gerade sittete, über die Pläne für das Abendessen. Ihm wurde wieder heimeliger. Schließlich fragte er: »Hast du eigentlich in letzter Zeit mal was von Bernd gehört?« Er lauschte. »Ehrlich, bei Siemens? Nein, keine Ahnung, wie ich drauf komme, nur so.«

Als er wieder auflegte, war das ungewisse Gefühl, das ihn befallen hatte, verschwunden. Sofort nahm er den Hörer wieder ab, wählte die Nummer, die er in Jeannettes Unterlagen fand, und stellte sich als ihr Kollege vor. »Frau Steinert«, sagte er und lehnte sich mit so viel Schwung in seinem Sessel zurück, daß der sich um hundertachtzig Grad drehte. Der flackernde Bildschirm kam wieder in sein Blickfeld. »Sind Sie bereit zu einem kleinen Experiment?«

Iris Steinert kam eine Stunde später im Jill-Sander-Kostüm, mit Sonnenbrille und einer großen Basttasche, der sie Zigaretten und eine Flasche Prosecco entnahm. »Das brauche ich zum Entspannen«, sagte sie mit einem verkrampften Lächeln, und Martin, der das teure Etikett studierte, stand auf, um zwei der Porzellan-Kaffeetassen zu holen.

»Vielen Dank, daß Sie es sofort möglich machen konnten.«

»Oh, mein Mann ist in die Kanzlei gefahren«, entgegnete sie. »Das ist vermutlich seine Art, um das ganze ... Und ich hatte alleine ohnehin nichts zu tun.«

Ihr Versuch, miteinander auf das Projekt anzustoßen, mißlang. Die Tassen gaben ein unschönes »Pling« von sich, und keiner wollte dem anderen dabei in die Augen sehen. Iris Steinert, die auch hier ihre Sonnenbrille aufbehalten hatte, ging mit ihren schwarzen Augengläsern so nahe an den Bildschirm heran, daß Martin befürchtete, sie werde dagegen stoßen. Außerdem konnte er selbst auf diese Weise nichts erkennen. Nervös lauschte er dem Klacken ihrer langen Nägel auf den Tasten.

»Wie nennen Sie sich denn?« fragte er und neigte sich ein wenig vor.

Iris Steinert hob schützend die Schultern in dem teuren Tuch. »Ich kann das nicht, wenn Sie mir ständig über die Schulter sehen«, wehrte sie ab. Martin konnte unter dem Puder das hektische Rot ihrer Wangen erkennen, die glühend heiß sein mußten.

Er räusperte sich. »Frau Steinert«, sagte er mit seiner besten Polizistenstimme. »Ihre Tochter ist tot, und Sie sind vielleicht die einzige, die uns zu ihrem Mörder führen kann.« Weiter kam er nicht. Das Gesicht hinter den dunklen Brillengläsern geriet in konvulsivische Zuckungen, dann schüttelte es die ganze Frau, und Martin erkannte, daß sie sich jede Minute übergeben würde. Rasch hakte er sie unter, zog sie hoch, schleppte sie auf den Flur und lud sie vor der Tür mit der Aufschrift »Damen« ab. Sich selber verfluchend, lauschte er eine Weile den Geräuschen von jenseits der Preßspanplatten. Dann ließ sein Drang zur Selbstbestrafung nach, und er schlich an den Computer zurück, um zu lesen, was sie zuletzt geschrieben hatte. Langsam scrollte er mit blinkendem Cursor hoch. Dann schoß auch in Martins Wangen die Röte, er tastete mit der Hand nach der Tasse und nahm hastig einen großen Schluck Prosecco. Er hustete noch, als Iris Steinert wieder zurückkam.

»Ich habe ein bißchen für sie weitergemacht«, stieß er keuchend hervor und winkte ihr mit tränenden Augen, sich wieder zu setzen.

Widerstrebend trat die Anwaltsgattin einen Schritt näher und blieb dann stehen. Ihre Finger umkrampften die Riemen ihrer Tasche. »Ich glaube nicht, daß ich das fortsetzen möchte«, sagte sie steif.

Aber Martin hörte ihr nicht mehr zu. Wie gebannt starrte er auf den Bildschirm, wo eben ein neuer Text sichtbar wurde.

»Wir haben ihn«, flüsterte er atemlos, um dann lauter, triumphierend zu wiederholen: »Wir haben ihn.« Er sprang auf, ließ sich wieder fallen und schlug sich krachend auf die Schenkel. Langsam trat Iris Steinert näher und beugte sich vor. Der Namenszug war unverkennbar: »Casanova.« Sie schauten einander an.

11

Man sah das Hochhaus schon von der Autobahn aus. Jeannette fuhr Erlangen-Nord raus und bog zweimal rechts ab, versunken in Erinnerungen an die Party, die sie während des Studiums mal in einer WG erleben durfte, die ebenfalls im Langen Johann existiert hatte. Irgendwann im Laufe der

Nacht hatten sie alle betrunken über dem Balkongitter gehangen und der Katze nachgeschaut, die von dort abgestürzt war. Das Tier lag tief unter ihnen auf dem Dach eines Vorgebäudes und rührte sich nicht mehr. Trotzdem glotzten alle noch ganz lange hinterher, in der weinseligen Zuversicht befangen, daß Katzen immer auf die Füße fallen. Nur langsam hatte sich in ihren Hirnen die Erkenntnis breitgemacht, daß siebzehn Stockwerke doch ein bißchen viel sein mochten. Jeannette glaubte sich zu erinnern, daß sie rotgetigert gewesen war. Sie dachte kurz an ihren eigenen Küchenbalkon, der den Namen allerdings kaum verdiente. Nicht mehr als zwei Treppenstufen über Bodenniveau ragte er über den Innenhof, da konnte wohl kaum etwas passieren.

Als sie nach dem Klingelknopf mit dem Namen Krause suchte, hielt sie unmerklich Ausschau nach den Namen von damals, aber sie waren verschwunden. Dafür ertönte der Summer und öffnete ihr den Weg in die noch immer unmenschlich öde Vorhalle mit den Aufzügen, die dasselbe mulmige Gefühl in ihr weckte wie damals, als könnte jederzeit etwas Gefährliches um die Ecke kommen. Erleichtert registrierte sie, wie die Aufzugtür sich schloß und sie hochgehoben wurde.

Das Fenster des Zimmers von Julia Steinerts Freund ging auf dasselbe Vorgebäude, bemerkte sie, als ihr geöffnet und sie von seinen Wohngenossen in sein Zimmer geführt wurde. Von einem Katzenskelett allerdings keine Spur. Irgendwie mußten sie es damals doch geschafft haben, den Kadaver vom Dach zu kriegen.

Der schwarze Ledermantel hing da und verriet ihr, daß sie richtig war, gleich neben dem Cover einer Hardrockgruppe, deren Name Jeannette nichts sagte. Es schien aber ein Sammlerstück zu sein. Hajo selber war noch unter der Dusche. Es war Sonntag, fiel es Jeannette ein. Regine und Natascha lümmelten vermutlich auch noch im Schlafanzug zu Hause in der Küche herum.

Als die Tür knarrte und sie sich umdrehte, stand sie einem gutaussehenden Jungen gegenüber, groß und schlank, mit langen Armen und Beinen. Seine Locken, durch die Feuchtigkeit langgezogen, ließen Tropfen auf seine blanken Schultern fallen. Das 1.-FCN-Handtuch um seine Hüften war vermutlich ein Relikt seiner Kindheit. Jeannette stellte sich vor und erbot, sich umzudrehen, damit er in seine Kleider schlüpfen konnte. Wenig später stand er in einer schwarzen Jeans und einem ebensolchen Pulli vor ihr. Jeannette hoffte ein bißchen, daß wenigstens er Trauer trüge.

Während der Wartezeit hatte sie sich über den Computer gebeugt, der sanft surrte. »Was ist das?« fragte sie nun, als Krause sich neben sie stellte.

»Ein Kompositionsprogramm«, sagte er knapp und stellte das Gerät ab. »Ich arbeite gerade an einer Oper.«

»Sie komponieren?« stellte Jeannette halb fragend fest und hoffte, daß sie ausreichend beeindruckt klang. »Das hat Julia Steinert sicher gefallen.«

»Warum sagen Sie das?« Seine Stimme war noch immer angespannt. Er hatte beide Hände in die hinteren Hosentaschen geschoben und stand jetzt mit grotesk weit abgewinkelten Ellenbogen vor ihr. Als er es bemerkte, löste er seine Haltung, um zu seiner CD-Sammlung hinüberzugehen, die in ein paar Schuhkartons auf einem Regalbrett lagerte, und darin herumzustöbern.

»Sie wissen sicher, daß ich wegen Julia Steinert komme, oder?« fragte Jeannette. Und als er statt einer Antwort nur eine CD einschob, fügte sie hinzu. »Sie ist gestern ermordet worden.«

»Hab's gehört«, murmelte Hajo Krause, vermeintlich völlig damit beschäftigt, die Bässe richtig einzustellen. Doch als er sie anschaute, war er blaß. »Ich meine, ihre Mutter hat mich angerufen.«

Jeannette nickte. Das hatte Frau Steinert ihr bestätigt. »Und?« fragte sie.

»Was und?« brach es aus Hajo Krause heraus. »Was geht Sie das arschverdammt an, wie ich mich fühle?«

»Es interessiert mich nicht im geringsten, wie Sie sich fühlen«, entgegnete Jeannette kühl. Sie hatte Mühe, den Jungen zu siezen. Sie ging hinüber zum CD-Player und drückte auf die Off-Taste, um den immer lauter anschwellenden Gitarrenlärm zu beenden. »Ich möchte lediglich von Ihnen wissen, wo Sie Freitag abend gewesen sind.«

Hajo Krause plumpste auf das Bett, das Gesicht in den Händen. »Es geht mir beschissen«, murmelte er zwischen seinen Fingern hervor.

Jeannette schwieg. Ihr Blick glitt über den Schreibtisch voller kreuz und quer aufgeschlagener Bücher mit der Signatur der Universitätsbibliothek, über die Poster von Tom Waits und Elvis Costello, volle Aschenbecher und Teller mit Essensresten, eine Wasserpfeife mit einer unpassend bunten Troddel, der einzige Ziergegenstand im Raum, und blieb an einer kleinen Büste von Wagner hängen. Sie nahm das Stück in die Hand und war sich mit einemmal sicher. »Die hat Julia Ihnen geschenkt, nicht wahr?«

Hajo schaute auf. »Woher wissen Sie das?« fragte er verblüfft. Sein Pulli war an den Schultern klitschnaß vom Duschwasser aus seinen Haaren.

»Sie hatte einen Sinn für verspielte Details.«

»Kann schon sein«, brummte der Junge. Dann, zugänglicher, fügte er hinzu: »Sie wollte den Text zu meiner Oper schreiben.«

»Das Libretto?«

Er nickte.

Jeannette stellte die Büste wieder an ihren Platz. »Es tut mir leid, daß es dazu jetzt nicht mehr kommt.«

»Ja, klar.« Er hatte die Ellenbogen auf die Oberschenkel gestützt und starrte vor sich hin.

»Hajo, worüber haben Sie sich mit Julia gestritten?«

Er schaute nicht auf. »Wir haben nicht gestritten.« Nach einer Weile fügte er hinzu: »Wie kommen Sie drauf?«

Jeannette betrachtete ihn von oben. »Oh, eine Nachbarin hat ausgesagt, daß Sie Julia besucht und dabei laut geschrien und mit Gegenständen geworfen hätten.«

Aggressiv hob er den Kopf. »Wann soll das gewesen sein?«

Jeannette überlegte rasch. In diesem Punkt hatte die Thanou sich nicht festlegen wollen. Sie wich vorsichtig aus. »Ich kann Sie gegenüberstellen lassen, Hajo.«

»Pah«, er schnaubte. »Das alte Putzweib war doch gar nicht da.«

»An dem Tag, als Sie mit Julia Streit hatten?« Jeannettes Stimme klang zuckersüß. Sie legte den Kopf schief und schaute in sein Gesicht, in dem sich langsam Begreifen abmalte. »Nein, die Putzfrau nicht, das mag sein. Aber die Griechin einen Stock tiefer war da, Hajo, erinnern Sie sich? Sie haben sie beinahe über den Haufen gerannt mit ihrem wehenden Mantel.« Sie ging hinüber zu dem guten Stück und strich mit den Fingern über das Revers. Ein Button verkündete »Ich bin Bildungsmüll«.

Der Junge sprang auf, als wollte er protestieren, ob gegen ihre Behauptung oder gegen die Berührung seines Lieblingskleidungsstückes, sie wußte es nicht. Rasch drehte sie sich um und reckte das Kinn.

»Sie lügt.« Seine Fäuste ballten und öffneten sich.

Jeannette suchte die Umgebung unauffällig nach schweren Gegenständen ab, etwas Länglichem, Schwerem, vielleicht aus Metall, wie es auf Julia Steinert niedergegangen war. Sie versicherte sich, daß ihre Waffe war, wo sie sein sollte, und schob sich langsam zur Tür. Dahinter waren Stimmen zu hören, Zurufe, Geflachse, Radiogedudel. Typische WG-Geräusche an einem Sonntagnachmittag. Es klang unendlich beruhigend. Sie öffnete die Tür, so weit es ging.

»Kommen Sie, Hajo«, sagte sie, mit tiefer, mütterlicher Stimme. Er sollte ihre Anspannung nicht bemerken. »Das Nein-Doch-Nein-Doch-Spielchen ist ein wenig unter Ihrer Würde, finden Sie nicht?«

Zu ihrer Erleichterung setzte er sich wieder hin. Diesmal krallte er die Finger in seine Haare. Jeannette trat neben ihn.

»Also gut«, sagte er dumpf von unten herauf. »Wir haben Schluß gemacht an dem Tag.«

»Wann war das?« fragte sie rasch.

»Dienstag letzter Woche.« Jeannette rechnete nach. Die Wunde war noch frisch.

Sie legte ihm sanft die Hand auf die Schulter, um ihn besser kontrollieren zu können. »Und wer, Hajo, wer hat Schluß gemacht?« Die ganze Gestalt wuchs und sank wieder in sich zusammen, als er einmal tief Luft holte.

»Sie.« Mit einem Seufzer brach es aus ihm heraus.

Auch Jeannette atmete einmal rasch durch. »Das hat Sie sehr verletzt, nicht wahr?«

Mit einem unendlich verwunderten und angeekelten Gesichtsausdruck schaute er sie an. Jeannette schämte sich der Phrase. Aber sie durfte sein Schweigen nicht hinnehmen. »So sehr, daß Sie es nicht akzeptieren konnten?«

»Akzeptieren?« Seine Stimme klang verächtlich. »Was hätte ich denn schon dagegen machen sollen?«

Jeannette schwieg vielsagend. Wieder hob er den Kopf. »Sie meinen …?«

Ruhig erwiderte sie seinen verblüfften Blick.

»Aber …« Er suchte einen Augenblick nach Worten, als er

das ganze Ausmaß dieses Verdachtes begriff. Dann haspelte er los. »Ich habe am Freitag gearbeitet, im Pleitegeier, hinter der Theke. Sie können alle dort fragen, wenn Sie wollen. Es war sogar zu viel los für eine Zigarettenpause.«

Jeannette winkte ab. »Das werden wir später nachprüfen. Jetzt will ich von Ihnen wissen, was zwischen Julia und Ihnen passiert ist.«

»Sie können das sofort nachprüfen.« Er machte Miene aufzuspringen.

Jeannette hielt ihn fest. Er roch nach Duschbad. »Wo wollen Sie hin, Hajo?«

»Zum Telefon. Sie können im Geier anrufen und dann ...«

»Was ist am Dienstag bei Julia vorgefallen?«

Hajo riß sich los und schmiß sich wieder auf das Bett. »Da hat sie es mir gesagt, okay? Daß es aus ist. Und ich bin ein bißchen ausgerastet. Aber für Freitag hab ich ein Alibi. Rufen Sie an.« Stur starrte er wieder geradeaus.

Jeannette zwang sich, nicht die Geduld zu verlieren. Der Junge verschwieg ihr etwas, und sie mußte wissen, was es war. »Was heißt für Sie ausrasten, Hajo? Haben Sie rumgebrüllt?«

»Ja«, knurrte er.

»Haben Sie mit Sachen geworfen?«

»Fragen Sie doch die Nachbarin.«

Jeannette klopfte verärgert mit den Fingern auf den Schreibtisch. Sie dachte nach. »Haben Sie etwas kaputtgemacht, Hajo?« Der zersplitterte Bilderrahmen fiel ihr ein und die Bemerkung des Anwalts, wie staubig es in der Wohnung sei. Er hatte recht, dachte sie, auch auf den Scherben hatte schon wieder Staub gelegen. Der Rahmen war nicht erst am Freitag zu Bruch gegangen. Sie wiederholte ihre Frage.

Hajo Krause wurde rot, antwortete jedoch nicht. Rasch ließ Jeannette ihren Blick im Zimmer umherschweifen. Es war nicht schwer, das Foto zu finden. In einem Rahmen ohne Glas war ein ganzes Dutzend davon auf schwarzen Stoff gepinnt. Sie alle zeigten ein Mädchen mit kinnlangem, schwarzem Haar, großen, schwarzen Augen und einem breiten Mund. Ihr Nachbar hatte recht gehabt, sie sah ihrer Mutter sehr ähnlich.

Eines der Bilder allerdings war an den Rändern zerfetzt. Sie war mit zwei Schritten drüben und pflückte es ab, ehe er sie daran hindern konnte. Das Format stimmte. »Seidenmatt«, murmelte Jeannette und drehte es um. Auf der Rückseite, unvollständig, war eine Datumsanzeige in Digitalziffern.

Sie wandte sich zu Hajo Krause um. »Wo ist die andere Hälfte?« fragte sie und hielt das in der Mitte zerrissene Bild hoch. Als er nicht reagierte, ging sie zu seinem Schreibtisch und fuhr fort: »Na, was ist, Hajo? Oder soll ich erst Ihren Papierkorb ausleeren? Es sieht mir nicht so aus, als hätte seit letzter Woche hier jemand den Müll rausgebracht, oder?«

Sie hob den Bastkorb unter der Schreibtischplatte hervor. Der Junge sprang auf, um sie daran zu hindern, aber sie war schneller und schüttete den ganzen Inhalt über seine Lernunterlagen. Mit einem Aufschrei hechtete er hinüber. Ein paar Augenblicke lang wühlten sie um die Wette in dem Papierberg herum. Dann hatte Jeannette gefunden, was sie suchte, und hielt es hoch. Einen Moment lang sah Hajo Krause so aus, als wollte er sich auf sie stürzen, um es ihr zu entreißen, dann wandte er sich ab und hieb mit aller Kraft der Frustration seine Faust gegen den Kleiderschrank. Das Sperrholz gab splitternd nach.

Jeannette wandte den Blick kurz von der Delle, um zu mustern, was sie da geangelt hatte. Ein Mädchengesicht schaute ihr entgegen, an dem das auffälligste das schwarze Kreuz war, das jemand dick mit schwarzem Filzstift auf ihre Stirn gemalt hatte.

»Wer ist das?« fragte Jeannette und drehte das Bild so, daß Hajo Krause es sehen mußte. Er stand am Fenster und schaute nicht hin.

»Wer, Hajo?«

»Die Re.« Es klang gehässig.

»Wie bitte?« Jeannette konnte mit der Silbe nichts anfangen.

»Margarete«, er betonte jede Silbe. »Eismann«, fügte er dann nach einer Pause noch hinzu. Er lachte bitter. »Julias große Liebe.«

Noch einmal starrte Jeannette auf das Bild. Langsam ging ihr ein Licht auf. Das also war der Grund für die Empfindlichkeit des Jungen, deshalb hatte er nicht mit der Sprache herausrücken wollen: Es traf seine Eitelkeit, daß er von einer Frau ausgestochen worden war. »Ihre Freundin ist also eine lesbische Beziehung eingegangen.« Sie schüttelte den Kopf. »Und deswegen wollten Sie mir nicht sagen ...«

»Halten Sie den Mund.« Er brüllte ansatzlos. Sein energisch erhobener Finger zitterte in der Luft. »Ich lasse mich nicht verarschen, von niemandem, ist das klar. Ich habe nichts falsch gemacht. Und ich habe niemanden umgebracht.«

Noch während Jeannette Dürer nach Worten suchte, stürmte er hinaus. Der blonde Grungebart-Träger, der ihr schon die Wohnungstür geöffnet hatte, hängte sich neugierig in den Türrahmen.

»Alles in Ordnung?« wollte er wissen und fügte ungefragt hinzu: »Der Hajo hat nichts gemacht, der war am Freitag die ganze Zeit mit uns zusammen, das können wir bezeugen.«

»Freitag abend?« fragte Jeannette höflich.

»Jo.« Er hob sein T-Shirt und kratzte sich den Bauch, während er sie betrachtete.

»Komisch«, erwiderte die Kommissarin. Unwillkürlich kratzte sie mit dem Finger an dem Filzstiftkreuz auf Margarete Eismanns Stirn, ehe sie den Kopf hob und ihn direkt ansah. »Mir hat er erzählt, er hätte im Pleitegeier bedient.«

12

In der WG-Küche ließ die junge Kommissarin dann eine Belehrung über eidliche Falschaussage vom Stapel, umgeben von schmutzigem Geschirr und betretenen Gesichtern. Im Gegenzug erfuhr sie, diese Re wäre schon bei der einen oder anderen Party mit dabeigewesen, eine Freundin von Julia. Sie sei »so eine Sozpäd-Tusse« und lebe »irgendwo in Nürnberg oder so«.

»Wieso fragen Sie nach der?« wollte der Grungebart wissen. »Ist die es gewesen?«

Jeannette schloß daraus, daß Hajo Krause niemandem von seinem speziellen Liebespech erzählt hatte. Sie schüttelte den Kopf. Der Junge ließ sich nicht mehr blicken. In Gedanken versunken begab sie sich schließlich in den noch immer leicht stinkenden Wagen.

Ein Anruf beim Revier brachte die Erkenntnis, daß Martin verschwunden war. Aber M. Eismann verfügte laut Telefonbuch über einen eigenen Anschluß und eine Adresse nahe der Burg. Eine gute halbe Stunde später war sie dort. Ein typischer Herbstregen fegte aus heiterem Himmel schräg über das Kopfsteinpflaster und machte es rutschig. Jeannette schlug den Kragen ihrer Lederjacke hoch und stapfte bergan. Als sie vor dem angegebenen Haus stand und an der Fassade hochschaute, fragte sie sich, welches Gefühl bei den Bewohnern wohl dominieren mochte: die Begeisterung, so nahe der Burg zu hausen, mit ihren Kellergewölben beinahe unter den eigenen Füßen und von Geschichte rings umgeben. Oder das Bedauern, daß es für einen selber nur zu einer Fünfziger-Jahre-Sozialwohnungsbau-Fassade gereicht hatte, mit Aluminium-Rahmen um die Haustür aus geriffeltem Glas, der spinatfarbene Anstrich der glatten Front ohne auch nur den Ansatz eines Versuchs, historische Würde zu imitieren. Jeannette zuckte die Achseln. Was half das Bedauern, die Nürnberger Altstadt war nun einmal zerstört. Außerdem nahm sie an, daß die Mieten in dem Dürerhaus vergleichbaren Anwesen kaum erschwinglich wären für eine Studentin oder Polizistin. Der Butzenscheibenquadratmeterpreis dürfte horrend sein.

Sie klingelte. Eine Stimme meldete sich, und jemand drückte auf den Summer, als sie ihren Namen und ihren Rang nannte. Die Überraschung wartete im zweiten Stock, nicht in Gestalt besagter Margarete Eismann, sondern in der Person eines jungen Mannes, der dort auf einer wackligen Trittleiter stand und sich mit dem Rücken zu ihr abmühte, Bohrlöcher über einem der Fenster anzubringen. Er war nicht sonderlich geschickt darin. Jeannette wartete, bis der Lärm abflaute, ehe sie ihn ungläubig begrüßte.

»Jonas?«

Erstaunt drehte der älteste Sohn ihrer Schwester sich um und wäre beinahe von der Leiter gefallen, wenn Margarete, »die Re«, ihn nicht gestützt und ihm die Bohrmaschine abgenommen hätte.

»Oh, Tante Jeannette, hi.« Er klang alles andere als glücklich. »Waren wir zu laut?«

Jeannette mußte lächeln. »Es ist zwar Sonntag, und außerdem«, sie warf einen Blick auf die Uhr, »noch Mittagsruhe. Aber deshalb rückt die Kripo nicht aus.« Sie wandte sich an das Mädchen. »Ich muß mit Ihnen über den Tod von Julia Steinert sprechen.« Dabei betrachtete sie ihr Gegenüber, die ihrem an scheues Wild gemahnenden Spitznamen alle Ehre machte. Zierlich und schüchtern, mit großen Augen und zartem Hals, wirkte sie viel eher wie ein Reh als wie eine Lesbe, dachte Jeannette und rügte sich sofort selbst für diesen Satz. Wie zum Teufel hatten Lesben schließlich auszusehen? Sie entschuldigte sich damit, daß sie unwillkürlich mit einem temperamentvollen, handfesten Wesen gerechnet hatte, extrovertiert und kämpferisch wie Hajo Krause, jemand, der optisch und dem Wesen nach seine Nachfolge antreten konnte. Sie durchforstete ihr Gewissen auf der Suche nach Vorurteilen gegenüber Lesben, schob diese Selbsterforschung dann aber energisch beiseite. Sie hatte sich jetzt um anderes zu kümmern.

Jonas war von der Leiter gestiegen und hatte Margarete die Hand leicht auf die Schulter gelegt. »Eine Freundin von dir?« fragte er mitfühlend. »Mensch, Re, davon hast du ja gar nichts gesagt.«

Das Mädchen zuckte nur stumm die Schultern, was als Antwort gelten konnte, von der scharfsichtigeren Jeannette allerdings als Hinweis interpretiert wurde, daß die Hand ihr unerwünscht war.

»Weißt du was?« fuhr Jonas mit gedämpfter Stimme fort, als spräche er zu einer Schwerkranken. »Ich mach hier erst mal Schluß und koch dir einen Tee, hm? Das wird dir guttun.« Die Anbetung in seinem Blick war nur schwer zu ertragen. Jeannette wandte den Kopf ab und überließ es Margarete, Jonas hinauszukomplimentieren. Die brachte mit leiser Stimme den Einwand vor, daß das folgende Gespräch möglicherweise vertraulich sei.

Der Junge schien sich trotzdem nicht losreißen zu können. Argwöhnisch musterte er seine Tante und schien zu überlegen, ob es nicht angebracht wäre, daß er hier den Beschützer spielte.

»Weißt du was, Jonas?« Jeannette ging auf ihn zu und nahm ihn beim Arm. »Ich wollte nachher noch was trinken gehen. Hast du Lust mitzukommen?«

»Cool«, sagte er verwirrt und schaute über die Schulter zurück zu Margarete.

»Dann warte doch schon mal im Auto. Es dauert nicht lange.« Sie warf ihm die Schlüssel zu.

»Aber ich …«, versuchte er noch in der Tür einzuwenden.

»Wie geht's Vicky?« fragte Jeannette laut und schob ihn hinaus.

»Gut«, sagte Jonas resigniert zu der geschlossenen Tür dicht vor seiner Nase. »Hab ich gehört.« Dann wandte er sich ab und stakste die Treppe hinunter.

Drinnen griff Margarete Eismann die Idee mit dem Tee auf. Fröstelnd stand sie in der Küche, die Hände in den Ärmeln ihrer Strickjacke vergraben, und wartete darauf, daß der Wasserkocher pfiff. Als sie mit der heißen Kanne zurückkam, lag ihr Foto auf dem Tisch.

Sie setzte die Kanne ab, daß es schwappte, und griff danach, fuhr mit den Fingern über die Verunstaltung. Tränen rollten über ihr Gesicht. Sie war der erste Mensch, fiel es Jeannette Dürer auf, den sie um Julia Steinert weinen sah.

»Hat sie Ihnen gesagt, wer das getan hat?« fragte sie und wies auf das Bild.

Margarete Eismann nickte. »Er war da und hat sich wie die Sau auf dem Sofa aufgeführt. Sie kam gleich danach zu mir. Er war schrecklich wütend.«

»Hatte sie Angst vor Hajo Krause?«

Ihr Gegenüber überlegte eine Weile und zuckte dann mit den Schultern. »Julia hatte vor nichts und niemandem Angst.« Jeannette dachte sich, daß diese Eigenschaft Julia Steinerts für ihre Freundin wohl ganz besonders anziehend gewesen sein mochte.

»War er danach noch mal bei ihr?« fragte Jeannette.

Das Mädchen schüttelte den Kopf. »Sie hat nichts erzählt.«

»Und der Grund für seine Wut war ...«, soufflierte Jeannette.

Margarete Eismann schaute sie mit verweinten Augen an. »Ist das nicht klar?« fragte sie.

Jeannette Dürer hob fragend die Brauen.

»Na, weil er ein Chauvi-Arsch ist.«

Es war die erste energische Bemerkung, die Jeannette aus dem Mund ihrer Gastgeberin hörte. Sie schaute trotzig drein und mit einemmal viel weniger zerbrechlich. Jeannette beschloß, ein wenig gegen den Stachel zu löcken.

»Vielleicht hätte er sich ja nicht so aufgeregt, wenn man ihm klarer Bescheid gesagt hätte«, schlug sie ins Blaue hinein vor. Sie dachte dabei an die Bemerkung von Hajo Krauses WG-Genossen, daß Re schon längere Zeit in Julias Schlepptau mit auf ihre Feten gegangen war, und an die hinhaltende Art, in der sie eben ihrem Neffen zu verstehen gegeben hatte, daß er gehen solle. Sie bohrte nach. »Möglicherweise hätte er sich dann nicht so hintergangen gefühlt.«

»Ach der hat doch nichts gehört und nichts gesehen, was er nicht sehen wollte«, sagte Margarete Eismann und zuckte wiederum mit den Schultern unter ihrer Strickjacke.

Wie Jonas, kam Jeannette nicht umhin zu denken.

»Der hätte nicht einmal zugehört, wenn sie es ihm buchstabiert hätte.«

Jeannette mutmaßte weiter: »Aber das haben Sie nicht, nicht wahr?«

Margarete Eismann zog eine abwehrende Grimasse. »Letzte Woche hat er es dann jedenfalls gewußt.« Sie starrte an Jeannette vorbei.

Die stellte ihre letzte Frage. »Glauben Sie, er hat sie umgebracht?« Sie beobachtete, wie ihr Gegenüber mit den Zähnen mahlte und wartete.

»Er ist doch wie alle Typen«, sagte sie schließlich abwehrend. »Er hat sie für seinen Besitz gehalten.«

Sie will sich nicht festlegen, bemerkte Jeannette. Das half ihr wenig weiter.

»Aber sie hat mir gehört«, fuhr das Mädchen plötzlich heftig fort. »Sie hat mich geliebt.« Dann wurde ihre Stimme wieder leise. »Ich wäre verloren gewesen ohne sie.«

Jeannette betrachtete die Baustelle am Fenster und verkniff es sich, das Offensichtliche zu bemerken. Sie stemmte sich aus dem aufblasbaren Sofa und ging zur Tür.

Dort wandte sie sich noch einmal um. »Woher wußten Sie eigentlich von ihrem Tod?« fragte sie.

13

Als sie wieder im Auto saß, hatte sie über einiges nachzudenken. Margarete Eismann hatte einen Schlüssel zu Julia Steinerts Wohnung besessen. Sie war am Freitag spät abends dort vorbeigekommen, um das Wochenende bei ihrer Geliebten zu verbringen, hatte die Tür aufgesperrt und sie tot auf dem Boden liegend gefunden. Das jedenfalls hatte sie eben ausgesagt. Dann hatte sie sie dort liegengelassen, die Tür hinter sich zugezogen, war nach Hause gerannt und hatte sich im Bett verkrochen. War das plausibel? Würde jemand so reagieren? Sie hatte kein Alibi für den Abend, offenkundig hatte niemand von den Nachbarn sie kommen oder gehen sehen. Ihre Fingerabdrücke würden zweifellos überall in der Wohnung sein, in der sie seit Wochen verkehrte, das würde sie keinen Schritt weiterbringen. Blieb immer noch, daß Margarete Eismann nicht die körperliche Konstitution für diese Schläge hatte. Und Jeannette konnte beim besten Willen kein Motiv erkennen. Die Beziehung zwischen den beiden war, nach allem, was sie wußte, intakt gewesen.

»Sag mal, Jonas, was würdest du tun, wenn …«, setzte sie an, als sie einstieg, unterbrach sich dann aber wieder. Die Frage war sinnlos. Ihr Neffe und dieses Mädchen hatten ein völlig unterschiedliches Naturell. Sie konnte sich nicht vorstellen, daß Jonas jemanden, den er liebte, einfach irgendwo liegenließe, tot oder lebendig.

»Tut mir leid, daß ich Vicky erwähnt habe«, fuhr sie statt dessen fort und betrachtete Jonas aus den Augenwinkeln, der den Blick strikt auf den Verkehr gerichtet hielt.

»Schon gut«, brummte er.

»Wie geht's ihr übrigens?«

»Sie ist nach Hamburg gezogen, macht eine Maskenbildnerlehre.«

»Das paßt zu ihr«, erwiderte Jeannette spontan, die sich erinnerte, wie Jonas' Freundin Vicky ihr das nötige Outfit für ihre Undercover-Mission als Christkindles-Kandidatin verpaßt hatte. Dank Vickys sicherer Hand war sie tatsächlich glaubwürdig als siebzehnjähriges Girlie rübergekommen.

»Hm. Hat sich auch schon gut eingelebt, wie ich höre. Da vorne ist rot.«

Jeannette bremste gehorsam. Sie dechiffrierte den Satz korrekt als: »Sie hat schon einen Neuen, und ich will nicht weiter darüber sprechen« und wechselte diskret das Thema. Jonas hatte im vorigen Jahr begonnen, Geschichte zu studieren, worauf Josef nicht wenig stolz war, und erzählte schon nach wenigen Fragen bereitwillig von seinen derzeitigen Seminaren.

»Hast du Margarete an der Uni kennengelernt?« erkundigte Jeannette sich nach einer Weile vorsichtig.

Er nickte begeistert. »Im Statistik-Kurs. Der bei den Soziologen war schon voll, da haben wir den härteren bei den Psychos belegt. Sie ist echt gut darin.«

Jeannette, die unwillkürlich wieder in Richtung des Sushi-Glas gefahren war, bog mit quietschenden Reifen in einen plötzlich frei gewordenen Parkplatz ein, ein Wunder.

Jonas wippte als Kommentar zu ihrem Fahrstil demonstrativ mit dem Oberkörper nach vorne und grinste dann.

Jeannette, die sich abgeschnallt hatte, wandte sich ihm zu. Sie überlegte kurz, wie sie es ihm beibringen sollte, beschloß dann aber, es kurz und schmerzlos zu machen. »Sie ist lesbisch«, sagte sie. »Und mehr als Vorhangstangen anbringen wirst du in ihrer Wohnung nie dürfen.«

Er schwieg, aber sein verbocktes Gesicht nach dieser Eröffnung weckte in ihr einen schlimmen Verdacht. »Du hast es gewußt?« hakte sie nach.

»Und wenn?« Er machte Miene, aus dem Wagen auszusteigen.

Sie langte hinüber, um ihn zurückzuhalten. »Du siehst dich da doch hoffentlich nicht auf einer Mission, oder?« fragte sie argwöhnisch. »Denn sie wäre mit Sicherheit zum Scheitern verurteilt.«

Jonas murmelte etwas, das klang wie »Nichts ist für ewig«, und öffnete die Tür.

Jeannette stöhnte und stieg ebenfalls aus. Sie war versucht zu rufen: Mach dich nicht unglücklich, Junge, fand aber, das klang zu sehr nach ihrer Mutter. »Sei doch nicht blöd«, entfuhr es ihr statt dessen.

»Blöd?« blaffte Jonas. »Herzlichen Dank auch.«

Jeannette gratulierte sich. Sie stieg ebenfalls aus und ging ihm nach. Sie wollte sich entschuldigen, sie wollte nicht, daß er enttäuscht wurde. Sie wollte nicht, daß er sein Herz an eine Person verschenkte, die beim Anblick des Todes von jemandem, der ihr nahestand, nichts weiter tat, als sich in eine Ecke zu verkriechen.

Zu ihrer Überraschung sagte er beinahe heiter: »Frag doch mal Josef, wie blöd das ist.« Er steckte die Hände in die Hosentaschen, begann zu pfeifen und marschierte auf das Restaurant zu. Allerdings schwenkte er in Richtung des Treppenhauses ein und stieg zu der Bar im ersten Stock auf.

Jeannette, die zu verblüfft war, folgte ihm widerstandslos, während sie versuchte, ihm mehr Informationen zu entlocken. Aber Jonas ließ sich kein weiteres Wort abringen. Als sie in die tiefen Lederfauteuils sanken und die Musik über ihnen zusammenschlug, war Jeannette immer noch mit dem Gehörten beschäftigt. »Was hat Josef damit zu tun?« fragte sie. »Du willst doch damit nicht etwa sagen, daß Josef was mit einer Frau hat, oder?« Das Ganze war absurd, völlig unvorstellbar.

Jonas grinste über ihre Verwirrung. »Ich will damit nur sagen, daß alle Erkenntnis relativ ist. Lernt man an der Uni.« Er bestellte sich einen Tom Collins und wirkte ein wenig enttäuscht, als Jeannette vergaß, dagegen zu protestieren, und ihn so um die Chance brachte, sie auf seine Volljährigkeit hinzuweisen.

Sie orderte einen Pfefferminztee und ein Sandwich. Dann fragte sie noch einmal gegen den donnernden Lärm: »Aber Josef!?«

Jonas schüttelte den Kopf. »Josef mag uns«, sagte er kryptisch. »Sarah, Anton und mich, vor allem Sarah. Er ist ganz vernarrt in die Kleinen.«

Jeannette starrte ihn verständnislos an.

»Ich meine, er liebt Kinder, verstehst du? Das ist ihm vermutlich klargeworden, seit er mit uns lebt.«

Jeannette starrte ihn noch immer an. Das war doch alles Unfug. Wenn Jonas so etwas von Martin erzählt hätte. Aber nicht Josef, Josef war Urgestein der Erlanger Schwulenszene. Josef, fiel es ihr ein, war beinahe vierzig.

»Will sagen«, hörte sie Jonas noch in all seiner jugendlichen Selbstgefälligkeit ausführen, »er will eigene haben. Und die kann Martin ihm wohl kaum liefern.«

Jeannette sah, wie seine Augen sich weiteten, als er bei den letzten Worten über seinen Drink hinweg in den Raum schaute. Der Strohhalm fiel aus Jonas' Mund. Und dann sah sie ihn ebenfalls: Martin. Über die niedrigen Tische hinweg händchenhaltend mit einer Frau.

»Sie machen das großartig«, sagte Martin und drückte noch einmal Iris Steinerts verschwitzte und dabei eiskalte Finger. Dann schaute er auf die Uhr. »Es ist gleich soweit. Ich lasse Sie jetzt alleine und postiere mich dort hinten.« Er zeigte ihr den Platz. »Von da aus habe ich Sie gut im Auge.« Er lächelte ihr aufmunternd zu. »Und denken Sie daran: Wenn Sie ihn kommen sehen …«

»… hebe ich mein Glas.« Sie hob ihren Drink an, prostete ihm zu und zwang sich zu einem Lächeln.

»Sehr schön.« Martin stand auf.

»Wer ist denn die Tussi mit der Sonnenbrille?« fragte Jonas und runzelte die Stirn.

Jeannette, die die Frau nur von hinten sah, war ratlos, bis er die Brille erwähnte. »Ich bin nicht sicher«, sagte sie, während sie sich beinahe den Hals verrenkte, um einen Blick auf das Gesicht von Martins Bekannter werfen zu können.

Martin stand jetzt auf und lächelte auf seine Partnerin herunter.

»Ich glaube«, setzte Jeannette an, doch weiter kam sie nicht. An der Bar drehte sich mit einemmal ein Mann herum, stürzte sich mit wenigen Schritten auf Martin und streckte ihn ohne irgendwelche einleitenden Worte mit einem rechten Haken nieder, noch ehe jemand von ihnen auch nur Luft holen konnte.

»Dieser Mistkerl!« Jonas' Aufschrei ließ Jeannette herumwirbeln. Sie hatte sich auf die Frau konzentriert und schaffte es jetzt gerade noch, ihren Neffen am T-Shirt festzuhalten. In seinem Schwung zog er sie mit sich, und sie stolperten zwischen den Ledersitzen auf die Kämpfenden zu.

»Robert, nicht!« schrie die Frau, die aufgestanden war und sich mit beiden Händen an ihrer Handtasche festhielt, während sie zusah, wie der Angreifer auf dem Boden über Martin hockte und ihn mit beiden Fäusten bearbeitete.

»Ich mach das Schwein fertig«, verkündete er keuchend. »Ich – mach.« Er hielt im Skandieren seiner Schläge inne. »Glaubst du, ich weiß nicht, was ihr euch für Sauereien geschrieben habt?«

»Nein, Robert!«

Iris Steinert war zu erschrocken, und es blieb auch keine Zeit für weitere Erklärungen, denn ihr Mann hatte schon wieder begonnen, wie ein Wilder auf Martin Knauer einzudreschen. Der gab den Versuch auf, seine Dienstmarke zu ziehen, und schützte sein Gesicht, während er versuchte, seine Beine freizubekommen, die unter einem der umgestürzten Ledersessel eingeklemmt waren.

Inzwischen hatte sich Jonas befreit. Mit einem Tarzan-Schrei sprang er Robert Steinert von hinten an.

»Laß sofort Martin los!« Seine rechten Schwinger waren weitgehend wirkungslos, aber sein Würgegriff um den Hals des Anwalts sorgte dafür, daß dessen Gesichtsfarbe rasch ins Purpurfarbene changierte. Als sein Gegner hochtaumelte, um sich mit beiden Händen von ihm zu befreien, wollte Jonas schon triumphieren. Da drehte Steinert sich um und schleuderte den Jungen mit dem Rücken gegen den Tresen. Ächzend ließ Jonas los und ging zu Boden. Der Anwalt begann sich wieder Martin zuwenden, der immer noch versuchte, sich aufzurappeln, blickte aber in die Mündung von Jeannette Dürers Dienstwaffe. Langsam, sehr langsam hob er die Hände.

»Robert«, seufzte seine Frau in die aufkommende Stille.

Schnaufend stand Martin schließlich auf und hinkte auf Steinert zu. »›Casanova‹, nehme ich an.«

»Das müssen gerade Sie fragen«, fauchte der Anwalt, der einen Augenblick lang unsicher gewesen war. Sein Blick blieb an seiner Frau hängen, die hinter Martin getreten war, und ihm fiel der Grund seiner Wut wieder ein. »Ich wollte doch einmal sehen, wie weit du gehen würdest mit deinen, deinen …« Ihm fiel kein Wort dafür ein, das schlimm genug gewesen wäre. »Glaubst du, ich weiß nicht, was du die ganzen Nächte lang am Computer getrieben hast?«

Iris Steinert hinter Martin rührte sich nicht, und Jeannette kam der Verdacht, daß das die Art war, wie sie mit Schicksalsschlägen fertig wurde.

»Sie haben sich nicht im Netz mit Ihrer Frau verabredet?« Martin, dem schlagartig klar wurde, daß der Anwalt lediglich seiner Frau hierher gefolgt war, um, genau wie er, ihr Rendezvous mit Casanova zu beobachten, achtete nicht mehr auf die beiden. Er fuhr auf und inspizierte mit schnellen Blicken die Ecken und Winkel der Bar. Aber es war vergebens. Kein einsamer Mann am Tresen, keine verdächtige Gestalt an den wenigen tagsüber besetzten Tischen. Nicht, daß er es erwartet hätte. Vermutlich hatte Casanova sich bereits während ihrer Auseinandersetzung aus dem Staub gemacht und das Lokal schon lange verlassen. Düster kaute er auf seiner blutigen Lippe herum.

Robert Steinert, der sich noch immer nicht beruhigen wollte, spuckte angewidert aus. Es war Blut darin. »Hat es Spaß gemacht, sich mit ihm im Bett unseres toten Kindes zu wälzen?« fragte er, mit dem Kinn auf Martin weisend, seine Frau, die leise stöhnte.

Jeannette warf ihrem Kollegen einen warnenden Blick zu; der zuckte einen Moment, öffnete dann aber die schon geballte Faust, zog nur seine Marke und verkündete: »Martin Knauer, Kriminalkommissar. Ich verhafte Sie hiermit wegen Störung einer polizeilichen Ermittlung und Tätlichkeiten gegen einen Beamten.« Er mußte husten und hielt inne.

»Geht's, Martin?« fragte Jeannette besorgt und legte ihm eine Hand auf den Arm, die er jedoch abschüttelte.

»Sie haben das Recht …«, keuchte Martin noch. »Ach,

verdammt.« Er mußte wieder husten. Dann winkte er heftig ab, steckte die Marke weg und schüttelte den Kopf. Einen Moment lang stand er zusammengekrümmt da. Als er sich wieder aufrichtete, fiel sein Blick auf Jonas, der noch immer halb benommen vor dem Tresen lag. Er ging hinüber, ohne Steinert eines weiteren Blickes zu würdigen, streckte ihm die Hand entgegen und zog ihn hoch.

»Was war das?« wollte der Junge wissen. Er stöhnte, als er sich aufrichtete.

»Erklär ich dir unterwegs«, entgegnete Martin. »Ich muß nach Hause«, sagte er dann zu Jeannette gewandt. Er ließ seinen Arm schwer auf Jonas' Schulter fallen. »Den Jungen nehm ich mit.«

Besorgt sah Jeannette die beiden lädierten Helden aus der Szene hinken. Hoffentlich kamen sie auch wirklich gut nach Hause. Besonders fahrtüchtig hatte ihr keiner von beiden gewirkt. Und hoffentlich überwanden sie die Lädierungen, die ihren Egos heute auf so unterschiedliche Weise zugefügt worden waren.

»Jonas?« rief sie ihrem Neffen nach. Der wandte sich, von Martin gestützt, halb zu ihr um. »Versprich mir, daß du dich nicht in die Sache reinsteigerst, ja?«

Der Junge schüttelte den Kopf. Sie hörte, wie er etwas murmelte. Es klang wie: »Ich bleib ewig Single.«

Dann wandte sie sich wieder an Steinert. »Tja«, sagte sie, »sieht so aus, als würde mein Kollege auf eine Anzeige verzichten. Bleibt noch das Randalieren in der Bar und der Sachschaden, den Sie angerichtet haben.« Sie legte den Kopf schief, um demonstrativ das Chaos der umgestürzten Möbel, die Scherben und die Pfützen auf dem Boden zu begutachten.

Der Barkeeper kam mit erhobenen Händen hinter dem Tresen hervor. »Lady«, sagte er vorsichtig, »legen Sie nur die Waffe weg, und wir werden alle glücklich sein.«

14

»Ich finde es wirklich nett, daß ihr mir helfen wollt«, sagte Natascha, als sie die Tür am Ende des langen schmalen Flurs öffnete.

»Gern geschehen.« Regine trat ein. »Wer ist denn der unheimliche Kerl mit dem Messer, der am Fuß der Treppe stand?«

Natascha nahm ihr die schwere Stofftasche ab, die sie auf dem Arm hielt. »Das ist mein Vermieter. Ihm gehört die Metzgerei unten. Er ist gruselig, nicht wahr?« Gutgelaunt sichtete sie die Mitbringsel und suchte eine freie Ecke dafür. Es war nicht einfach, denn ihre Wohnung war ein Durcheinander aus Kisten, Stapeln, Möbeln und Mülltüten. Kein Möbelstück war mehr an seinem Platz, keine Schublade unangetastet. Es war der Moment des größten Chaos, der Moment, in dem man glaubte, der Dingwelt einfach nie richtig Herr zu werden, ehe dann alles strukturiert seinen Platz in den Kisten und schließlich in dem gecharterten Lieferwagen finden würde, mit dem Regine und Jeannette vorgefahren waren, um Natascha bei ihrem Umzug zu helfen.

»Auch nicht gruseliger als das Linoleum«, meinte Regine mit einem Blick auf den Fußboden. »Hier scheint jemand eine Vorliebe für Brauntöne gehabt zu haben.«

»Die Kacheln jedenfalls sind orange«, rief Jeannette aus dem Badezimmer. Ihre Stimme hallte in dem fast leeren Raum.

»Als ich hier einzog«, erzählte Natascha, »hat er sich dermaßen für alles interessiert, was ich tue, daß ich schon dachte, er würde mich sexuell belästigen.« Sie wies auf die Wohnungstür, die nicht dicker und stabiler war als eine Zimmertür und ein dilettantisch aufgeschraubtes Sicherheitskettchen aufwies. »Aber er hat es die ganzen zwei Jahre lang dabei belassen, mich anzustarren.«

Jeannette kam mit tropfenden Händen aus dem Bad, krempelte sich die Ärmel hoch und ließ ihren Blick durch das Zimmer schweifen, um zu sehen, wo sie anfangen könnte. Natascha führte sie an einen Schrank und bat sie, einfach den Inhalt ohne Ansehen der Details in eine Bananenkiste zu packen. Sie legte einen Stapel alter Zeitungen daneben, damit Jeannette die zerbrechlicheren Teile einwickeln konnte. Sie selbst machte sich über den Inhalt ihres Schreibtisches her, las und sortierte Unterlagen, lochte, heftete und warf weg, was sich nicht mitzunehmen lohnte. »Ehrlich«, stöhnte sie verzweifelt, »ich hätte das schon vor Monaten tun sollen.«

»Jetzt sind ja wir da«, tröstete sie Regine, die ihre Bücherregale ausräumte, dabei nicht mehr als nur oberflächlich Staub wischte und sich immer wieder fröhlich pfeifend in die Buchrücken vertiefte. »Kannst du dafür nicht Joachim antanzen lassen?« meinte sie nach dem dritten Brett mit schwergewichtigen Bildbänden. »Sei mein Sklave oder ich verpfeif dich beim Ministerium oder so?«

Natascha hielt kurz inne, zog es dann aber vor, die Frage zu überhören. »Wie läuft es denn so mit deinem Fall, Jeannette?« erkundigte sie sich dann reserviert.

Jeannette und Regine warfen einander einen vielsagenden Blick zu. »Oh, es geht voran«, meinte die Kommissarin unverbindlich.

»Sie stecken fest«, konstatierte Regine zur selben Zeit. Wieder tauschten sie einen Blick.

»Stimmt doch«, beharrte Regine.

Jeannette seufzte ergeben. »Nun ja, wir haben einen Haufen Verdächtige, aber keiner paßt so richtig. Entweder fehlt ihnen das Motiv oder die Gelegenheit.« Und während ihre Hände immer flinker Kerzenständer, Serviettenringe, Messerbänkchen und anderen Krimskrams in Zeitungspapier wickelten, erzählte sie vom Fall Steinert. Da war der Exfreund, mit dem stärksten Motiv, aber auch dem besten Alibi. Jeannette hatte seine Angaben überprüft. Und so windig das Alibi gewesen war, das seine übermotivierten WG-Freunde ihm hatten geben wollen, an seiner Anwesenheit in der Kneipe an jenem Abend ließ sich nicht rütteln. Sie wurde nicht nur von seinen Kollegen bestätigt, sondern auch von einem Gast, mit dem er an jenem Abend eine Auseinandersetzung um das Wechselgeld geführt hatte. Der Gast behauptete, einen Fünfziger hingelegt zu haben, Hajo hatte aber nur einen Zehner gesehen und entsprechend rausgegeben. Die Diskussion zog sich hin – just zu dem Zeitpunkt, an dem Julia Steinert mutmaßlich gestorben war.

Dann war da die Freundin mit ihrem seltsamen Verhalten. Aber da sie und Julia nach allem, was man wußte, ein Paar waren, war nicht einzusehen, warum sie sie hatte töten sollen. Darüber hinaus traute Jeannette diesem Rehlein die Tat auch nicht zu.

Der zu Gewalttätigkeiten neigende Vater war da schon eher ein Kandidat. Zwar hatte er die größte Wut auf seine Frau. Aber vielleicht war die Untreue der Tochter – das heimlich gewechselte Studienfach – ja so etwas gewesen wie der Tropfen, der das Faß zum Überlaufen gebracht hatte.

»Sind dieser Martin und dein Neffe denn wieder wohlauf?« erkundigte Natascha sich und schloß einen weiteren Karton. Mit aller Kraft drückte sie die Laschen ineinander.

»Es geht ihnen ganz gut. Martin sitzt wieder am Computer, und Jonas hat geschworen, ewig Single zu bleiben.« Jeannette lächelte, als sie sich daran erinnerte, doch ihr Gesicht wurde rasch wieder ernst. Was sie nicht laut aussprach, war das Gedankenspiel, das sie bei sich selbst angestellt hatte. Wenn Jonas tatsächlich gehofft hatte, Margarete Eismann für sich zu gewinnen, war ihm dann Julia Steinert nicht im Weg gewesen? Vielleicht war Hajo Krause nicht der einzige Mann gewesen, der von der Entwicklung überrascht und frustriert war? Sie hatte versucht, bei ihrer Schwester unauffällig auf den Busch zu klopfen. Doch Tanja war nur schwer zu erreichen. Sie war wenig zu Hause und nicht daran interessiert gewesen herauszufinden, wo ihr Sohn sich an einem Freitagabend aufhielt, schließlich war er erwachsen. Sie hatte sich nur beklagt, daß er, seit Martin ihn in so ramponiertem Zustand vorbeigebracht hatte, sich in sein Zimmer verkroch und Tag und Nacht den Computer laufen ließ, ganz wie früher in seiner Fantasy-Rollenspiel-Zeit. Seine ewigen Rollenspiele, dachte Jeannette mit einer gewissen Zärtlichkeit. Er war wahrhaftig noch ein Kind, und sie machte sich einfach zu viele Gedanken.

Ja, und dann war da noch der große Unbekannte, der Mann, den Frau Steinert in die Wohnung ihrer Tochter gelassen hatte. Aber die Suche im Internet glich der nach einer Stecknadel im Heuhaufen. Martin war zäh, das mußte man ihm lassen. Tapfer verabredete er immer wieder Treffen und schoß dann unauffällig Fotos von den Wartenden. Doch bislang hatte Frau Steinert niemanden identifizieren können.

»Gruselig, die Suche nach so einem Irren im Netz«, meinte Natascha.

Jeannette widersprach. »Ich habe nie gesagt, daß er irre ist.«

Mit schmerzendem Rücken richtete Regine sich auf. »Können wir mal eine Pause einlegen?« fragte sie.

Natascha lud zu einer Pause und ging voraus in die Küche, um den Inhalt der Tasche zu sichten, die Regine mitgebracht hatte. »Du brauchst nichts mehr schmutzig zu machen«, erklärte diese und hob heraus: »Thermoskanne. Pappbecher. Kekse. Und.« Sie hob ein verheißungsvoll raschelndes Päckchen hoch.

»Noch mehr Altpapier?« wunderte sich Jeannette, die Zeitungspapier aus der Spüle räumte, um sich ihre von der Druckerschwärze verfärbten Finger zu waschen.

»Die Briefe!« quiekte Natascha begeistert. »Du hast sie mitgebracht.« Sie war mit einemmal ganz aufgeregt. »Los, wie viele sind es? Hast du schon reingelesen?«

»Was für Briefe?« fragte Jeannette, doch niemand achtete auf sie. Ihre Freundinnen quetschten sich zwischen Stapeln von Pfannen und Topflappen auf die Eckbank und begannen, das Bündel zu sichten.

Jeannette mühte sich mit dem Deckel der Thermoskanne ab.

»Willst du nicht herkommen?« rief Natascha und winkte. »Schließlich geht es dich doch vor allem an.«

Den Eindruck hatte Jeannette nicht bekommen. Langsam schlenderte sie näher und wiederholte ihre Frage. »Was ist das?«

Regine hielt das Bündel triumphierend hoch. »Die Antworten auf deine Kontaktanzeige. Vierundfünfzig Stück. Ein Rekord, hat mir die Dame bei der Zeitung versichert.«

Jeannette schloß die Augen. Blonde Göttin. Jetzt fiel es ihr wieder ein. »Es stand in der Zeitung?« fragte sie mit erstickter Stimme.

»Mit Chiffre«, beruhigte Regine sie, die zufrieden die Umschläge öffnete, Briefbögen entfaltete und Fotos herauszog. »Im Netz magst du ja auf wahnsinnige Killer stoßen, aber bei der guten alten Zeitung kriegst du noch dein Schreiben mit Bild und allem Drum und Dran. Da weiß man doch, was man hat.«

»Die Bilder!« Begeistert begann Natascha, in dem Stapel zu wühlen. »Der da sieht doch süß aus«, meinte sie nach einer Weile und hielt ein Foto hoch. »Oder was meinst du?« Sie hielt es Jeannette hin.

Die bemühte sich, ihre Neugier zu bekämpfen, und drehte den Kopf weg. Sie würde nicht hinübersehen; das war doch einfach absurd.

Regine nahm Natascha Bild und Brief aus der Hand. »Das darf man ihr nicht einfach überlassen. Sie ist viel zu unreif dafür.«

Jeannette zog ihr eine Grimasse und wandte sich ab, entschlossen, das ganze Theater zu ignorieren. Sie fand ein Hängeregal voller Gläser, das noch unberührt war, und begann, einen Keks zwischen den Lippen, mit dem Einpacken fortzufahren, während ihre Freundinnen mit dampfenden Pappbechern über den Briefen hingen.

»Gustav, sauber, gesund, gepflegt«, las Regine vor. »Oho.« Sie mußte lachen. »Bei dem kannst du von den Fußsohlen essen.«

»Hab's nicht vor«, nuschelte Jeannette und kroch tiefer in ihren Schrank.

Regine und Natascha lasen murmelnd vor sich hin und schüttelten dann die Köpfe. »Das ist ja geschmacklos«, meinte die junge Lehrerin entsetzt.

»Zu direkt«, stimmte Regine zu. »Aber hör mal den: ›Junggebliebener Löwe, dessen Schwanz schon ungeduldig den Wüstensand peitscht.‹ Ist das eine gelungene Metapher oder was?«

Natascha schnappte sich den Brief und las mit ungläubigem Gesicht, unterbrochen von haltlosem Gekicher. Regine war schon einen Bewerber weiter. »Das hier ist mal eine ehrliche Haut«, erklärte sie Jeannette, die immer noch den Kopf im Schrank stecken hatte und verbissen vor sich selbst zu leugnen versuchte, daß da dieser verrückte kleine Funken Hoffnung war, Regine möge ein paar Worte vorlesen, die auf einmal alles veränderten, die magisch wären, die wie mit Leuchtschrift im Raum ständen ... Jeannette rief sich zur Ordnung. Da hinten hatten sich noch ein paar Eierbecher versteckt.

»Er erklärt, daß mit seiner Frau nicht mehr viel läuft, seit die drei Kinder da sind. Aber er hat Überstunden, die er abbauen muß, und könnte die nächste Zeit täglich für eineinhalb Stunden vorbeischauen. Meinst du, du könntest dich freimachen so zwischen elf und eins?« Sie klimperte mit den Wimpern.

»Sehr witzig«, knurrte Jeannette in Nataschas Lachanfall.

»Es war ein Fehler, was von Göttin zu schreiben«, keuchte diese, als sie wieder zu Atem kam. »Jetzt denken sie alle an Venushügel. Schauen wir mal.«

Und sie wühlten sich weiter durch den Berg. Ein »Pyjama-Sepp« wurde abgelehnt, weil sie nicht auf Landhaus-Stil standen. »Obwohl er optisch was hermacht«, meinte Regine mit einem Hauch von Bedauern. »Und du kletterst doch auch.«

Jeannette gab keine Antwort.

Unheimlich war ihnen der Brief eines Mannes, der auf vier dicht beschriebenen Seiten erklärte, daß es viel weniger Kriege auf der Welt gäbe, wenn die Männer häufiger Sex hätten. »Immerhin zitiert er Konrad Lorenz«, gab Regine zu bedenken. Aber Natascha schüttelte den Kopf. »Dann soll er sich eine andere Gans suchen. Ich möchte da nicht den Friedensengel spielen.« Damit nahm sie den Stapel und begann zu sortieren. Die Schweinigel-Briefe landeten im Müll, zurück blieb ein dünnes Häufchen seriöser Schreiben.

»Der hier wäre ernsthaft was für dich«, sagte sie nach kurzer Lektüre. »Literaturliebhaber, sensibel. Und er mag Katzen.«

»Wo doch jetzt Romeo in dein Leben getreten ist«, sekundierte Regine.

Natascha machte große Augen. »Das Vieh heißt jetzt Romeo?«

»Du hast doch gesagt, daß dir Stinker zu proletarisch ist«, gab Regine zurück.

»Man muß doch immer daran denken, wie sich so was ruft.«

Natascha klang pikiert. »Aber ich dachte, wir hätten uns auf Tristan geeinigt.«

»Das war Regine vermutlich zu wagnerianisch.« Es war das erste, was Jeannette seit Minuten von sich gab. Es klang abwesend.

»Ach«, schnappte Regine. »Wenn es nach dir gegangen wäre, hieße er immer noch ›Wer hätte gedacht, daß es in Tierheimen einen Aufnahmestopp gibt‹.«

Jeannette antwortete nicht.

Ihre Freundinnen gingen wieder zur Tagesordnung über. »Laß mal sehen«, murmelte es, Papier raschelte, man verhandelte über die Kandidaten. »Dann nimm du ihn doch«, schlug Regine vor.

»Nein, danke, nie mehr einen Lehrer«, erklärte Natascha entschieden. Sie zog einen anderen Briefbogen hervor. »Aber der hier, der ist ein Treffer. Jeannette, schau doch wenigstens mal.«

Aber ihre Freundin stand wie angewurzelt vor dem Küchenschrank und rührte sich nicht. Die offene Tür verdeckte ihr Gesicht. Regine und Natascha konnten nur erkennen, daß sie auf etwas starrte, das sie in Händen hielt.

Als sie sich aufrappelten, um zu ihrer stummen Freundin hinüberzugehen, konnten sie erkennen, daß es ein verknittertes Stück alter Zeitung war, ein Ausriß aus der Seite mit den Kontaktanzeigen.

»Guckst du bei der Konkurrenz?« flachste Regine, verstummte aber, als Jeannette noch immer nicht reagierte. Vorsichtig zog diese das zerknitterte Papier, mit dem sie eben ein kristallenes Sahnekännchen hatte ausstopfen wollen, wieder ganz auseinander und glättete es. Beinahe zärtlich glitten ihre Finger über das Schwarzweißbild eines Mädchengesichts. Es war grob gerastert und unscharf. Dennoch war das Modell gut zu erkennen: Es handelte sich eindeutig um Julia Steinert.

Jeannette stand da wie betäubt. »Das ist das Mädchen aus meinem Fall«, sagte sie.

»Die?« Regine war erstaunt. »Aber sie hieß doch gar nicht Mandy, oder?« Und sie beugte sich vor, um den Text der nebenstehenden Anzeige zu lesen. »Das zierliche Mädchen mit den zärtlichen schwarzen Augen freut sich auf einen Mann, an dessen Schulter es sich anlehnen kann. ›Süß und anschmiegsam, freue ich mich darauf, dich ein Leben lang zu verwöhnen, wenn du es nur ehrlich mit mir meinst. Wo ist der Prinz, der mich erlöst?‹« Sie hatte mit Piepsstimme vorgelesen und verzog das Gesicht. »Hast du nicht gesagt, sie habe Literatur studiert?«

»Und war lesbisch?« sekundierte Natascha.

Jeannette begann, vorsichtig die Anzeige herauszureißen. Sie achtete darauf, die Adresse des Instituts nicht zu beschädigen, das mit Julias Gesicht für seine Mandy warb. Es hatte seinen Sitz in Nürnberg.

Jeannette schaute auf die Uhr und dann zweifelnd einmal in die Runde. Es war schon beinahe Mittag, und noch immer lagen etliche Kubikmeter Müll herum. Sie wandte sich an die anderen beiden. »Wißt ihr, daß wir Rabatt kriegen, wenn wir den Wagen vor sechzehn Uhr zurückbringen?«

15

Unter vielen Entschuldigungen überließ Jeannette Regine und Natascha in der Rollnerstraße sich selbst, wo sie mit dem Verkehr, dem Parkplatzmangel und dem Inhalt des prallgefüllten Lieferwagens kämpften. Regines muffiges »Ja, ja« klang ihr noch im Ohr, als sie den kurzen Weg zu der Partneragentur hastete, deren Räumlichkeiten ganz in der Nähe lagen. Die Adresse erwies sich als ein Hochhaus von altmodischer Tristesse, mit Werbeneonreklamen von Versicherungen an der Fassade und Vorhängen mit Grauschleiern hinter den Fenstern der oberen fünf Etagen.

Das Schild der Agentur war aus silberfarbenem Metallimitat und stand an den Ecken ab. Es klebte im Aufzug, der streng nach Putzmitteln und kaltem Rauch roch, neben dem Knopf für die dritte Etage. Eine Frauenstimme hatte Jeannette heraufgebeten und ihr den Weg gewiesen. Ohne die Erläuterung hätte sie die schmale Glastür zwischen der Autovermittlung und dem Bedarf für Büroartikel auch nicht gefunden.

Die Räume, in die sie eingelassen wurde, hatten deutlich den Zuschnitt einer Privatwohnung. Wohnzimmer, Kinderzimmer, Schlafzimmer. In letzterem war so etwas wie ein improvisiertes Fotoatelier untergebracht, im Wohnraum stand der Schreibtisch des Chefs, der allerdings nicht da war.

»Er ist selten im Haus«, kommentierte eine junge, gelangweilt dreinblickende Angestellte im superknappen Mini aus grauem Tuch, die unter ihrem Jackett ein eng sitzendes, tief ausgeschnittenes Top trug. Ihr Gesicht war sorgfältig geschminkt wie das einer Geschäftsfrau, ihr Unterkiefer jedoch malmte in trägem Rhythmus auf einem Kaugummi herum. Als sie Jeannettes Marke sah, spuckte sie ihn in den übervollen Aschenbecher, der auf der Tischplatte stand.

»Hören Sie, ich wollte hier sowieso nächste Woche aufhören«, begann sie.

Jeannette reagierte nicht darauf. Sie holte den Zeitungsausriß heraus und faltete ihn auf. »Woher stammt dieses Foto?« fragte sie und deutete auf Julia Steinerts Gesicht.

»Weiß nicht«, war die achselzuckende Antwort. »Da müßte ich erst mal …«

»Tun Sie's«, unterbrach Jeannette die träge Stimme. Die Frau zuckte zusammen, sprang auf und wandte sich zu einem Wandbord um, das voller grauer Papp-Aktenordner stand.

»Arbeiten Sie hier nicht mit Computern?« fragte Jeannette.

Ein bitteres Lachen war die Antwort. »Wozu?« fragte die Frau, die sich reckte, um an einen der Ordner heranzukommen.

Jeannette hob die Augenbrauen. Die Kundendatei war wohl nicht besonders groß. Nun, das würde ihr die Arbeit erleichtern.

Die Frau blätterte in den Unterlagen herum. »Mandy, Mandy«, murmelte sie dabei. »Ich kann nix finden.« Sie schaute auf. »Der Fotograf arbeitet freiberuflich. Der kommt nur unregelmäßig vorbei.«

»Sie wissen«, fragte Jeannette streng, »daß das Mädchen auf dem Bild nicht Mandy heißt?«

Die Antwort war ein Achselzucken. »Was wollen Sie, das machen alle so. Unser Fotograf spricht die Mädchen auf der Straße an, wenn er findet, sie passen. Dann macht er die Bilder, schenkt ihnen ein paar Abzüge und versichert ihnen, daß die Annonce nicht in ihrer Heimatstadt erscheint.«

Jeannette nickte. Julia Steinert wohnte in Nürnberg, und die Anzeige war in einem Weißenburger Regionalblatt erschienen.

»Manchmal schneide ich auch welche aus dem Quellekatalog aus«, sagte die Frau und kicherte. Sie hatte sich einen neuen Kaugummi genommen und musterte Jeannette interessiert. »Was suchen Sie eigentlich?«

Vermutlich, wenn das Geld für den Fotografen nicht reichte, dachte Jeannette und las noch einmal den Aufdruck »Originalfoto«. Der abwesende Chef hatte da wirklich ein Goldstück von Mitarbeiterin. Aber vermutlich war sie seiner wert.

»Geben Sie mir die Adresse des Fotografen«, sagte sie. »Er wird doch Unterlagen darüber haben, wo er die Abzüge hinschicken muß.« Sie wußte zwar, wohin das Bild gegangen war, aber sie wollte sicher gehen. In Julias Wohnung hatten sie jedenfalls kein Duplikat dieser Porträtaufnahme gefunden. »Und dann will ich die Adressen aller Männer, die sich auf die Mandy-Anzeige gemeldet haben.«

Die Agenturangestellte zuckte zurück. »Die sind aber vertraulich.«

Jeannette neigte sich über den Schreibtisch und lächelte. »Haben Sie nicht gesagt, Sie würden hier nächste Woche nicht mehr arbeiten?«

»Na ja.«

»Das könnte noch viel schneller passieren, glauben Sie mir.«

Eine Viertelstunde später hatte sie den ganzen kleinen Stapel auf dem Tisch: Polaroids, die hölzern dasitzende Männer auf unterschiedlich gemusterten Sofas zeigen.

»Die mache ich«, erläuterte die Angestellte, »gleich an Ort und Stelle, wenn sie den Vertrag unterschrieben haben. Ein Porträtfoto von unserem Fachmann für die Kartei kostet extra.«

Dann folgte ein handschriftlich ausgefüllter Fragebogen. Jeannette überflog die Angaben zur Konfession, den Interessen (Natur/Kultur/Sport/sonstiges), den persönlichen Gewohnheiten (Nichtraucher/Raucher) und den besonderen Anmerkungen, die von »sucht Superdünne« bis hin zu »keine rotgefärbte Emanze« reichten. Ein Roland aus Fischbach hatte sich als »Normalo ohne besondere Kennzeichen« beschrieben. Das überbelichtete Bild mit dem Cordsofa im Hintergrund gab ihm recht. Im Anhang dann befand sich der Vertrag, den Jeannette nur überflog. Ihr Blick blieb erst an der Summe hängen.

»Siebentausend Euro?« fragte sie ungläubig. Noch einmal betrachtete sie die schäbige Einrichtung. »Und was leisten Sie dafür?«

Die Angestellte verfiel in einen leiernden Ton. »Der Unterzeichner wird ohne Zeitverlust in unsere Kartei aufgenommen, wo partnersuchende Frauen auf ihn zugreifen können. Darüber hinaus verpflichten wir uns, ihm im Laufe eines halben Jahres drei Vorschläge aus unserer Kartei zu machen. Falls er die alle ablehnt, ist unser Teil der Vertragspflicht hinfällig.«

»Die Kartei?« fragte Jeannette und bekam widerstrebend eine schmierige kleine Plastikbox zugeschoben, in der ein Packen Karteikarten steckte. Sie blätterte sie flüchtig durch und schob sie dann angeekelt weg.

»Sieben«, stellte sie fest. Keine davon war jung, keine auch nur annähernd attraktiv. Die letzte Kandidatin hatte sie vor drei Wochen auf dem Revier gesehen, wo sie zum x-ten Mal wegen Drogenbesitzes verhört worden war.

Die Angestellte zuckte mit den Schultern. »Wir kriegen eh selten die ganze Summe. Meist treten wir die Restschuld an ein Inkassounternehmen ab, das die Außenstände dann eintreibt.«

Jeannette schaute hinunter auf den Stapel Männerschicksale in ihren Händen, auf die blassen, verkrampften Gesichter. Sie konnte sich vorstellen daß da eine gute Menge Frust, Verzweiflung und Wut zusammenkamen, und ein Bild begann sich in ihrem Kopf zu formen, eine Szene, an deren Ende Julia Steinert mit eingeschlagenem Schädel am Boden lag. Ihre Finger blätterten wieder und wieder durch die Unterlagen.

»Wie schaffen Sie es eigentlich, die Männer von den abgebildeten Mädchen abzubringen?« fragte sie dann und schaute auf.

»Oh, das ist ganz einfach«, sagte ihr Gegenüber. »Wir gehen ja zusammen den Fragebogen durch. Und an irgendeiner Stelle sage ich dann: ›Sie sind Raucher? Wie schade. Das Mädchen aus der Anzeige ist ausdrücklich nur an Nichtrauchern interessiert.‹ Oder wenn er Nichtraucher ist, dann ist es eben die Konfession, verstehen Sie? Meist lassen sie sich ganz schnell auf jemand anderen vertrösten.«

»Es hat also keiner dieser Männer Julia Steinert je getroffen?« Sie bekam keine Antwort. Natürlich nicht, sollte das heißen. Aber dazu hatte die Kommissarin bereits ihre eigenen Ansichten entwickelt. Sie war sicher, daß genau das geschehen war. Und sie würde schon noch darauf kommen, wie genau es passiert war.

Noch einmal betrachtete sie Bild um Bild, schüttelte ungläubig den Kopf. Dann nahm sie den Packen Dokumente, faltete ihn energisch zusammen und stopfte ihn in die Tasche ihrer Lederjacke, ehe die Frau im Kostüm auch nur den Mund aufmachen konnte. »Ich möchte sehen, wie Sie arbeiten«, sagte sie.

16

Als sie in den Wagen einstiegen und Jeannette sah, wie die Frau an ihrem Rock herumzupfte, um ihn wenigstens einigermaßen wieder über ihre Schenkel zu ziehen, machte sie eine Bemerkung über dessen unpraktische Länge.

»Das ist bei uns Vorschrift«, war die Antwort, »genau wie das Dekolleté.«

Eine gute halbe Stunde später beim Kunden konnte die Kommissarin sich von der Wirksamkeit dieser Berufsbekleidung überzeugen. Der Mann, der ihnen geöffnet hatte und nun ein wenig verkrampft auf dem Sofa gegenübersaß, blühte förmlich auf, als die Agenturangestellte sich zurechtsetzte und ihn anlächelte. Sein Blick glitt einmal an ihr hinauf und hinab und wurde hoffnungsvoll. So viel geballte weibliche Gegenwart war genau das, was er gesucht hatte.

»Na, dann wollen wir mal«, begann sie neckisch. Sie zwinkerte ihm zu. »Nur keine Sorge, das wird ganz schnell gehen.

Als Sie uns öffneten, dachte ich mir schon: Ein Typ wie der ohne Frau. Das muß ein Witz sein.«

»Na, des is ka Witz, leider«, sagte der Mann ihnen gegenüber und lachte nervös.

Die Frau von der Partnervermittlung tat ungläubig, bis er geschmeichelt lächelte. Dann stand sie unvermittelt auf. »Dürfte ich wohl mal Ihre Toilette benutzen?«

Jeannette wußte warum, sie war im Wagen instruiert worden. Jetzt wurde im Bad nach zweiten Zahnbürsten und Lady-Shavern gefahndet, dann das Rasierwasser taxiert und in der Schmutzwäsche nach Markenlabeln gewühlt. Wurde sie fündig, stieg der Preis.

Jeannette biß die Zähne zusammen und schraubte ihr Lächeln fest, während der Mann ihr gegenüber die gefalteten Hände zwischen die Knie klemmte und ihr erklärte, daß er viel auf Montage sei und daß die Frauen das leider nicht so mögen. Beide schauten erleichtert auf, als der Minirock zurückkam.

»So, jetzt geht es aber los.«

Es begann, wie Jeannette gelernt hatte, die Ja-Phase. Ihre Begleiterin nannte die Daten des Mannes, die sie schon von seiner Kontaktaufnahme kannte, ließ sie ihn durch ein »Ja« bestätigen und trug sie in den Bogen ein, sorgsam, mit zwischen die Zähne geklemmter Zunge. Spannungsgeladen beugte er sich vor. Er wolle also eine dauerhafte Bindung. Ja. Treue sei ihm wichtig. Ja. Anschmiegsam solle sie sein. Häuslich. Unkompliziert. Alles Eigenschaften, die in der Anzeige aufgelistet waren, auf die er geantwortet hatte.

Ja, antwortete er, erst unsicher, dann inbrünstig. Ja, ja, ja. Ein Stoßseufzer, ein Brunstschrei, ein Gebet.

Und was er denn sonst für Wünsche habe? Da mußte er überlegen. Er war es nicht gewohnt, sich bei Frauen auch noch was wünschen zu dürfen.

»Also, treu sollerds halt scho sei.« Die Agenturangestellte nickte geduldig. Das hatten sie bereits abgehakt. Er grübelte, dann lächelte er langsam. »Und blond, blond wär schäi.« Sein Blick schweifte vorsichtig zu Jeannette, zuckte aber sofort wieder zurück. »Und ä weng ä Figur mäißerds fei aa ham, verstängers's mi?. So neinzg-sechzg-neinzg.« Er deutete es mit den Händen an und strahlte, als hätte er einen tollen Witz gemacht. Als er Jeannettes eisigen Blick sah, ließ er die Arme wieder sinken. »Meinertweeng derferds aa ä wenig weenicher sei«, fuhr er unsicher fort. »Dreiädachzg, fimfäsechzg, dreiädachzg zum Beispill, des is au scho ganz brobber. Odder zwahreneunzg, siemäsechzg, zwahräneunzg odder ...« Er runzelte die Stirn, als ob er schwer nachdachte.

Jeannette verdrehte die Augen. Ihre Nebenfrau stieß sie unmerklich mit dem Fuß an und schrieb nickend jedes Wort gewissenhaft mit. Dann füllte sie den Vertrag aus.

Der Kunde übernahm den Stift von ihr, starrte auf die Zeile, auf die er seinen Namen setzen sollte, und zögerte zum ersten Mal. »Was werd des etz nacherd kosd'n?« fragte er.

Mit einem strahlenden Lächeln antwortete sie ihm. »Oh, in Raten ist das wirklich kein Problem, machen Sie sich da mal keine Sorgen. Außerdem: Was sind schon hundert Euro im Monat für die Liebe?«

Zuviel, wie es schien. Die Frau rutschte in ihrem Minirock näher, spähte dem Kunden, der wie hypnotisiert in ihren Ausschnitt starrte, über den Arm und meinte, weil er es wäre, gewähre sie ihm jetzt einen Nachlaß. Statt achttausendfünfhundert nur siebentausend Euro, was er dazu sage.

Er sagte gar nichts. Er starrte auf den ihm gewährten Einblick. Also neigte sie sich vor und gurrte. »Sie wollen doch Weihnachten nicht mehr alleine sein, oder?«

Als sie die Unterschrift hatten, stand Jeannette sofort auf, wie es ihr eingetrichtert worden war. »Raus, sofort raus«, hatte die Frau sie instruiert, »und auf jeden Fall mit dem Vertrag.«

Sie drängten unauffällig zur Tür.

»Ich will dann gleich mal ins Büro fahren«, zwitscherte die Partnervermittlerin, »und in der Kartei nachschauen. Ich glaube, mir ist da schon jemand eingefallen.«

Jeannette drückte sich hinter ihr hinaus und folgte ihr im Laufschritt zum Auto, wo die andere sich mit einem Seufzer in die Polster fallen ließ, sich eine Zigarette anzündete und mit geschlossenen Augen inhalierte. »Ich will tatsächlich bald aufhören, wissen Sie«, sagte sie, ohne die Augen zu öffnen. »Ursprünglich wollte ich damit nur mein Betriebswirtschafts-Studium finanzieren, aber es lief so gut«, sie zuckte mit den Achseln, »daß ich bald nur noch finanzierte und mit dem Studieren aufhörte. Man gewöhnt sich ziemlich schnell an das Geld, verstehen Sie?«

»Wieviel bekommen Sie denn so?« wollte Jeannette wissen.

Die andere drückte den halbgerauchten Stummel aus. »Zwölf Prozent pro Vertrag.« Sie betätigte den Anlasser. »Aber letzte Woche habe ich einen Kunden gehabt, endlich mal keiner von diesen Losern. Ein richtiger Mann, mit 'nem ordentlichen Job und ausreichend Kohle. Wenn's mit dem was wird, dann mache ich Schluß. Man ekelt sich ja langsam vor sich selbst.«

An diesem Abend kam Jeannette nach langer Zeit mal wieder in eine stille Wohnung. Regine war wohl noch bei Natascha zugange. Nur Romeo kam ihr maunzend entgegen. Sie streichelte ihn zerstreut, roch dann an ihren Fingern und schüttelte den Kopf. »Du rangierst unter schwer vermittelbar, Junge, weißt du das?«

Er schnurrte unbeeindruckt und strich ihr um die Beine, bis sie ihm Futter in seinen Napf gab, den Regine besorgt hatte. Jeannette schaute sich um. Dosen, Trockenfutterschachteln und Schüsseln mit neckischem Aufdruck stapelten sich in ihrer Küche – es wurde Zeit, daß sie mal zu einer Zeit von der Arbeit kam, zu der das Tierheim noch geöffnet hatte. Oder sie gab eine Annonce auf: »Mann mit Vergangenheit«, dachte sie, »sucht Sie für zärtliches Miteinander-alt-Werden.«

Sie öffnete den Kühlschrank und griff nach einem Trinkjoghurt, setzte ihn aber nach dem ersten Schluck wieder ab. Katzenmilch, las sie und wandte sich dann vorwurfsvoll an Romeo. »Und so was trinkst du?«

Sie beschloß, es mit den Brekkies gar nicht erst zu probieren, und verzog sich ins Badezimmer für ein ausgiebiges Schaumbad. Der Kater zeigte einen Funken Temperament, indem er mühsam auf den Wannenrand hüpfte, wo er hin und her balancierte, bis Jeannette ihm einen Klecks Schaum auf die Nase wischte. Als das Telefon klingelte und sie mit tropfenden Armen danach griff, verzog er sich.

»Jeannette Dürer.« Am anderen Ende der Leitung atmete es, ein Laut, der das Badewasser schlagartig um zehn Grad kälter werden ließ. Fick dich selber, dachte Jeannette, die sich nackt und verletzlich fühlte und unwillkürlich tiefer in den Schaum rutschte. Sie sagte es aber nicht und legte auf. Sofort klingelte es wieder.

»Du blödes Arsch…«, setzte sie an, kaum daß sie den Hörer nach dem ersten Läuten hochgerissen hatte.

»Jeannette!«

»Ja, Mama?« Das fröstelige Gefühl wurde nicht weniger; sie drehte das heiße Wasser auf, daß es nur so rauschte. »Was sagst du, Mama? Ich kann dich so schwer verstehen.«

Sie hob die Hand und spritzte ein paar Tropfen nach dem Kater, der den Wäschepuff umgestoßen hatte und jetzt die Schmutzwäsche durchwühlte.

»Wie? Nein, ich liege gerade mit dem Mann meines Lebens in der Badewanne.« Sie lachte lautlos.

»Was? Selber witzig.« Verärgert rutschte sie noch ein wenig tiefer ins Wasser und überlegte, warum ihre Mutter ihr nicht eine Sekunde geglaubt hatte, während Frau Dürer senior erneut begann, wegen ihrer Schwester auf sie einzureden. Sie rief an, um Jeannette ihren neuesten Plan mitzuteilen. Wenn ihre Tochter Tanja denn schon einen neuen Mann brauchte, und die Idee war für eine Frau mit drei Kindern ja nicht völlig abwegig, das mußte sie als wertkonservativer Mensch zugeben, dann sollte es wenigstens der richtige sein, handverlesen und geprüft auf Herz und Nieren. Und natürlich mit ernsten Absichten.

»Wie?« Jeannette glaubte, nicht richtig gehört zu haben.

»Eine Partnervermittlung, Schätzchen. Alles ganz seriös, nur beste Familien. Es steht alles in der Anzeige. Ich habe schon mit Vater gesprochen, und er meinte, wir könnten unseren Bausparvertrag auflösen. Wir bauen doch ohnehin nicht mehr, und ...«

»Ich halte das für keine gute Idee«, sagte Jeannette steif.

Frau Dürer protestierte wortreich. »Was hast du dagegen einzuwenden?« verlangte sie zu wissen. »Manchmal muß man dem Glück eben ein wenig nachhelfen.«

Genau das hatte die Frau heute auch gesagt, als sie sich von dem Monteur verabschiedete. Jeannette dachte mit Grauen an ihr falsches Zwinkern, dachte an den Mann, an all die Fotos und Fragebögen, die draußen im Flur auf dem Tischchen lagen. An die stillen Wohnzimmer und an die Inkassofahrer, die später dort klingelten. An die Hoffnungen und die Enttäuschungen, die vielleicht sogar Julia Steinert getötet hatten.

»Nein«, wiederholte sie dumpf, »ich halte das für keine gute Idee.«

Als Regine zwei Stunden später nach Hause kam, war das Badewasser kalt.

»Was ist das?« rief ihre Freundin aus dem Bad, »wolltest du die Katze ersäufen? Andere Menschen möchten hier auch baden, verstehst du?«

Zerstreut hörte Jeannette, wie das Wasser gurgelnd ablief, und die Geräusche, die es verursachte, als Regine den Schmutzrand von der Wanne schrubbte.

»Danke«, sagte ihre Freundin laut und ärgerlich, als sie in Jeannettes Türrahmen stand.

Hastig schaltete Jeannette den Computer aus und zog statt dessen die Unterlagen über die Männer näher heran, die auf Julia Steinerts Bild reagiert hatten. Der Anblick brachte sie zurück in die Realität. Sie würde sie auf jeden Fall von Martin überprüfen lassen. Einer von ihnen hatte vielleicht Julia erschlagen. Sie breitete die Fotos vor sich aus wie ein Puzzlespiel.

Regine kam näher. »Noch mehr Kandidaten?« fragte sie und rümpfte nach kurzer Übersicht die Nase. »Da ist keiner dabei, glaub mir.«

Jeannette war da anderer Ansicht. »Ich muß vielleicht für ein paar Tage weg«, sagte sie über die Schulter.

»Wohin?« fragte Regine mäßig interessiert.

»Weißenburg.«

»Hat Natascha was vergessen?«

»Es ist beruflich.« Jeannette ordnete die Fotos zu einem Muster.

»Hilft es dir was, wenn du in Nataschas Wohnung ziehst? Sie hat die Miete noch bis Ende des Monats bezahlt.«

Jeannette überlegte. »Das wäre vielleicht nicht schlecht«, sagte sie langsam.

Regine lehnte noch immer im Türrahmen. »Danke«, wiederholte sie.

Jeannette schwang herum, sprang auf und umarmte sie mit Wärme. »Danke«, sagte sie aufrichtig. »Was täte ich ohne dich?«

Romeo kam herein und drängte sich zwischen sie. Mit zitterndem Schwanz drückte er sich an ihre Schienbeine und hielt inne; ein atemberaubendes Wölkchen stieg zu ihnen auf.

»Den Kater mitnehmen?« fragte Regine.

17

»Die ersten drei sind sauber«, hatte Martin gesagt. Jeannette rekapitulierte ihr Gespräch, während sie im Auto saß. Sie hatte ihren Partner gebeten, die Heiratskandidaten in den Computer einzugeben und nach Vorstrafen Ausschau zu halten. Körperverletzung, Sexualdelikte, Stalking. Bis jetzt war nichts dabei herausgekommen. Aber das mußte auch nicht sein. Bei einer Tat wie der, die sie untersuchten, konnten sich gut und gerne lange unterdrückte Gefühle zum ersten Mal Bahn gebrochen haben. Vielleicht hatte der Kontakt mit der Agentur ja bei einem der Männer das Faß zum Überlaufen gebracht. Jeannette jedenfalls hing ihr Vermittlungsbesuch noch immer nach, die quälende Tristesse, die Peinlichkeit der Manipulation, das Verquere, Hoffnungslose daran, der Liebe mit Fragebögen auf den Leib zu rücken. Sie schüttelte sich, wenn sie nur daran dachte. Wie deprimierend waren diese Gestalten, die einfach nur geliebt werden wollten. Jämmerlich, dachte Jeannette voll innerer Abwehr, und schämte sich zugleich. Warum jämmerlich? Weil sie ihr damit die ganze Jämmerlichkeit ihres eigenen Liebeswunsches vor Augen führten?

Unwillkürlich begann sie mit den Zähnen zu mahlen. War

sie wirklich wie die? Nein, widersprach sie heftig, sie war nicht so naiv. Sie war reflektierter, anspruchsvoller, sehnsüchtiger, jawohl! Sie wollte nicht irgendeinen, nur um der Einsamkeit zu entfliehen. Sie wollte einen echten Partner, einen Mann, der in ihr die Frau und den Menschen sah, einen mit Herz und Kopf und Bauch, mit dem sie sich innerlich tief verbunden fühlte. Und es graute ihr bei dem Gedanken, umgeben zu sein von Männern, die sie nach Zentimetern bemaßen und deren Vorstellungen von Partnerschaft so primitiv und mechanisch waren, daß sie gar nicht für Menschen gemacht schienen, eine Bedrohung ihrer Lebendigkeit. Haushalt und vögeln, und das war's. Die Worte »Herz« oder gar »Seele« waren doch nicht einmal gefallen in dem ganzen Gespräch!

In den Antworten auf ihre Anzeige allerdings schon, mußte sie sich eingestehen, Herz und Verstand, bis zum Abwinken, bis zur völligen Bedeutungslosigkeit. Sie dachte an die Briefe, die Regine vorgelesen hatte: Jede Menge Lebensprospekte, Bilderbögen, fix und fertig vorgemalt, in der nur noch eine Figur zum Einkleben fehlte: sie. Und keiner, der auch nur annähernd anheimelnd gewesen wäre zwischen all der wortreich beschworenen Kulturbeflissenheit, Weltoffenheit, Sportlichkeit und Natürlichkeit, keiner, der ihr auch nur annähernd echt oder gar vertraut schien. Würde sie ihr Leben lang befremdet von Mann zu Mann taumeln wie Alice durch das Wunderland? War sie so anders?

Oder lag es nur an der Sprache, an der Schwierigkeit, sich selbst für andere in Worte zu fassen? Wie lebendig, fragte sie sich bitter, war denn ihre eigene Beschreibung dessen, was sie sich wünschte, ausgefallen? Sie feilte eine Weile an einer imaginären Anzeige und gab dann auf. Sie hatte schließlich auch nicht inseriert, hatte darauf verzichtet, sich zu einem Abziehbild zu machen, irgendeiner »blonden Göttin«.

Waren die anderen nur pragmatischer als sie oder würde,

wer sich mit klischeehaften Worten begnügte, um sein Ich darzustellen, sich nicht am Ende auch damit begnügen, Klischees zu leben? Vielleicht fehlte ihm das Gespür oder der Wunsch, zwischen echt und falsch zu unterscheiden? Oder war das Leben eben Konfektionsware und sie die einzig Verblendete, die es störte?

Mit diesen Schreckensvisionen im Kopf gelangte sie nach Weißenburg. Sie verlor keine Zeit und fuhr die erste der Adressen an, die auf ihrer Liste standen. Es war eine Spedition, für die einer der Kandidaten, die sich für Julia-Mandy interessiert hatten, als Fernfahrer arbeitete.

Pfiffe schallten ihr entgegen, als sie parkte und über den Fuhrhof ging. Jeannette hatte das Büro ansteuern wollen, doch dann erkannte sie in dem Mann, der eben in das Führerhaus eines Lastzuges einsteigen wollte, direkt ihren Verdächtigen. Er trug im Leben exakt dieselbe Kappe der Yankees, die er auch auf seinem Bewerbungsbild aufgehabt hatte.

Jeannette rief seinen Namen und ging hinüber. Er hing noch in der Luft, einen Fuß im Truck, einen draußen, als sie ihn ansprach. »Ich komme wegen ihres Vertrages mit der Partneragentur Morgenröte«, sagte sie.

Da sprang der Mann mit einem Satz herunter und kam mit schnellen Schritten auf sie zu, aufgeplustert, die Arme ausgestellt, als wolle er sie angreifen. Unwillkürlich stellte Jeannette sich breitbeinig und locker hin, um einer Attacke begegnen zu können. Damit schien er nicht gerechnet zu haben, denn er bremste im nächsten Moment irritiert ab. Dann aber beschloß er, sie nicht ernst nehmen zu müssen.

»Von der Agentur kommst du, was?« Er musterte sie von oben bis unten. »Ich hab dem andern schon gesagt, bei mir is nix zu holen. Also verpißt euch. Da war nur Schrott dabei. Keine Weiber, keine Kohle.«

»Moment mal«, versuchte Jeannette ihn zu unterbrechen.

Er hob die flache Hand wie für einen Schlag. »Du glaubst, du kannst Geld aus mir rausholen, ja? Dann frag mal den, der letzte Woche hier war, was ich mit dem gemacht habe.« Er ließ die Faust in die geöffnete Hand sausen, daß es klatschte, und mußte selber lachen. »Schiebt euch doch euren Vertrag in den Arsch«, sagte er, wandte sich ab und machte Miene, erneut einzusteigen. »Mir kann keiner was.«

Jeannette riß ihn am Kragen herunter, stieß ihn mit der Vorderseite gegen den Reifen seines Trucks, verdrehte ihm schmerzhaft den Arm und zückte ihre Marke.

»Polizei?« japste er, als es ihm gelang, den Kopf weit genug zur Seite zu drehen, um sie zu mustern. »Das soll wohl ein Witz sein. Au.« Er gab den Versuch auf, seinen Arm zu befreien. »Hören Sie, Chefin, ich hab keine Knete. Bin mit den Alimenten schon im Rückstand, und der Wagen ist auch noch nicht abbezahlt. Das können Sie denen sagen.«

Jeannette ließ ihn los und zog Julias Bild heraus. »Haben Sie diese Frau schon mal gesehen?«

Er guckte weg und spuckte aus. Schließlich knurrte er so etwas wie: »Leider.«

»Ich meine, im wirklichen Leben. Haben Sie sie getroffen?«

»Wie denn?« war die höhnische Antwort. »Die Schnalle von der Agentur hat doch drauf bestanden, die wolle nix von Geschiedenen.«

Jemand rief etwas über den Hof, und Jeannette schaute auf. Der Mann nutzte den Moment, sprang hinters Lenkrad und warf seine Maschine an. Der Truck kam ins Rollen, die schwere Tür fiel zu. Jeannette, vor die Wahl gestellt, zum allgemeinen Gespött hinter einem Schwerlaster herzulaufen oder ihn ziehen zu lassen, entschied sich für die zweite Variante. Mochte er sich für den Moment wie ein toller Hecht fühlen, sich in Sicherheit glauben und ihr Küßchen über das

Lenkrad zuwerfen, während sein Lastzug sich an ihr vorbeischob. Wenn sie ihn haben wollte, konnte sie ihn jederzeit von den Kollegen stellen lassen. Seine Route würde sie im Speditionsbüro erfahren.

Aus den Werkstätten kam Gelächter. Jeannette ignorierte es und wandte sich dem Büro zu, das sich nur durch einige Aktenschränke von einer Werkstatt unterschied. Derselbe Geruch nach Öl und Metall, dieselben Autokalender mit nackten Frauen, dasselbe Vorherrschen von Grau. Die Uhr über der Tür tickte laut. Es dauerte eine Weile, bis ein älterer Mann hereinkam und sich erkundigte, was sie wollte. Jeannette wies sich aus und fragte nach den Arbeitsplänen ihres Verdächtigen.

»Freitag letzter Woche?« meinte der Spediteur und blätterte in einem Ordner voller Seiten in speckigen Klarsichthüllen. Er fuhr mit einem rissigen Finger voller schwärzlicher Schmierölspuren die Liste hinab. »Freitag, Freitag. Da.« Er schaute sie triumphierend an und gab dem Ordner einen Stoß, daß er vor ihr landete. »Da war der Heiner in Anatolien. Genau wie am Donnerstag und am Samstag auch.«

»Kein Zweifel möglich?« fragte Jeannette, »könnte er die Fahrt getauscht haben?«

Der Mann griff zum Telefon und rief jemanden aus der Werkstatt. Ein Mechaniker kam herein, die Hände noch mit einem Wischlappen beschäftigt. Sein Händedruck war kräftig, sein Blick abschätzig. »Hat der Heiner die Türkeifuhre letzte Woche gemacht?« fragte sein Chef.

»Hab ihn jedenfalls einsteigen sehen.«

»Könnte er getauscht haben?« wiederholte Jeannette ihre Frage.

Der Mann kaute auf etwas herum und betrachtete sie. »Müßte ich wissen«, sagte er.

Jeannette zuckte mit den Achseln und ließ sich zur

Sicherheit noch die Adresse der türkischen Firma geben. Dann verließ sie den Hof. Diesmal folgten ihr keine Pfiffe.

Sie hielt im selben Industriegebiet an einem Schnellimbiß und zog den Stadtplan zu Rate, während sie sich über ihren Döner hermachte. Kandidat Nummer zwei befand sich so ziemlich am entgegengesetzten Ende der Stadt. Sie versuchte, sich die Route einzuprägen; eine Zwiebel fiel auf den Faltplan und hinterließ einen Ölfleck. Der Mann am anderen Ende des Tresens hob seine Kaffeetasse, um ihr zuzuprosten. Jeannette entfernte die Zwiebel und stand schnell auf. Sie ließ das Geld auf dem Tresen liegen. Das hier machte keinen Spaß. Aber deshalb war sie auch nicht hier.

Angekommen bei der zweiten Adresse, stand sie vor einem neuen Appartmenthaus mit diesen kleinen, metallenen Balkonen, wie sie für die späten Neunziger typisch waren, schick auf den ersten, unwohnlich auf den zweiten Blick. Niemand hatte sich die Mühe gemacht, Pflanzen oder Möbel hinauszustellen. Sie klingelte bei »Heilmann, Dipl.-Ing.«. Der Türöffner summte einladend, ohne daß die Gegensprechanlage betätigt worden wäre.

Diplomingenieur Heilmann stand in der Wohnungstür und schaute ihr erwartungsvoll, aber ein wenig verwirrt entgegen. »Entschuldigen Sie«, stammelte er und stopfte sich das nur mit zwei Knöpfen geschlossene Hemd in die Hose. Offenbar hatte er vertrauteren Besuch erwartet.

Jeannette wartete demonstrativ, bis er sich zurechtgemacht hatte. »Ich komme wegen ihres Vertrages mit der Partneragentur Morgenröte«, sagte sie dann ihr Sprüchlein auf.

Herr Heilmann wurde rot. Er konnte nicht älter als Mitte Zwanzig sein, mit kurzgeschnittenen, braunen Haaren und einem blassen, müden, unauffälligen Gesicht. Überarbeitet, notierte Jeannette sich in Gedanken, wie die meisten Berufseinsteiger. Bald würden die Reste studentischer Unsicherheit und jugendlicher Neugier von ihm abfallen, der Jungmännercharme würde einer selbstsicheren Blasiertheit weichen. Und seine noch eben sportlich-straffe Figur würde sich an Schultern und Bauch zu runden beginnen. Aber das machte dann nichts mehr, weil er da schon eine Gehaltsstufe weiter war. Pfui, Jeannette, ermahnte sie sich. Du denkst schon genauso materialistisch wie diese Agenturtypen.

Sie warf einen Blick über seine Schulter in die Wohnung hinein und entdeckte einen Glastisch, auf dem eine Vase mit Rosen zwischen Gedecken für zwei stand. »Gratuliere«, sagte Jeannette laut, »bei Ihnen hat es offenbar geklappt.«

Noch immer errötet, kratzte er sich am Kopf. »Ja, wissen Sie«, begann er, offenbar peinlich berührt. Da klingelte es erneut. Eilig drückte er auf den Summer. Jeannette hörte die Haustür zwei Stockwerke weiter unten und dann das Klackern hoher Absätze.

Heilmann neigte sich zu ihr. »Ich hoffe, sie kriegt deshalb keine Schwierigkeiten«, sagte er hastig im Flüsterton. »Ich meine, es ist doch nicht vertraglich verboten, daß man ...«

In diesem Moment erschien an der Kehre der Treppe die Frau von der Partnervermittlung. Ihr graues Minirockkostüm hatte sie gegen ein Chiffon-Blumenkleid gleicher Länge ausgetauscht. An ihren Ohren baumelten große Kreolen, und ihr Haar glänzte von Lack. Den Mantel, der die Pracht vor dem Herbstwind geschützt hatte, trug sie über dem Arm.

Sie hielt nicht inne, als sie Jeannette entdeckte, sondern kam hinauf und nahm ihren Freund am Arm.

Der drückte sie selig lächelnd an sich. »Sie müssen Verständnis haben«, sagte er, »es kam eben einfach über uns.«

Jeannette betrachtete die Kerzen und fragte sich, ob die Frau den Vertrag wohl zerrissen und auf die Provision verzichtet hatte.

»Selbstverständlich werde ich all meinen Verpflichtungen gegenüber ihrer Agentur nachkommen«, beeilte sich der Ingenieur zu versichern. Dann strahlte er seine Partnerin an. »Das ist nur recht und billig, bei diesem Glückstreffer.«

Die Frau musterte Jeannette feindselig und verzog den Mund. Zweifellos fragte sie sich, was sie von Jeannette zu erwarten hatte. »Ich habe Ihnen von Peter erzählt«, sagte sie abweisend.

»Kein Loser und ordentlich Kohle«, zitierte die Kommissarin aus dem Gedächtnis, »ja, ich erinnere mich. Schönen Tag noch.« Damit ließ sie das Paar allein.

Die nächsten beiden Besuche waren schnell erledigt. Kandidat Nummer drei war nicht zu Hause, zumindest ging niemand an die Tür, als sie klingelte, und die Garage stand leer. Nummer vier wohnte im selben Wohngebiet, so daß sie sich einen kleinen Spaziergang gönnte.

Als sie ein paarmal vergeblich an dem verlassen wirkenden Haus mit den heruntergelassenen Rolläden geklingelt und halbherzig erwogen hatte, sich auf eigene Faust ein wenig im Garten umzusehen, kamen ein paar Kinder, die auf der Straße gespielt hatten, heran und klärten sie neunmalklug darüber auf, daß der Bewohner nicht im Urlaub war, sondern sich vor zwei Wochen umgebracht hätte.

»Im Keller am Heizungsrohr aufgehängt«, hat mein Papa gesagt, gab ein Junge mit Kickboard und lauter Stimme von sich. »Und man solle ja nicht drüber reden, aber er habe eklig ausgesehen.«

»Wie denn?« fragte ein Freund, der auf Inlinern balancierte.

»Das wollte Mama dann nicht mehr wissen. Doof.«

»Ja, doof«, stimmte sein Freund ihm zu. Da war Jeannette schon auf dem Rückweg zu ihrem Auto. Wenn Julia nicht von den Geistern frustrierter, genarrter Männer heimgesucht worden war, dann schied dieser Kandidat zweifelsohne aus.

Aufseufzend sank sie in den Fahrersitz und schaute auf die Uhr. Beinahe sieben. Sie hatte für diesen Tag genug von männlichem Liebeselend. Sie fühlte sich müde und deprimiert und beschloß, erst einmal zu Nataschas Wohnung zu fahren. Auf der Suche nach einem Parkplatz entdeckte sie einen Straßennamen, der auf ihrer Liste stand. Also gab sie sich einen Stoß, auch noch den letzten Verdächtigen aufzusuchen.

Auch er freute sich nicht über ihren Besuch. Nachdem er geöffnet und sie ihren Spruch von der Partneragentur Morgenröte losgelassen hatte, fühlte sie sich mit einemmal herb aus der Tür geschoben. Überrumpelt rief sie »he!« und schlug seine Hand von ihrer Schulter. Schwer atmend standen sie einander gegenüber. Sein massiger Körper versperrte ihr entschlossen den Weg zur Tür.

»Verschwinden Sie«, sagte er zwischen den Zähnen hindurch. »Ich habe nichts mit Ihnen zu tun. Ich weiß überhaupt nicht, wovon Sie reden, verstehen Sie?«

»Aber …«

»Halt den Mund«, fauchte er, flüsternd. »O Gott, halt doch bitte den Mund.«

»Horst, wer ist da draußen?« klang eine schrille Stimme aus der Tür, die der Mann daraufhin noch ein Stück weiter zuzog.

»Nichts, Liebling, nur ein Vertreter.« Jeannette sah die Schweißtropfen auf seiner Stirn.

»Sag ihm, wir kaufen nicht an der Haustür. Er soll verschwinden.«

»Da hören Sie es«, nahm der Mann das Stichwort laut auf und wandte sich wieder Jeannette zu. Flüsternd setzte er hinzu: »Ich habe doch gesagt, Sie sollen mich nur auf dem Handy anrufen, unter der Woche.« In seinem Blick spiegelten sich Panik und Wut.

Jeannette zog ungerührt ihr Bild heraus. »Haben Sie sich je mit diesem Mädchen getroffen?«

Auf dem Gang hinter ihnen wurden Schritte hörbar. Der Mann trat von einem Fuß auf den anderen.

»Verschwinden Sie«, zischte er schließlich erneut. »Oder ich mach Sie fertig.« Damit trat er abrupt zurück und schloß die Tür, hinter der sofort diskutierende Stimmen einsetzten.

Die Kommissarin überlegte einen Moment, ob sie noch einmal klingeln und dem Mann dieselbe Abreibung verpassen sollte wie dem Fernfahrer, aber dann ließ sie es bleiben. Gott, sie war müde. Soviel Trübsinn war einfach lähmend.

18

Als sie in Nataschas Wohnung kam, klingelte ihr Handy. Jeannette meldete sich und tastete nach dem Lichtschalter. Wie früh es schon wieder dunkel wurde. Sie stolperte, schlug sich die Zehen an und fluchte in den Hörer.

»Jeannette, alles in Ordnung?« hörte sie Martins vertraute Stimme. Dann fand sie den Schalter und betrachtete die traurige Wüstenei der verlassenen Wohnung: die fleckigen Teppiche, die Staubflusen in den Ecken, die liegengelassenen Kleinigkeiten: Schrauben, Pappstücke, alte Taschentücher, Büroklammern, alles, was sich Jahrzehnte unter Möbeln verborgen hält und nie vermißt wird. Sie hob ein viereckiges Stück Papier auf und erkannte ein Automatenfoto. Es zeigte Natascha und Joachim, die eng umschlungen der Kamera die Zunge herausstreckten.

»Alles okay, Martin, danke.« Jeannette ließ das Bild wieder fallen und ihren Blick schweifen. »Ich stelle nur gerade fest, daß Nataschas Auffassung von besenrein hinter ihren sonstigen Hygiene-Ansprüchen zurückbleibt.«

Martin ging nicht darauf ein. Mit aufgeregter Stimme erzählte er ihr von der neuen Wendung im Fall Steinert.

»Iris hat eben angerufen«, erklärte er.

»Iris? Sind wir schon so weit?« fragte Jeannette, zwischen Erstaunen und Ironie schwankend.

Martin ignorierte die Bemerkung. »Sie hat gesagt, sie hat den Mann gesehen, mit dem sie sich in Julias Wohnung getroffen hat.«

»Der, der vielleicht den Schlüssel entwendete?« Jeannette versuchte, sich die Szene vorzustellen: eine fremde Wohnung, in der man eben Sex gehabt hat, das abebbende Verlangen, das anhaltende Prickeln dabei, in Unbekanntes einzutauchen. Das Rauschen der Dusche im Hintergrund, während man selber, alleine, herumstreicht zwischen den intimen Dingen eines Fremden, dieses berührt, jenes zurechtrückt, mit lässigen Bewegungen herumstöbert, den Geruch eines Kleidungsstückes einsaugt. Die Wohnung war so weiblich, verspielt, verlockend. Voller Plüsch und Tüll.

Vielleicht hatte er das Foto bemerkt, als es noch heil war, Julias frisches Gesicht, war mit den Fingern darüber gestrichen, hatte den Schlüssel hängen sehen …

Jeannette erwachte aus ihrer Vision, als es aus dem Flur knackte. Sie hielt das Handy vor ihre Brust und rief: »Hallo?« hinaus in den unbeleuchteten Gang. Regte sich dort etwas? Sie starrte so lange in die Schwärze, bis es vor ihren Augen flirrte. Doch niemand antwortete. Der einzige Laut war das Zirpen von Martins Stimme aus dem Apparat. Sie schüttelte den Kopf, ging hinüber und schloß entschieden die dünne Wohnungstür. Dann hob sie das Handy wieder an ihr Ohr. »Entschuldige, Martin, was hast du gesagt?«

»Daß ich ihn observieren werde.«

»Sei vorsichtig«, sagte sie automatisch.

»Du auch«, gab er zurück.

Jeannette seufzte, als das Klicken ertönte und ihr Atmen wieder das einzige Geräusch in der Wohnung war. Sie starrte auf die Fenster, wo die kalte Nacht ungehindert gegen das Glas drängte. Kurzes Schrauben an den Heizkörpern brachte nichts. Natascha hatte ihr zwar versichert, daß sie sich noch nicht offiziell abgemeldet hatte. Strom und Wasser funktionierten auch. Aber die Heizung war für den Herbst wohl einfach noch nicht angeworfen worden.

»Sparsamer Metzger«, brummte Jeannette und dachte an den Mann, der bei ihrer ersten Ankunft im Treppenhaus gestanden und ihnen so penetrant hinterhergestarrt hatte. Ob er die Geräusche im Flur verursacht hatte? Stand er wieder an der Treppe und glotzte zu ihr herauf, das Messer in der Hand? Nataschas Stimme klang wieder in ihrem Ohr. »Erst dachte ich, er wolle mich sexuell belästigen.« Ihr Blick fiel auf die Kette an der Haustür, und sie ging hin und legte sie vor.

Lächerlich, sagte sie sich und rieb sich die kalten Hände. Jetzt würde sie erst einmal versuchen, es sich hier gemütlich zu machen. Der Tee schmeckte mit heißem Wasser aus der Leitung nicht gerade überzeugend. Trotzdem legte sie ihre Finger um den Becher mit dem lauwarmen Gesöff, kroch in den mitgebrachten Schlafsack und knabberte an den Chips und Keksen, die sie sich kurz zuvor an der Tankstelle besorgt hatte. Auch ein Schnitzelsandwich in verklebtem Zellophan war dabei, das, so vorsichtig sie es auch auswickelte, doch in seine Bestandteile zerfiel und in ihren Schlafsack bröselte.

»Verdammt.« Die folgende Stunde war Jeannette damit beschäftigt, sich fettige Sachen in den Mund zu stopfen und mit ebensolchen Fingern ihre Unterlagen umzuwenden. Zwischenzeitlich bedauerte sie, keinen Walkman mitgenommen zu haben. Ein wenig Heimat, zumindest akustisch, hätte ihr jetzt gutgetan, ein vertrauter Raum, der sich wohlig um einen schloß. Sie dachte an Regine, an deren Anwesenheit sie sich so gewöhnt hatte und die jetzt vermutlich lästern würde, daß sie doch Übung im Umgang mit leeren Zimmern haben sollte. Jeannette mußte lächeln. Draußen knackte es.

Jeannette versuchte, sich zu konzentrieren.

Der letzte Mann, den sie besucht hatte, war ein Handelsvertreter, sie hatte es sich beinahe gedacht. In seinem Fragebogen hatte er »ledig« angekreuzt. Aber Jeannette hatte die starke Vermutung, daß das nicht ganz korrekt war. »Da hat der Zahnbürstentest wohl versagt«, murmelte Jeannette vor sich hin und sah die Partnervermittlerin wieder vor sich. Was sie wohl gerade trieb? Lag sie mit ihrer Eroberung zwischen Satinlaken, oder diskutierten sie noch den tieferen Sinn von Jeannettes Abschiedsworten? Vielleicht hatte Jeannette sie auch falsch eingeschätzt, und sie hatte ihm ihre Provisionssumme beim Abendessen in einem cremefarbenen Umschlag überreicht, als Liebesopfer und Basisfinanzierung für die Flitterwochen?

»Du bist kitschig, Jeannette Dürer«, ermahnte sie sich. Ihre Phantasien liefen wirklich zunehmend aus dem Ruder. Neulich zum Beispiel ...

Ein gequältes Scharnier quietschte, schaurig gedehnt, als hätte es bei Hitchcock gelernt.

Jeannette sprang auf und starrte die Wohnungstür an, die sich jedoch nicht regte. Sie suchte sich zu beruhigen, machte sich dann aber auf einen Rundgang durch die Wohnung auf, wobei sie jede der Türen vorsichtig bewegte. Keine gab auch nur einen Mucks von sich. Nur im leeren Bad tropfte es hallend aus der Dusche. Jeannette schnitt sich im Spiegel eine Grimasse.

Zurück im ehemaligen Wohnzimmer, wurde sie dennoch das Gefühl nicht los, daß sie nicht allein war. Sie löschte das Licht, ging zum Fenster und starrte hinaus. Auf der Straße war um diese Zeit nicht mehr viel los. Die meisten Schaufenster waren dunkel, und nur vereinzelte Fußgänger stemmten sich noch gegen den kalten Wind. Sie selbst hatte den kurzen Spaziergang vorhin auch nicht genossen.

Sie hatte ihr Auto vor dem Haus des Handelsvertreters stehenlassen und war zu Fuß hierher gegangen; es war nicht weit. Er konnte ihr gut gefolgt sein, wenn er vom Fenster aus beobachtet hatte, wo sie abbog. »Ich mach Sie fertig!« Wie ernst hatte er das gemeint? Die Schweißtropfen auf seiner Stirn fielen ihr ein, sie konnte sie beinahe riechen, und der gehetzte Ausdruck seiner Augen. Sie wandte sich um zur Tür und fragte sich, ob sie wohl gerade dort in die Finsternis starrten, bis zu ihr vorzudringen suchten. Ob das alles nur Angst um seine Ehe gewesen war, oder hatte er mehr zu verbergen?

Jeannette ging hinüber zur Tür und legte die Wange daran. Schweißgeruch stieg ihr in die Nase. Einbildung, ermahnte sie sich. Sie schnüffelte am Holz, das streng und muffig roch, sonst nichts. Energisch schaltete sie das Licht wieder an und trat in die Mitte des Zimmers. Sie rieb sich die klammen Finger. So, jetzt würde sie ihren Laptop auspacken, das mitgebrachte Modem einstecken und sich ein wenig entspannen, ehe sie schlafen ging. Sie hatte es sich wahrhaftig verdient. Und gleich als erstes morgen früh würde sie sich mit der Firma des Vertreters in Verbindung setzen und sich seine Fahrtrouten der letzten Wochen geben lassen. Und dann würde sie nach Nürnberg zurückfahren, in ihre vertraute Wohnung, zu Regine und Romeo, ja, sogar auf den Kater freute sie sich. Seine sabbernde, furzende, aber immerhin wärmende und anhängliche Gegenwart hätte etwas Tröstliches in dem noch kalten Schlafsack gehabt.

Jeannette löschte das ungemütliche Licht, schaltete das Gerät ein, das summend seinen bläulichen Bildschirmschimmer verbreitete. »Na dann wollen wir mal«, sagte sie zu niemand Bestimmtem. Und eine Weile war nichts zu hören als das gelegentliche Klicken der Tasten. Jeannette lag auf dem

Bauch, den Schlafsack über sich gezogen, und rieb ihre Zehen aneinander, die langsam warm wurden. Für eine Weile vergaß sie ihre Umgebung. Bis sie wieder glaubte, ein Geräusch zu vernehmen.

Jeannette hob den Kopf und lauschte lange. Nein, da war nichts gewesen. Trotzdem setzte sie sich auf. Sie konnte nicht anders als die Tür anstarren. Und je länger sie starrte, desto deutlicher formte sich etwas in der Stille. Hinter dem Holz, das spürte sie mit gänsehauterregender Gewißheit, war etwas. Eine unabweisbare Präsenz, die vor zitternder Spannung den Atem anhielt wie sie selbst.

Martin ging mit den Händen in den Manteltaschen langsam vor sich hin und pfiff leise. Das viele Laub, das unter seinen Füßen raschelte, hatte noch vor Tagen nicht auf den Straßen gelegen. Den Lack der Autos bedeckte eine kühle Schicht kleiner Tröpfchen, Überreste des letzten Nieselregens, die im Schein der Rücklichter jedes vorbeifahrenden Autos rot aufleuchteten. Auf dem Gehsteig schimmerten Pfützen wie dunkle Augen.

Wie lange war er schon unterwegs, drei Stunden jetzt? Zum Glück war er dagewesen, als Iris über ihr Handy gemeldet hatte, daß Casanova ihr über den Weg gelaufen war, in der Feinkostabteilung eines Kaufhauses. Sie hatte dafür gesorgt, daß immer ein Regal zwischen ihr und dem Mann blieb, der ihr fremder war als je, und mit zitternden Fingern Martins Nummer gewählt. Glück, wie gesagt. Und Mut, daß sie die Nerven behielt, ihm zu folgen, bis Martin hatte zu ihr stoßen können. Er hatte sie nach Hause geschickt und sich an die Fersen eines Mannes geheftet, den er sich anders vorgestellt hatte, herausragend irgendwie, an Aussehen, Ausstrahlung. Doch den Casanova umgab kein greifbarer Hauch von Erotik und Gefahr. Auf der Straße, dachte Martin, hätte sich keine Frau zweimal nach ihm umgesehen. Kein Mann jedenfalls, den er kannte, hätte es getan, und er nahm an, daß das andere Geschlecht da nicht so verschieden reagierte. Bieder sah er aus mit seiner Regenjacke, den praktischen Schuhen, der Plastiktüte in der Hand und dem leicht welligen Haar über den Geheimratsecken. Er kaufte an einem Marktstand an der Lorenzkirche einen Topf Astern, schaute einer Gruppe junger Türkinnen nach, die selbstbewußt vorüberschlenderten, und ging dann pfeifend weiter. Ein zufriedener Bürger auf dem Weg zu seinem Heim. Nach Vorort sah er aus, dachte Martin, wie siebzig Prozent aller Mörder, und genau dort führte Casanova ihn auch hin.

Es war nicht leicht, sich hier unauffällig zu bewegen. Auf der Bundesstraße mit ihren doppelten Spuren war auch um diese Zeit noch viel Verkehr gewesen, wenn auch wenige Fußgänger in dem Lärm unterwegs waren, und er hatte so tun können, als interessierte er sich für die Angebote der vielen Autohäuser. Aber jetzt war seine Zielperson abgebogen, und er fand sich unversehens in einem ruhigen Wohngebiet wieder. Reihenhäuser drängten sich mit ihren Handtuchgrundstücken entlang stiller Sackgassen, in denen um diese Zeit schon das Knirschen seiner Schritte unangenehm auffiel.

Ein Mädchen, das seit der Bushaltestelle vor ihm ging, hatte sich schon mehrfach nach ihm umgesehen. Martin erwog bereits, sie zu überholen, um ihre Nervosität zu beenden, da stieg sie die drei Stufen zu einem der Eingänge hoch, die sich nur durch die Form der Außenlampen voneinander unterschieden. Hier leuchtete eine schmiedeeiserne Laterne auf. Er sah ein selbstgetöpfertes Schild »Herzlich willkommen«, ein Hund bellte, dann wurde es wieder dunkel und still. Der Mann vor ihm war verschwunden.

Martin fluchte leise und beschleunigte seine Schritte, da sah er das Glimmen einer Zigarette im Dunkeln. Der andere war vor einem leeren Grundstück stehengeblieben. Es gab den Blick frei auf eine ungepflegte Wiese, den Einkaufsmarkt in der Parallelstraße dahinter, dessen einsamer Parkplatz von Peitschenlampen erhellt wurde, und auf einen blutroten, tief hängenden Mond.

Ein Romantiker, dachte Martin spröde und drückte sich in den Schatten einiger Ulmen. Gedenkt seiner Morde im Mondschein. Er mußte zugeben, es hatte was, diese Mischung aus Gewerbewüste, Technoschrott und dem einsamen, knochenkalten Himmelskörper dort oben. Wie lange war es her, daß Josef und er einen Mondspaziergang gemacht hatten, nur sie zwei alleine? Jahrtausende wohl. In letzter Zeit war ihr Leben zwischen Arbeit und häuslichen Tätigkeiten verlaufen, warm und sicher wie ein gemütlicher Abend am Kamin.

Sein Blick suchte und fand nach und nach die Silhouette seines unbekannten Gegenübers, die in diesem stillen Moment an Geheimnis gewann. Woran dachte er wohl jetzt gerade? An den Moment, als ein Mensch sich ihm hingegeben hatte, plötzlich, überwältigend, obwohl er ihm so fremd war und fern wie er, Martin, jetzt diesem Mann?

Er konnte sein Gesicht nicht erkennen, aber der Mond und sein Verdacht schufen ein enges Band zwischen ihnen. Martin löste sich aus dem Baumschatten. Er ging schneller. Er würde den anderen ansprechen, wie, wußte er noch nicht. Aber er würde es tun.

Da vibrierte sein Handy. Er blieb stehen, fluchend, aber erleichtert. Er war im Begriff gewesen, eine Dummheit zu machen.

Der andere ließ die Zigarette fallen – Martin sah den glühenden Bogen ihrer Spitze, ihren Flug und das Zerplatzen der Glut – und trat sie aus. Dann ging er weiter. Martin nestelte das Gerät aus seiner Manteltasche, während er ihm mit den Augen folgte. »Knauer«, meldete er sich leise.

Iris Steinert war am Apparat, atemlos, dringlich. Sie wollte ihn sehen, ließ keine Ausrede gelten. Ungeduldig versuchte Martin, sie zu beruhigen, und versprach ihr schließlich, als das nicht gelang, noch vorbeizuschauen. Sofort? Ja, sobald es möglich war. Noch war der andere nicht außer Sicht.

Er hatte inzwischen eine Haustür erreicht. Die Lampe darüber war weiß lackiert, die Tür schmückte ein Herbstkranz. Der Schlüssel klackte laut in der feuchten Luft. Dann war er fort. Der Mond war höher gestiegen und sah längst nicht mehr so rot und längst nicht mehr so groß aus. Martin kickte einen Stein weg und machte sich auf den Rückweg. Vor seinem Mund, stellte er erstaunt fest, stand weiß die Atemluft.

Als er bei Steinerts ankam, stand die Anwaltsgattin bereits in der hell erleuchteten Haustür. Sie hielt ihre Handtasche in der Hand und in der hoch erhobenen Linken das, was sie darin gefunden hatte.

»Er war da. Er war die ganze Zeit da«, rief sie hysterisch. Sie stürzte sich in seine Arme und schluchzte vor Erleichterung. Martin drückte sie wortlos an sich. Auf einem Rokokotischchen im Flur lag aufgehäuft, was Iris Steinerts Handtasche verstopft und den Fund verhindert hatte: Schminkutensilien, Taschentücher, Notizblöcke, alte Eintrittskarten, silberne Kugelschreiber, Parfumflakons, Werbebroschüren, Halstücher, Ohrringe, Aspirin, Spiegel und Schlüsselbunde.

Ihre Hand hielt noch immer das Objekt umklammert, das ihren Ausbruch verursacht hatte. Martin löste ihr die Finger und betrachtete es. Spielerisch stupste er den Golfball an. Sie brauchte ihm nicht zu sagen, daß es der Schlüssel zu Julias Wohnung war. Iris Steinert stammelte noch immer erstickt an seiner Brust vor sich hin. »Ich bin nicht schuld, o Gott, ich bin nicht schuld.« Hätte er sie nicht gestützt und gehalten, ihre Knie hätten nachgegeben.

Martin schaute auf und blickte in das Gesicht des Anwalts, der im Eingang seines Arbeitszimmers stand. Robert Steinerts Finger krampften sich um das Glas Whisky, das er hielt, während er sie wortlos und düster betrachtete. Dann wandte er sich ab und knallte die Tür zu. »Schon gut«, sagte Martin und strich ihr mechanisch über den Scheitel. »Ist ja alles wieder gut.«

19

Jeannette starrte die Kette an, die sachte vibrierte. Sie hörte das Knirschen am Schloß und sah, wie die Messingglieder der Kette sich langsam auseinanderzogen. Sie setzte sich auf. Es gab einen Knall, als Metall auf Holz schlug und die Tür abrupt stoppte.

Verdammt! Und in der ganzen leeren Wohnung nichts, was ihr als Waffe dienen konnte. Jeannette tastete einen Moment sinnlos um sich, dann sprang sie auf und rannte in die Küche, öffnete in ihrer Panik Schublade um Schublade, nichts. Sie hatte die Messer selber sorgfältig in Zeitungspapier verpackt. Für einen Moment klammerte sie sich an die Tischplatte, dann stieß sie sich ab und lief zurück ins Wohnzimmer. Verstecken half nichts.

Sofort sah sie die große, blasse Hand, die sich in den engen Spalt zwischen Tür und Rahmen geschoben hatte, wo sie tastend versuchte, die Kette zu lösen. Jeannette war mit einem Satz dort und warf sich mit der Schulter dagegen. Sie hörte einen unterdrückten Schrei, als die Hand eingeklemmt wurde, und fühlte bitteren Triumph.

Dadurch ermutigt, fingerte sie hastig selbst die Kette frei, riß die Tür so heftig auf, daß der Eindringling halb mit hereingerissen wurde, packte ihn am Kragen und schleuderte ihn mit Schwung in den offenen Raum, wo er schwer zu Boden krachte. Kampfbereit blieb sie neben der Tür stehen.

Vom Boden drangen undeutliche Laute herauf, Rascheln, Schniefen, Ächzen. Offenbar brauchte der Angreifer eine Weile, ehe er sich wieder gesammelt hatte. Dann fragte eine kleinlaute Stimme: »Natascha?«

Jeannette betätigte mit zitternden Fingern den Lichtschalter. Vor ihr saß, mit blutiger Nase und einem zerrupften Strauß dunkelroter Rosen, der seine Blätter bereits über den halben Boden verstreut hatte, Joachim, Nataschas unglücklicher Ex.

»Jeannette«, stammelte er, als er sie erkannte. »Ich, ich hatte nicht mit dir gerechnet.« Der Umstand, daß er trotz des Nasenblutens das Kinn auf die Brust drückte, um sie nicht betrachten zu müssen, machte Jeannette klar, daß sie in Unterwäsche vor ihm stand. Es war ihr egal. In ihr stritt das tobende Adrenalin mit der sich ausbreitenden Erleichterung. Sie streckte ihm die Hand hin und half ihm auf. Gleichzeitig fragte sie ruppig: »Wieso wolltest du dich bei Natascha einschleichen?«

»Ich wollte mich nicht einschleichen«, protestierte er, »ich wollte sie überraschen, sie ausführen. Ich habe einen Tisch reserviert im … Wo ist sie?« unterbrach er sich und schaute sich um. Nur langsam wurde ihm bewußt, daß er in einer leeren Wohnung stand.

»Mein Gott«, stammelte er. »Unsere Möbel. Unser Leben.«

Jeannette, die rasch in ihre Kleider geschlüpft war, wischte sich ein paar Staubflocken von der Hose. Sie nahm ihm den Blumenstrauß ab und steckte ihn in einen zurückgebliebenen Müllsack, der schlaff in der Ecke lag. In einem Anfall von Diskretion steckte sie die kleine Automatenaufnahme aus glücklicheren Tagen dazu, daß noch immer mit glänzender Oberfläche auf dem Boden lag.

»Das hast du wohl selbst pulverisiert«, sagte sie, nahm ihn dann am Kinn und begutachtete seine Nase. »Komm, wir kühlen das.«

Joachim folgte ihr widerstandslos ins Badezimmer, wo sie ihr mitgebrachtes Handtuch befeuchtete, zusammenrollte und ihm in den Nacken legte. Noch immer starrte er ungläubig seine Umgebung an: die leeren Ablagen, die Dübellöcher in den Wänden, die kahlen Plastikringe an der Duschstange, die klapperten, als er, ihren Anweisungen gehorchend, seinen Kopf in den Nacken legte.

»Sie hat sogar den alten Duschvorhang mitgenommen«, stammelte er.

»Den wollte sie als Unterlage beim Streichen verwenden«, erinnerte sich Jeannette. Sie schaute ihn an, er war wirklich ein Bild des Jammers. »Wieder besser?« fragte sie dann. »Okay, Professor Humbert, ich mache uns jetzt einen Tee.«

»Ich weiß ja, daß du mich verachtest«, sagte er, als er wenig später in die Küche geschlurft kam. »Verspotte mich nur.« Er ließ sich schwer gegen die Arbeitsfläche sinken. »Aber Rebekka ist beileibe keine Lolita.«

Jeannette hob demonstrativ ungläubig die Augenbrauen.

»Sie ist eher«, er überlegte, »eine energischere Natascha«, sagte er schließlich.

»Das muß ja ein Alptraum sein«, meinte Jeannette spöttisch. Noch energischer als Natascha, es schien ihr schwer möglich.

»Das kannst du laut sagen«, erwiderte er aus tiefster Seele und nahm einen großen Schluck Tee. »Der ist lauwarm«, stellte er fest.

Jeannette verwies mit einer Geste auf die mangelnde Einrichtung.

»Das geht auch mit dem Boiler«, meinte er. »Natascha kannte da so einen Trick ...« Er überlegte. »Egal.« Und er seufzte tief.

Jeannette verlor ein wenig die Geduld. Kälte kroch ihr

durch die Tennissocken, und ihr Schlafsack wirkte mit einemmal wieder viel anziehender. Wie gemütlich hatte sie es gehabt, ehe er auf dem Gang herumramosert hatte. »Bemitleiden kannst du dich immer noch, wenn Natascha dich bei der Schulbehörde angezeigt hat«, entfuhr es ihr, ein wenig schärfer als beabsichtigt.

Joachim schüttelte den Kopf, als könnte er es selber nicht glauben. »Sie hat mir die Briefe geschickt«, sagte er. »Alle, stell dir vor. Deswegen bin ich ja hier. Ich dachte, es wäre so etwas wie ein Friedensangebot.« Er schaute in seine Teetasse. Gewichtig sagte er: »Sie hat auf ihre Rache verzichtet.«

Jeannette verkniff sich die Bemerkung, daß jemand wie Natascha sicherlich Kopien von sämtlichen Schreiben besaß, säuber eingeheftet in einem Ordner, zwischen den Garantiebriefen für ihre Elektrogeräte und den Steuerbelegen für 2004.

»Gratuliere«, sagte sie sarkastisch.

Joachim sank ein wenig tiefer in sich zusammen. »Ich erwarte nicht, daß du es verstehst«, klagte er. »Ich verstehe es ja selber nicht. Ich könnte mich ohrfeigen. Aber weißt du, das sind keine Kinder mehr, diese Mädchen. Die sind sexy und fordernd und selbstbewußt. Gott, sind die selbstbewußt.«

»Ja, ja, red es dir nur ein«, entgegnete Jeannette, die ihre eigene Pubertät ein wenig anders in Erinnerung hatte. »So ein Nabelpiercing macht noch keine Mata Hari, weißt du?«

»Lehrer sind da einem Streß ausgesetzt, davon ahnt ihr ja gar nichts.«

Jeannettes Ton war unerbittlich. »Bei Lehrern gehört das zum Job.«

Joachim stöhnte. »Ich hab mich irgendwann hinreißen lassen, auf dieser Klassenfete. Es war ihre Idee«, er schaute schnell zu ihr auf, »ehrlich.«

»Also Joachim, weißt du«, seufzte Jeannette nur und nahm einen Schluck Tee.

»Na ja.« Er mußte unwillkürlich lächeln, als er an die Szene dachte. Als es ihm bewußt wurde, errötete er heftig. »Ich meine, sie hat mich angemacht.«

»Und da fiel dir als Lehrer nichts Besseres ein, als sie zu ...« Jeannette bremste sich gerade noch und beendete den Satz nur mit einer eindeutigen Geste.

Joachims Gesichtsfarbe wechselte zu Purpur. »Na hör mal, ich bin schließlich nicht nur Lehrer. Eben gerade bin ich noch Student gewesen, kaum älter als sie, habe selber gesoffen und geflirtet und hatte, gottverdammt, irgendwann auch mal so etwas wie ein Sexualleben.«

Jeannette nahm einen vielsagenden Schluck Tee. Eben gerade, dachte sie. Es war Ewigkeiten her, daß sie alle an der Universität herumgehüpft waren, jung, idealistisch und promiskuitiv. Mindestens vier Jahre. »Ist lange her«, entfuhr es ihr.

Er nickte grimmig. »Da hast du recht.«

In diesem Moment wurde Jeannette bewußt, daß er sein Liebesleben meinte. Sie erinnerte sich an Nataschas kicherndes Interesse an den Zuschriften auf ihre Anzeige. Es war wohl nicht so üppig gelaufen zwischen Natascha und Joachim.

»Und deshalb hast du beschlossen, deine Beziehung in den Orkus zu jagen?« fragte sie ungläubig.

»Nein!« rief Joachim empört. »Es war doch nur ein einziges Mal«, beschwor er sie und ihre ungläubige Miene. »Na, jedenfalls, am Anfang.«

Jeannette griente.

»Nicht, was du meinst, ach, du verstehst das nicht.« Er suchte nach Worten. »Sie hat mich belagert, ehrlich. War gleich bei Liebe, bei wahrer Liebe, ewiger Liebe. Sie fand, wir sollten zusammenziehen und nach Afrika gehen und dort für die Dürstenden Brunnen graben. Oder ich sollte in einem

Haus hinterm Deich einen großen Roman schreiben, während sie mir Earl Grey serviert.«

Jeannette mußte prusten und bekam Tee in die Nase.

»Lach du nur«, sagte Joachim bitter.

»Und wenn Natascha nicht alles rausbekommen hätte, hättest du das auch brav gemacht«, faßte sie nach einigem Husten sein Lamento zusammen.

Er schaute grimmig drein. »Wenn ich in etwas gut bin, wie wir alle wissen, dann doch wohl im Nachgeben.« Joachim biß sich auf die Lippen. »Vermutlich muß ich Natascha dankbar sein.«

Jeannette gab ihm einen Klaps. »Dann sag ihr das!«

»Meinst du ehrlich?«

Jeannette überlegte. »Das und alles, was dir einfällt, damit sie vergißt, daß ihre Nebenbuhlerin zehn Jahre jünger war als sie und eine bessere Figur hatte.« Sie zuckte mit den Schultern. Besonders aussichtsreich war das nicht.

»Darauf reduziert es sich also?« fragte Joachim bitter.

Jeannette legte den Kopf schief. »Tut es das nicht?« fragte sie zurück.

Er lächelte sie schief an. Dann wurde sein Blick verträumt. »Es gab Momente, da war es ein großartiger, umwerfender, alles verzehrender romantischer Rausch.« Er sah aus wie ein trauriger Clown.

Jeannette nahm ihm die Teetasse ab. »Warum«, sagte sie, »gehst du nicht los und suchst dir selber eine Frau, eine, wie *du* sie dir vorstellst?« Eine, die dich respektiert, wollte sie sagen, aber sie unterließ es.

»Das wissen wir doch beide«, antwortete er zu Jeannettes Überraschung. Nicht die geringste Ahnung, wollte sie schon sagen, doch sein Tonfall ließ sie aufschauen.

»Die Frauen, die ich mag, bei denen hatte ich noch nie eine Chance. Das ist eben so. Oder?« setzte er dann nach einer kleinen, zögernden Pause hinzu. Zum ersten Mal schaute er sie direkt an, für einen kurzen Moment.

Verdutzt starrte Jeannette ihn an. Joachim! Auf den Gedanken wäre sie nie gekommen. Sie hatte ihn während des Studiums nie anders wahrgenommen als den Jungen, der immer hinter Natascha her in die Lerngruppen trottete. Sie prüfte ihr Gewissen und konnte sich an keine Gelegenheit erinnern, bei der er ihre Gedanken beschäftigt hätte. Joachim! Schlagartig tat er ihr leid, und sie hätte ihm gerne etwas Tröstendes gesagt. Aber es fiel ihr nichts ein.

»Wie ich schon sagte«, murmelte Joachim, ohne noch einmal aufzuschauen. Er stieß sich von der Arbeitsplatte ab, stand einen Moment ein wenig hilflos im Raum, nickte ihr dann zu, ohne ihr noch einmal in die Augen zu schauen. Als er vor ihr her aus der Küche ging, mit hängendem Kopf, war Jeannette kurz versucht, ihm freundschaftlich die Hand auf die Schulter zu legen. Sie ließ es bleiben.

»Dein Laptop läuft noch«, sagte Joachim.

Jeannette klappte ihn kommentarlos mit einem Schubs ihres Fußes zu.

»Also dann«, sagte Joachim.

Sie nickte aufmunternd.

»Diese Restaurantreservierung«, fing Joachim in der Tür noch einmal an, »die besteht natürlich noch.« Nach einer Pause fügte er hinzu: »Es ist wirklich ein sehr schönes Lokal.«

»Danke, Joachim«, erwiderte Jeannette. Sie zupfte an ihren Jogginghosen. »Ich bin, glaube ich, nicht dafür angezogen.«

Er nickte vage. »Du siehst immer gut aus«, murmelte er. Da war er schon halb im Flur. Mit einem Seufzer der Erleichterung schloß Jeannette hinter ihm die Tür.

20

»Also, was haben wir?« Mit müdem Hundeblick schaute Paumgartner in die Runde.

»Nichts«, antwortete Martin wahrheitsgemäß. »Die Spur in das Umfeld von Frau Steinert erwies sich als Sackgasse. Der Wohnungsschlüssel war nie verschwunden. Und die neue Fährte zu der Partneragentur hat keine Erkenntnisse erbracht.« Er schaute in die Unterlagen. »Einer der Männer war zum Tatzeitpunkt bereits tot. Durch Suizid«, setzte er hinzu, als er Paumgartners fragendes Gesicht sah. »Drei haben ein Alibi.« Er machte eine Pause, als er spürte, wie Jeannette unruhig auf ihrem Stuhl herumzurutschen begann. Mit hochgezogenen Augenbrauen schaute er sie an. Willst du was sagen? hieß das.

Jeannette biß sich auf die Lippen und schwieg. Es ließ sich nicht leugnen. Der Fernfahrer war in Izmir gewesen, die Bestätigung war unzweifelhaft. Sie kam von einer Frucht-Import-und-Export-Firma, in der ausgerechnet ihr ehemaliger Kollege Micha Braune Juniorchef war. Er hatte vor einem Jahr den Dienst quittiert, hatte geheiratet und war in das Geschäft seines Schwiegervaters eingestiegen. Jeannette war nichts geblieben, als ihm weiterhin alles Gute zu wünschen.

Der Vertreter war in München gewesen, bei einer Konferenz seiner Firma, mit anschließendem Saunabesuch. Der Ingenieur war auf Dienstreise. Aber dessen Motiv war ohnehin schwach, schließlich war er der einzige, vermutlich seit Bestehen der Agentur, der über »Morgenröte« sein Lebensglück gefunden hatte.

Jeannette schnaufte und warf sich in den Stuhl zurück. Dann schnellte sie wieder vor. »Aber einen Kandidaten haben wir noch nicht erreicht, einen gewissen ...« Sie begann, in den Unterlagen zu blättern.

Martin schüttelte den Kopf. »Es ist höchst unwahrscheinlich, daß uns das weiterbringt.« Er wandte sich an Paumgartner. »Ich glaube, ehrlich gesagt, nicht, daß dieses Foto etwas mit dem Tod des Mädchens zu tun hat.«

»Danke«, zischte Jeannette zwischen den Zähnen hindurch, noch über die Unterlagen gebeugt. »Wenn du da bist, merkt man kaum, daß Zametzer fehlt.«

Man kam überein, Margarete Eismann ein zweites Mal zu verhören, ein Beschluß, der niemanden wirklich befriedigte. Paumgartner schloß die Freitagmorgenrunde, die weitgehend ergebnislos blieb, mit ein paar kargen Worten ab. Jeannette, die noch immer aufgebracht war, redete den ganzen Weg zurück zu ihrem Schreibtisch auf Martin ein.

»Herr Knauer«, empfing ihn Paumgartners Sekretärin, Jeannette ungerührt unterbrechend, »da hat eine Dame für Sie angerufen.«

»Das war wieder die Steinert, oder?« fragte Jeannette kampfeslustig und stemmte die Hände in die Hüften. Iris, pah! Sie verstand nicht, was ihr Partner an der Frau fand. »Wann willst du es ihr eigentlich sagen?« schnappte sie bissig.

»Was?« gab Martin zurück. Es klang drohend.

»Na, daß du ...« Gerade noch rechtzeitig bemerkte Jeannette aus den Augenwinkeln, wie Paumgartners Sekretärin interessiert den Kopf hob. Auch Jochen Böhm ließ sich kein Sterbenswort von ihrem Streit entgehen. »... verlobt bist«, endete Jeannette lahm, warf ihm aber einen vielsagenden Blick zu. Es war wirklich Zeit, daß jemand einmal an Josef dachte. Er hätte für diese ominöse Iris-Sache sicher wenig Verständnis.

»Verlobt?« Martin runzelte irritiert die Stirn. Dann bemerkte auch er ihre Zuhörer. »Oh, du meinst, daß ich nicht, äh, der Mann für Weib und Kinder bin?« Er nickte mehrmals, sichtlich wütend. »Das weiß sie schon, falls es dich interessiert. Aber du scheinst das offenbar vergessen zu haben.« Er wandte sich von ihr ab. »Ich mag sie, sie braucht jemanden zum Reden, der Rest geht dich nichts an.«

Jeannette biß die Zähne zusammen. Sie wagte nicht, sich vorzustellen, wie dieses Gespräch auf ihre Kollegen gewirkt haben mochte. Sie konnte die vielsagenden Blicke hinter ihrem Rücken fühlen. Der Knauer hatte der Dürer einen Korb gegeben! Hat die Verlobung gelöst! Sie schauderte bei dem Gedanken. Besser ging es wirklich nicht. Sie hatte gute Lust, Martin etwas über Josefs Vaterwünsche an den Kopf zu werfen, hielt sich aber gerade noch zurück.

Statt dessen warf sie sich in ihren Schreibtischstuhl und blickte düster vor sich hin. Martin konnte sagen, was er wollte, gerade der. Sie war überzeugt davon, daß das Bild in der Anzeige etwas mit dem Tod von Julia Steinert zu tun hatte. Noch einmal griff sie zum Hörer und wählte die Nummer des letzten Kandidaten. Wieder ging niemand an den Apparat. Dem Rufton nachlauschend, legte Jeannette nachdenklich auf. Paumgartner und Martin hatten recht, sie hatten nichts in der Hand, gar nichts, jeder Verdacht war im Sande verlaufen. Bis auf einen. Sie hatte nie jemandem im Revier mitgeteilt, daß ihr Neffe um die Gunst Margarete Eismanns geworben hatte. Es war einfach lächerlich, nichts als ein Gedankenspiel, und ein schändliches dazu. Nie im Leben traute sie es Jonas zu, sich der Konkurrentin um seine Geliebte auf diese Weise entledigt zu haben. Und dann anderntags bei ihr die Vorhangstangen anzuschrauben, als wäre nichts gewesen. Nein, so war er nicht, nicht so hitzig, nicht so kaltblütig, nicht so unmenschlich. Sie sagte sich all dies vor, während sie wählte.

»Tanja?« fragte sie, als ihre Schwester sich meldete, »ich bin's, hi.«

Tanjas Stimme klang sofort argwöhnisch. »Du hörst dich

wie das personifizierte schlechte Gewissen an«, verkündete sie. »Und egal, was Mama dir auch gesagt hat, die Antwort lautet nein.« Ehe Jeannette etwas sagen konnte, fuhr sie fort: »Die Frau von dieser Agentur war hier und hat über alles die Nase gerümpft.« Die Empörung darüber schwang noch immer in ihrer Stimme mit. »Sie hat unser Zuhause betrachtet, als wäre sie ein Gerichtsvollzieher. Und zu den Kindern meinte sie nur, sie wären ein erschwerender Faktor, kannst du dir das vorstellen. Ein erschwerender Faktor.«

Langsam dämmerte Jeannette, wovon ihre Schwester da sprach.

»Sie haben einen Vertrag mit einer Partnervermittlung für dich abgeschlossen?« fragte sie. Ihr schwante Übles.

»O nein«, erklärte Tanja energisch. »*Ich* hätte unterschreiben müssen. Aber ich zahle doch kein Geld dafür, mich scheel ansehen zu lassen. Fünfzehntausend, meinte doch tatsächlich diese ...« Das Wort, das sie benutzte, war nicht jugendfrei, und Jeannette grinste, wenn sie daran dachte, daß Anton, der Sechsjährige, den sie im Hintergrund spielen hörte, vermutlich eben etwas Neues lernte.

»... müßte ich dafür in meinem Alter schon ausgeben. Weil für schwer Vermittelbare öfter inseriert werden müßte. Habe ich das nötig?«

»Du klingst nicht sonderlich angeknackst«, meinte Jeannette. Nun, wenn sie einen Verehrer an der Hand hatte, wie ihre Mutter meinte, war diese Gelassenheit verständlich.

»Ich habe sie rausgeworfen.« Tanja Dürer klang tief befriedigt.

»Du hast meine volle Unterstützung«, erklärte Jeannette nachdrücklich.

»Ehrlich?« Es klang verblüfft.

»Ehrlich, und im übrigen rufe ich nicht deswegen an. Ich wollte nur mal hören«, hier wurde ihre Stimme wieder unsicherer, »ob du dich inzwischen erinnern kannst, wo Jonas an diesem Freitag war.«

»Wieso willst du das wissen?« fragte Tanja aggressiv.

»Nur so.« Jeannette schwieg verzweifelt. Die Erinnerung an vor über einem Jahr stieg in ihr auf, als sie Tanjas damaligen Geliebten fälschlich verdächtigt hatte, ein gesuchter Serienmörder zu sein. Und was Tanja dazu zu sagen gehabt hatte. Sie schloß unwillkürlich die Augen, weil sie sich wieder sah, wie sie in Tanjas Bett herumkroch und das Laken inspizierte, auf der Suche nach genetischem Material.

»Es hat nicht zufällig etwas mit deiner Arbeit zu tun, oder?« fragte Tanja böse.

Jeannette seufzte. »Kannst du mir nicht einfach sagen, wo er war?«

Im Schweigen war Tanja ebenso ausdauernd wie ihre Schwester.

»Du hast recht.« Jeannette flüsterte inzwischen beinahe. »Ich spinne vermutlich.«

Tanja antwortete noch immer nicht, aber ihr Schweigen klang versöhnlicher.

»Es ist nur ...« Jeannette fuhr sich mit den Fingern durch das Haar, als suche sie Halt. Dann schüttelte sie den Kopf. »Vergiß es«, sagte sie. »Grüß die Kinder. Bye. Ach ...«, fiel es ihr plötzlich ein, als Tanja sich bereits ebenfalls verabschiedet hatte. »Kennt Jonas irgend jemanden in Weißenburg?« Sie duckte sich in Erwartung eines Donnerwetters.

»Vicky stammt aus Weißenburg«, war Tanjas verblüffte Antwort. »Er hat mal mit ihr zusammen ihre Eltern besucht, aber das ist schon länger her. Warum?«

Jeannette schüttelte den Kopf. »Nur so«, fügte sie noch hastig hinzu. »Bye.«

Sie legte auf und vergrub das Gesicht in den aufgestützten Händen. Das hatte nichts zu bedeuten, sagte sie sich, rein gar nichts. Es war eine Ewigkeit her. Eine Weile, flüsterte eine Stimme in ihrem Kopf. Sie sagte: eine Weile. Und du hast nicht gefragt, wie lange. »Nein«, sagte sie laut und stöhnte. Das war alles eine Ausgeburt ihrer Übermüdung, sonst nichts. Sie legte gerade den schmerzenden Kopf in den Nacken, als sie bemerkte, daß jemand hinter ihr stand.

21

»Ich habe nachgedacht«, sagte Martin.

»Ach ja?« Jeannette drückte ein Aspirin aus der Packung und wandte sich nicht um.

Martin schnappte sich einen freien Stuhl und quetschte sich neben sie an die Tischplatte. »Wir haben keine andere Spur als das Bild«, gab er zu.

Sie schwieg.

»Und wenn wir keine Spur haben, die von Weißenburg hierher führt«, fuhr er langsam fort, »sollten wir schauen, ob wir eine aus Nürnberg nach Weißenburg finden.«

Jeannette schaute alarmiert auf.

Martin lächelte. »Jemand aus ihrem Umfeld könnte mit Weißenburg zu tun und so das Foto zu Gesicht bekommen haben«, sagte er.

»Die Idee ist gut«, antwortete sie lahm. »An wen hast du da gedacht?«

Er zuckte demonstrativ mit den Schultern. »Die Studienkollegen, die Freunde. »Irgend jemand, der Julia daraufhin in einem Licht gesehen hat, das ihm nicht gefiel.«

Sie nickte zögernd.

»Zum Beispiel dieses Reh«, fügte er hinzu.

Und zum ersten Mal kam wieder etwas Leben in ihre Züge. Martin hatte recht, die Idee war gut. Und Jonas war bei weitem nicht der einzige, der dabei in Frage kam. Da gab es noch ganz andere, zum Beispiel Margarete Eismann. Und genau dort würde sie anfangen.

Martin und sie teilten alle Adressen untereinander auf, die sie im Zuge der Ermittlungen um Julia Steinert gesammelt hatten, und begannen, sie auf die gesuchte Verbindung zu überprüfen. Es war eine dröge und langwierige Arbeit, die in den ersten Stunden keinerlei Ergebnisse brachte. Jeannette glaubte nach dem zehnten Telefonat, ihren Namen und Titel nicht mehr aussprechen zu können, ohne zu lallen. In ihrem Magen war so viel schwarzer Tee, daß ihr übel wurde, und ihre Hände zitterten vom Tein.

Sie war gerade bereit, Schluß zu machen und nach Hause zu gehen, um die erste Mahlzeit des Tages einzunehmen, immerhin war es fast acht Uhr abends, und sie war direkt von Weißenburg ins Büro gekommen, als von Martins Schreibtisch ein Aufschrei kam, ein langes, unartikuliertes Indianergejohle.

»Was ist?« rief Jeannette hinüber, »hast du als Telekom-Vielnutzer eine Flugreise gewonnen?«

»Besser«, rief Martin, der herüberkam und sie begeistert umarmte, »viel besser.« Herzhaft küßte er sie auf den Scheitel.

»Martin«, wehrte Jeannette müde ab. »Sonst denken die Leute noch, du hast dir das mit dem Heiraten und Kinderkriegen überlegt.«

Er lachte und knallte ihr einen Hefter auf den Tisch, dann telefonierte er nach einem Einsatzwagen, griff nach seiner Jacke, rief ihr »In einer Stunde sind wir zurück« zu und wirbelte hinaus.

Jeannette verschaffte sich wedelnd ein wenig Luft. So viel Energie überforderte sie um diese Uhrzeit. Sie ließ sich gegen die Lehne ihres Stuhles fallen und schlug dann neugierig die erste Seite auf, um zu sehen, was Martin dermaßen in Aufregung versetzt hatte. Es war das Protokoll des Verhörs, das Martin mit der Hausmeisterin geführt hatte, der kitteltragenden alten Dame, die neben Julia Steinert wohnte. Sie erwähnte darin ihren Sohn. Martin hatte das Wort dreimal dick unterstrichen.

Jeannette erinnerte sich: Das unangenehme Gefühl, beobachtet zu werden, das sie im Nacken gestreift hatte. Der heimliche Späher im Flur, der eine Tür schloß und dann verschwand. Martin war ihm kurz begegnet und hatte ihn ihr geschildert als einen großen Kerl, der während der Befragung in die Küche gekommen war, Bier verkleckert hatte und ohne ein Wort wieder im Badezimmer verschwunden war. Unwillkürlich mußte sie lächeln. Martin war damals ganz schön auf hundertachtzig gewesen.

Von dem Wort »Sohn« führte ein Pfeil zu einer handschriftlichen Notiz unten auf der Seite, die Martin erst vor kurzem gemacht haben mußte, die Schrift wirkte eilig und war verwischt. »Siegmund Spörlein«, stand dort und »Hausmeister«. Und darunter das, was vermutlich die Anschrift seiner Arbeitsstelle war. Mit einemmal verstand Jeannette Martins Aufregung. Unwillkürlich setzte sie sich aufrecht hin, und ihr Herz begann, schneller zu klopfen. Siegmund Spörlein arbeitete in einem Altenstift in Weißenburg. Wir haben ihn, dachte sie.

Mit einem Schlag war die Müdigkeit verschwunden. Jeannette begann, in Windeseile Verhörunterlagen zusammenzustellen. Martin würde in spätestens einer Stunde mit seinem Verdächtigen hiersein, dann konnten sie ihn in die Zange nehmen. Aber es war eine dünne Spur, von außen besehen; nichts brachte ihn vorerst mit der Anzeige oder der Partneragentur in Verbindung; sie durften sich keinen Fehler erlauben.

In ihr aber jubelte es: Er ist es, er ist es. Es paßte genau. Er mußte die Zeitung gelesen und gedacht haben, seine

Nachbarin wäre einem Annäherungsversuch nicht abgeneigt. So wie Martin ihn beschrieben hatte, war er genau der Typ, der auf so etwas ansprang, Jeannette hatte in den Unterlagen der Agentur jede Menge davon gesehen: Alkoholiker, Muttersöhnchen, die mit vierzig Jahren noch zu Hause lebten. Sie konnte sich Julias Reaktion darauf sehr gut vorstellen. Und die seine.

Sie versuchte, trotz der Uhrzeit bei »Morgenröte« jemanden ans Telefon zu bekommen. Zu ihrer Erleichterung meldete sich eine mürrische Männerstimme, die sich beklagte, sie riefe außerhalb der Geschäftszeiten an und störe bei der Inventur. Jeannette erkundigte sich nach Siegmund Spörlein und kündigte an, andernfalls jemanden vorbeizuschicken, der die Geschäftsdateien beschlagnahmte. Das alkoholisiert klingende Brummeln wurde leiser, ein Rascheln und Blättern löste es ab, dann kam der Bescheid: negativ. »Wir haben Ihren Siegmund nicht«, knurrte der Mann. »Aber ich kann Ihnen einen anderen Spörlein anbieten, Architekt, noch keine siebzig.« Er lachte hämisch.

»Wir sehen uns dann morgen«, sagte Jeannette und legte auf. Sollte er doch die Nacht damit verbringen, seine Akten zu frisieren. Ihre gute Laune blieb ungetrübt. Daß Spörlein bei der Agentur nicht vorstellig geworden war, hatte überhaupt nichts zu sagen, ja, es war eigentlich zu erwarten. Er hatte das Objekt der Begierde ja vor der Nase. Und er wußte, daß es nicht Mandy hieß. In welcher Weise er sie wohl darauf angesprochen hatte? Nun, er schien nicht der Typ zu sein, der viel redete. Jeannette machte hinter den Punkt »Morgenröte« einen Haken und bedauerte nur, daß eine Verbindung wegfiel, die dem Staatsanwalt umstandslos eingeleuchtet hätte.

In Windeseile blätterte Jeannette und schrieb. Prüfen, ob er die Zeitschrift im Abonnement hat. Klären, wo die alten Ausgaben geblieben sind. Seine Mutter erneut befragen. Mit dem Arbeitgeber reden. Ob in dem Altersheim jetzt noch jemand zu erreichen war? Die mußten doch eine Nachtaufsicht haben. Vielleicht könnte sie sie dazu bringen, ihr die Privatanschrift des Direktors oder eines anderen Verantwortlichen zu geben. Sie rief die Auskunft an, ließ sich die Nummer des Heimes ansagen und notierte sie sich.

Dabei verfluchte sie ihre zitternden Finger. »Unterzucker«, murmelte sie und kramte in ihren Schreibtischschubladen, fand einen Marsriegel, von dem sie sich nicht erinnerte, ihn jemals dort plaziert zu haben, es sei denn, vor einer Ewigkeit, und stopfte ihn hemmungslos in sich hinein. Sie kaute noch, als jemand an den Türrahmen klopfte. Aufgekratzt fuhr sie herum.

Vor ihr stand Regine, zurechtgemacht und fertig zum Ausgehen. Ihr rotes Haar war hochgesteckt, nur einige wenige Korkenzieherlocken widersetzten sich planvoll den Straßnadeln und wippten um ihr Kinn. Sie trug ein schwarzes Cocktailkleid mit eckigem Ausschnitt im Stil der Fünfziger und ein Abendtäschchen wie ein goldenes Briefcouvert. Ihr grüngoldenes Make-up schimmerte im Schein der Bürolampe.

»Wow«, rief Jeannette überrascht. »Ist das eine Hungervision oder hast du heute noch was vor?«

Da hörte sie Autotüren auf dem Hof schlagen, und das Jagdfieber packte sie mit aller Macht. Sie hatten ihn, den Mann, der Julia Steinert erschlug. »Du, klasse Kleid«, wandte sie sich an ihre Freundin. »Aber ich hab gerade gar keine Zeit. Martin kommt gleich mit einem Verdächtigen und ...«

»Es ist nur wegen des Katers«, unterbrach Regine sie und legte einen Zettel auf den Schreibtisch.

»Wegen Romeo?« fragte Jeannette verblüfft. »Wieso? Was ist mit ihm?«

Regine schaute aus dem Fenster, wo es nichts zu sehen gab

als die Nacht, die verschwommen ihr Spiegelbild zurückwarf. Sie stemmte probeweise eine Hand in die Hüfte und drehte sich ins Halbprofil. »Nun, er hat nichts gefressen, während du weg warst. Und dann fing er an, diese seltsamen Ausfälle zu bekommen.«

»Ausfälle?« fragte Jeannette ratlos. Auf der Treppe wurde das Getrampel vieler Schritte lauter. Gleich würde sie diesen Menschen zum allerersten Mal zu Gesicht bekommen. »Was für Ausfälle?«

»Oh, er konnte sich auf einmal nicht mehr bewegen, knickte mit den Pfoten weg«, erklärte Regine. Auch sie wandte sich nach dem Lärm um. Eine Tür fiel knallend zu, so daß sie zusammenzuckte. Pikiert steckte sie eine ihrer zitternden Locken zurück. »Jedenfalls habe ich ihn dann in die Tierklinik gebracht. Die wollten ihn dabehalten, sie meinten, es könnte Fib sein, oder Fub oder wie das hieß, und sie müßten ihn erst untersuchen, aber das wäre schwierig. Ich habe denen gesagt, daß es gar nicht deine eigene Katze ist, und sie sagen, sie haben Verständnis dafür, daß du die Kosten vielleicht nicht übernehmen willst. Die Telefonnummer steht da oben auf dem Zettel.« Sie wies mit dem Kinn darauf. »Und dann wollte ich dich noch fragen ...«

Jeannette griff sich das Stück Papier. »Selbstverständlich bezahle ich«, rief sie und wählte bereits. Mit angehaltenem Atem lauschte sie auf das Tuten im Hörer. »Die werden ihn doch nicht sterben lassen, was meinst du?« Angstvoll schaute sie Regine an. »Du hast doch nicht gesagt, sie sollen ihn einschläfern.«

Die schüttelte den Kopf. »Es ist noch nichts entschieden, glaube ich.«

Wieder wurde sie unterbrochen von Jeannettes aufgeregter Stimme. »Dürer, guten Abend, Sie haben meinen Kater.« Sie lauschte. »Groß, rot, fett. Er stinkt. Ja.« Offenbar hatte man Romeo identifiziert. Die medizinischen Ausführungen der Frau am anderen Ende der Leitung waren lang und umständlich. Angeblich war der Schaden operativ zu beheben, es bestand aber der Verdacht auf eine weitere, meist tödliche Erkrankung, die jedes weitere Hantieren an dem Tier als überflüssige Quälerei erscheinen ließe. Die Diagnose allerdings war langwierig und teuer. Jeannettes Beitrag zum Gespräch bestand überwiegend in einem immer wieder hastig hingeworfenen, immer entschlossener klingenden »Ja«. »Natürlich«, rief sie, »man kann doch den Wert eines Lebewesens nicht in Geld bemessen, oder?« Schließlich legte sie auf. »Sie wissen nicht, ob sie ihn durchbringen«, sagte sie und schaute Regine an. »Sie machen ein CTG, einen Bluttest, und dann operieren sie wahrscheinlich.«

Ihre Freundin runzelte die Stirn. »Fünfhundert Euro? Ich wußte gar nicht, daß du so an dem Vieh hängst.«

»Ich täte dasselbe für dich«, brummte Jeannette und starrte auf die Tischplatte. Sie hatte es selbst nicht gewußt. Aber bei dem Gedanken, daß der dicke Rote auf dem OP-Tisch verenden könnte, kamen ihr plötzlich die Tränen. »Er ist doch der einzige Mann in meinem Leben«, sagte sie mit erstickter Stimme. »Und ich kann doch nicht einfach sagen, nein, zahl ich nicht, und dann schläfern sie ihn ein.« Der Gedanke machte sie noch trauriger. Ihre ganze aufgestaute Erregung entlud sich mit einemmal im Kummer um ihre Katze. Sie warf einen Blick auf die triste, verlassene Bürolandschaft, in der nur ihr Computer summte, und brach in Tränen aus. »O Gott, Regine, eines Tages werde ich ein altes Weib sein, vereinsamt und verhärmt, mit dreizehn Katzen, das Thunfischdosen sammelt und nach Urin stinkt.«

Regine seufzte. »Wirst du nicht, das ist nur ein wenig Katzenjammer«, konstatierte sie und trat näher, um ihr den Rücken zu reiben. Aber Jeannette war untröstlich.

»Nein, es wird so kommen. Bald bin ich dreißig, und ich betrachte die Männer entweder mit gnadenlos realistischen Augen, als wäre ich eine Soziologin, die eine Studie schreiben muß, oder ich romantisiere sie so total, daß ich nicht einmal merke, wenn sie mich umbringen wollen.« Es mochte am vielen Tee liegen oder an der Überarbeitung, am Kummer oder an der Überdosis Beziehungswahnwitz, den sie die letzten Wochen erlebt hatte, daß sie an Cornelius dachte. Aber es waren immer die düsteren Momente, in denen Jeannette sich an jenen Mörder erinnerte, in den sie verliebt gewesen war.

Sie schüttelte heftig den Kopf, als Regine etwas zu sagen versuchte. »Und die, die ich durchschaue, verachte ich. Und die anderen, die Rätselhaften, vor denen fürchte ich mich. So wird das nie was. Oh, ich hasse mich dafür.«

»Das ist doch alles ganz normal«, suchte Regine sie zu beruhigen. »Die durchschnittlichen Langweiler willst du nun mal nicht. Und die anderen: Aus dem Alter sind wir doch wohl raus, in dem man sich für die einsamen Jungs mit der Gitarre interessiert, die bei Parties in einer Ecke hocken und vor sich hin klampfen.« Sie lächelte. »Bei Männern ist es wie bei Tierbabies. Man soll nie die nehmen, die alleine abseits sitzen.«

Bei der Erwähnung von Tieren mußte Jeannette wieder an den Kater denken. Schniefend wischte sie sich das Gesicht. »Glaubst du, er kommt durch?« fragte sie.

Auf dem Flur gingen Leute vorbei, Stimmen waren zu hören, jemand schrie unartikuliert.

Regine räusperte sich und schloß ihren Abendmantel enger um sich. »Ich wollte nur noch schnell fragen, ob du nichts dagegen hast, wenn ich mit einem der Männer von der Anzeige ausgehe.«

»Nein«, sagte Jeannette verdutzt, »wieso?« Ihr strapaziertes Hirn ratterte. Welche Männer? Welche Anzeige? Und wieso kam sie darauf, daß sie, Jeannette, irgend etwas damit zu tun haben könnte?

»Na, weil sie doch *dir* geschrieben haben«, sagte Regine. Es war das erste Mal, daß Jeannette sie verlegen sah. Und zwar wegen Siegfried, fiel es ihr ein. Natürlich, sie hat Angst, daß ich es ihr wieder vorwerfe.

»Dich mach ich alle«, schrie draußen jemand. Jeannette stand langsam auf. »Du, ich muß«, sagte sie und fügte mit ironischem Lächeln hinzu: »Die Arbeit ruft.«

Regine wich einen Schritt zurück und gab ihr den Weg frei. »Wenn's dir also nichts ausmacht.«

»Du hast die Anzeige geschrieben«, antwortete Jeannette. Dann mit einer einladenden Geste, schon halb auf dem Weg, setzte sie dazu. »Hiermit gebraucht verkauft an den Meistbietenden.« Dann hielt sie noch einmal inne. »Aber da stand: blonde Göttin.« Der Satz entfuhr ihr einfach, und im selben Moment wurde sie rot.

Regine winkte ab. »Das verklickere ich ihm schon«, sagte sie energisch. Langsam kam wieder Leben in sie. Sie nahm einen Spiegel heraus, prüfte ihr Make-up und zog sich selbst einen Schmollmund. Sie schien mit dem Ergebnis zufrieden. »Also dann. Ich glaube, da draußen verlangt man nach dir.« Sie neigte sich vor und küßte ihre Freundin auf die Wange, ihre Ohrringe schaukelten, und ihre Locken wippten kitzelnd über Jeannettes Haut.

»Ich finde, du siehst toll aus«, flüsterte Jeannette ihr ins Ohr.

Regine tätschelte ihr die Wange. »Wenn ich morgen mittag nicht zurück bin, gratuliere mir unter der zweiten Nummer.« Dann stakte sie auf ihren hohen Absätzen hinaus. Jeannette sah noch, wie Martin, mit offener Jacke und verwuschelten Haaren, ihr verblüfft nachstarrte. Sie nahm den Zettel in die Hand und las die andere Telefonnummer, ohne sie richtig wahrzunehmen. Martin beugte sich in den Türrahmen. »Hast du vielleicht die Güte, jetzt zu kommen? Ich habe es satt, mich allein mit dem Kerl herumzuschlagen.«

22

Es war ein hartes Stück Arbeit, Siegmund Spörlein dazu zu überreden, mit der Polizei zu kooperieren. Anfangs randalierte er nur, trat gegen die Wände, nannte Jeannette eine verdammte Fotze in Uniform und versuchte, Martin einen Schwinger zu verpassen. Er grölte nach seiner Mutter, nach einem Anwalt und nach Bier. Nur mit Mühe konnten sie ihn dazu bringen, sich auf seinen Stuhl zu setzen. Dann, als sie dachten, es wäre endlich Ruhe eingetreten, kotzte er auf das Aufnahmegerät. Jeannette ging hinaus und suchte eine Putzfrau.

Schließlich hing ihr Verdächtiger teilnahmslos und mit trüben Augen über dem Tisch, der Geruch war beinahe verflogen, das zweite Bandgerät rauschte ordnungsgemäß, und Jeannette gab brav Datum, Uhrzeit und Anwesende an. »Herr Spörlein«, begann Martin dann, »Sie lesen doch den Weißenburger Boten.«

»Hm«, war die Antwort.

»Regelmäßig?«

»Hm.«

»Haben Sie ein Abonnement?« hakte Jeannette nach.

Zunächst konnte Jeannette mit der gebrummelten Erwiderung nichts anfangen, aber nach einigem Nachhaken kam heraus, daß das Stift, in dem er angestellt war, ihm die alten Exemplare seines Lesezirkels überließ, die er sammelte und am Ende jeder Woche mit nach Hause nahm.

»Haben Sie dieses Foto schon mal gesehen?« Sie faltete die

Anzeige mit Julias Bild sorgfältig vor ihm auf und schob sie ihm über den Tisch hinweg zu, gespannt auf seine Reaktion. Würde sich in seinen Augen widerspiegeln, was darin gestanden haben mußte, als das Mädchen ihm an jenem Freitagabend die Tür öffnete?

Spörlein starrte darauf, vornübergebeugt, ohne das Papier anzufassen. Aus seinem Mundwinkel löste sich ein klarer, dünner Speichelfaden und tropfte auf seine dunkle Polyesterhose. Ein paar Augenblicke lang dachte Jeannette, er nähme überhaupt nichts wahr und daß gleich sein Kopf auf die Tischplatte knallen und er zu schnarchen beginnen würde. Dann aber kam auf einmal Leben in Spörlein. Er stieß etwas wie ein Bellen aus, sein mächtiger Körper erbebte, einmal, noch einmal. Jeannette schaute Martin an. Es war nicht zu glauben, aber der Mann lachte. Er lachte, daß es ihn beinahe vom Stuhl hob. Schließlich wurde er wieder still, fuhr sich einmal über die Nase, schniefte vernehmlich, warf sich gegen die Lehne zurück, daß es krachte, und sagte: »Das ist doch totale Scheiße.«

»Haben Sie das Julia Steinert auch gesagt?« fragte Jeannette eisig.

Spörlein schnippte gegen das Bild, das quer über den Tisch segelte und mit der Kante gegen Jeannettes Ellenbogen stieß. Mit zurückgelegtem Kopf und zusammengekniffenen Augen betrachtete er die Kommissarin, als sähe er sie zum ersten Mal bewußt, und sagte: »Sie haben meiner Mutter die Karte gegeben.«

Jeannette mußte einen Moment überlegen. Richtig, sie hatte Frau Spörlein, um die Sache abzuschließen, damals beim ersten Gespräch ihre Visitenkarte überreicht. Und gleich am selben Abend, schoß es ihr durch den Kopf, hatte sie einen anonymen Anruf erhalten. Sie flüsterte Martin etwas ins Ohr und lächelte dann maliziös. Über die Telefonverbindung würden sie ihm das problemlos nachweisen können. Dann hatten sie ihn dran wegen sexueller Belästigung; es war nur eine Facette in dem Bild, das sie von ihm entwerfen würden, eine kleine, aber es war ein erster Schritt.

Eifrig machte Martin sich Notizen und nickte dazu. Dann schaute er auf und sah Spörlein mit seinen braunen Hundeaugen an, als könne er kein Wässerchen trüben. »Keuchen Sie Frauen gerne in den Telefonhörer?« fragte er betont naiv.

Da ging der andere ohne jede Vorwarnung wie ein Stier auf Martin los. Der hatte es nicht kommen sehen. Er konnte nur die Arme heben, um den Schlag abzufangen, aber nicht mehr verhindern, daß dessen Wucht ihn gegen die Tischkante schleuderte und er sich die Stirn blutig schlug. Jeannette, die aufgesprungen war, suchte dem schweren Mann den Arm auf den Rücken zu drehen, was ihr nur halb gelang. Doch da stürzten die beiden Kollegen von der Schutzpolizei herein, die die Sache über den Monitor verfolgt hatten, und überwältigten den tobenden Hausmeister. Dabei ging das zweite Aufnahmegerät zu Bruch.

Jeannette führte Martin in die Waschräume, wo sie ihm mit einem angefeuchteten Handtuch die Wunde kühlte.

»Ist nicht so schlimm, wie es aussieht«, meinte sie, halb zu Martin und halb zu dem Kollegen, der, die Hand schon am Hosenlatz, zurückprallte, als er sie an den Waschbecken stehen sah. »Es wird Zeit, daß wir Unisex-Toiletten bekommen, wie bei Ally McBeal«, meinte sie dann, um ihren Partner aufzumuntern. »Dann könnte ich meine Unter-der-Gürtellinie-Schlagabtausche mit Zametzer gleich in die Latrine verlegen.«

Martin griente nicht einmal. »Den mach ich fertig«, knurrte er nur, als sie ihm ein Pflaster auf die geplatzte Augenbraue klebte.

Jeannette schüttelte mißbilligend den Kopf. »Das hast du schon bei eurer ersten Begegnung gesagt«, erwiderte sie.

Martin versuchte, die Stirn zu runzeln, ließ es aber unter Schmerzen bleiben. »Was willst du damit sagen?« blaffte er. »Daß ich es nicht mit ihm aufnehmen kann?«

»Mein Gott, Martin, wo sind wir denn, in der Steinzeit? Bist du neuerdings so scharf darauf, dich zu prügeln?«

Martin schnaubte und warf einen wilden Blick in Richtung Tür. »Ich nicht, aber der will es wissen, sag ich dir.«

»Testosteron, steh mir bei«, seufzte Jeannette.

»Du hast es ja nicht abgekriegt.«

Jeannette antwortete nicht und tupfte nur vielsagend.

In Martin stieg Wut auf. »Du glaubst wohl, daß du es mit weiblicher Intuition und Einfühlung weiter bringst?« fragte er bissig.

»Falls das ein Synonym für professionelle Taktik sein soll: ja.«

Martin zog Rotz und spuckte einen roten Klumpen in das Waschbecken. »Bitte«, sagte er, gefährlich leise, »nach Ihnen.«

Jeannette richtete sich kerzengerade auf, drückte ihm das nasse, blutverschmierte Handtuch in die Hand und stolzierte hinaus in den Verhörraum. Eine Stunde später kam sie wieder zurück. Sie knallte Martin ein Protokoll auf den Tisch.

»Wie hast du das gemacht?« fragte er verblüfft und nahm die Beine vom Tisch, um sich das Ergebnis anzusehen. »Professionelle weibliche Taktik?« Sein Ton war friedlich. Er hatte sich rasch wieder beruhigt, wie das seiner Art entsprach, und war bereit, ihren Erfolg neidlos anzuerkennen.

Jeannette ließ sich in einen Drehstuhl fallen. Sie sah blaß und erschöpft aus.

»Ich habe ihm die Nase gebrochen«, sagte sie tonlos.

Martin hörte auf zu blättern und warf das Protokoll seinerseits hin. Er schnappte nach Luft. »Damit ist das alles wertlos«, brüllte er, »ist dir das klar?«

»Es steht sowieso nichts Verwertbares drin.« Jeannette schloß die Augen.

»Er leugnet?«

Sie nickte.

»Verdammt.« Martin ging auf und ab. »Ich werde ihm jetzt erst einmal einen Eisbeutel besorgen. Und einen Anwalt. Und dann schauen wir, ob der Schaden noch begrenzt werden kann.« Schon in der Tür, wandte er sich noch einmal um. »Jeannette, das war wirklich eine Glanzleistung.«

Sie nickte, mit noch immer geschlossenen Augen. Er klang genau wie ihre Mutter.

23

Gegen die schwarzen Scheiben prasselte wieder der Regen. Jeannette rieb sich mit beiden Händen das Gesicht und die brennenden Augen. Aus dem Flur, von den Verhörräumen herüber, fiel Licht herein. Dort saß Martin und tat, wozu sie sich beim besten Willen nicht mehr imstande fühlte. Selbst das Gefühl der Verwandtschaft mit der jungen Studentin, das sie bisher bei ihren Ermittlungen angetrieben hatte, schwand bis zur Bedeutungslosigkeit.

Vielleicht, überlegte Jeannette, sollte ich nach Hause gehen, wie ich es vor – sie schaute auf die Uhr – drei Stunden schon einmal vorhatte. Dann fiel ihr ein, daß nur eine leere Wohnung auf sie wartete. Sie war nicht nur müde und eine Versagerin, sie war auch allein. Natascha wohnte nicht mehr da, der Kater lag in der Klinik, und Regine war ausgegangen. Wenigstens eine, dachte sie trübe, die das Leben genoß. Gedankenverloren nahm sie den Zettel und starrte noch einmal die beiden Telefonnummern an. »Halt durch, Dicker«, dachte sie inbrünstig. Sie sah den Kater vor sich, Schläuche in den Venen, steif wie ein Stofftier, die grünen Augen in dem vernarbten Gesicht offenstehend, die Zunge hing heraus. »Hast doch schon so viel durchgemacht.«

Ob Julia Steinert gewußt hätte, was ihm fehlt? Wenn er diese rätselhafte Krankheit tatsächlich hatte, war das eventuell ja schon einmal festgestellt worden. Vielleicht gab es irgendwelche Medikamente, die er brauchte? »Romeo und Julia«, murmelte sie, während sie nach der Akte suchte. Wie passend und makaber; es fiel ihr zum ersten Mal auf. Jeannette schlug das Inventar der Dinge auf, die sich in Julia Steinerts Wohnung gefunden hatten. Seite um Seite fuhr sie mit dem Finger die Liste entlang, bis ihr die Augen tränten. Medikamente waren nicht dabei. Katzenutensilien auch nicht.

Jeannette saß da, wie vom Donner gerührt. Kein Napf, kein Futter, kein Körbchen, nichts. Keine Spur von Romeo bei Julia. Daß ihr das nicht früher aufgefallen war!

»Danke«, sagte Regine. Sie mochte es, wenn Männer ihr die Tür aufhielten. »Das ist wirklich ein hübsches Lokal.« Sie warf ihrem Kavalier einen anerkennenden Blick zu. Er sah besser aus als auf dem Bild, kultiviert, sensibel. »Sie haben nicht zu viel versprochen.«

»Es ist nichts Besonderes«, sagte ihr Begleiter bescheiden. Er dirigierte sie sanft an den reservierten Tisch, auf dem in einer Kristallvase eine einzelne langstielige, schwarzrote Rose sie erwartete.

Regine ließ sich von ihm den Stuhl zurechtrücken, neigte sich dann vor und schnupperte artig an der Blüte. »Mm, Baccara«, murmelte sie, dann schaute sie ihn voll an. »Sie werden es nicht bereuen«, sagte sie und zwinkerte, »daß es nicht die *blonde* Göttin war, die Ihre Wege kreuzte.«

»Die Wege der Götter sind unerforschlich«, antwortete er.

Einen Moment lang wußte Regine sein Lächeln nicht ganz zu deuten, dann entschloß sie sich, es wissend zu erwidern.

»Eigentlich«, sagte sie und schlug die Karte auf, um das Menü zu studieren, »können Sie sogar stolz darauf sein.«

»Worauf? Daß sich Ihre Freundin nicht für mich interessierte und mich an Sie weiterreichte?« Er schob seine Brille zurecht, studierte kurz die Weinkarte und bestellte mit ihrer Erlaubnis einen Bordeaux.

»Ts, ts. Aber nein.« Regine wartete, bis der Ober die Flasche entkorkt, ihrem Begleiter den ersten Schluck eingeschenkt, dessen Urteil abgewartet und ihre Gläser gefüllt hatte. Der Mann ihr gegenüber war konzentriert bei der Sache, kostete mit vibrierenden Wangen und nickte dann gemessen, während er das Glas abstellte. Es war ihm nicht anzusehen, was er dachte.

»Aber nein«, wiederholte Regine, als sie endlich wieder allein waren. »Ihren Brief hat sie gar nicht erst zu Gesicht bekommen. Den habe ich von Anfang an aussortiert und für mich behalten. Gleich auf den ersten Blick.«

Er hob das Glas. »Dann trinken wir also«, sagte er, »auf die kleinen Geheimnisse der Frauen.«

»Oh, wir stecken voller Geheimnisse.« Regine strahlte und prostete ihm zu.

Wenn der Kater nicht Julia Steinert gehörte, konnte das nur eines bedeuten: Er gehörte ihrem Mörder! Sie sah genau vor sich, wie der Hausmeister bei Julia klingelte und hineinging, ohne zu bemerken, daß das Tier ihm folgte. Sie hörte die erstaunte Stimme des Mädchens, die Antwort Spörleins, wie er sich durch die Tür schob, und dahinter den schlingelnden, schlängelnden roten Schwanz Romeos, der lautlos mit hineinwitschte, ehe die Tür wieder ins Schloß fiel. Dahinter war nichts mehr zu hören als ein dumpfer Schlag.

Im ersten Moment wollte Jeannette aufspringen und zu Martin hinüberlaufen, um ihm zuzurufen: Wir haben ihn.

Frag ihn, ob seine Mutter eine Katze besitzt! Nimm Faserproben von seinen Kleidern, laß die Wohnung auf den Kopf stellen! Selbst wenn er alles hat verschwinden lassen, in der Wohnung müssen noch überall Katzenhaare sein. Dann hielt sie inne. Und sie hörte wieder Frau Spörleins keifende Stimme: »Haustiere sind hier nicht erlaubt.«

Langsam sank sie auf ihren Stuhl zurück. Ihre Finger fuhren suchend über den Schreibtisch, als wäre die Lösung mit Händen zu greifen. Zerstreut schnippte sie gegen das Blatt mit Regines kurzer Notiz, nahm es noch einmal zur Hand, las Ziffer für Ziffer, zunehmend gefesselt. Diese, die obere, hatte sie eben gewählt, als sie mit der Tierklinik sprach. Aber woher kamen ihr die anderen bekannt vor? Sie grübelte einen Moment vergebens, gab sich dann einen Ruck, wählte kurzentschlossen die Ziffernfolge und lauschte in den Hörer. Es tutete, fünfzehnmal. Niemand nahm ab. Ganz langsam wirbelten dabei vor Jeannettes innerem Auge Tausende von Puzzleteilchen aufeinander zu. Als das Bild zusammengesetzt war, zeigte es das Gesicht einer Frau mit eingeschlagenem Schädel.

»Ach ja, noch ein Kaffee wäre nett.« Regine stolperte und hielt sich am Arm ihres Begleiters fest. Der Wein war schwer gewesen, und sie hatte ihn fast alleine niedermachen müssen. Angeblich erkannte man den guten Liebhaber ja daran, daß er sich vor dem Akt mit Alkohol zurückhielt. Andererseits: einige ihrer besten One-night-Stands hatten damit nicht gerade gegeizt. Man mußte sich überraschen lassen. Sie mußte unwillkürlich kichern und behielt seinen Arm als Stütze. Wie warm und fest er war. Es gab nicht viele Männer, die größer waren als sie. Was spielte ein kleiner Bauchansatz dabei schon für eine Rolle. Hauptsache, er konnte damit umgehen. Sie jedenfalls konnte es. Schon wieder mußte sie kichern.

Er flüsterte ihr etwas ins Ohr, eine Gedichtzeile. Ach, es war beinahe perfekt. Regine stieg in sein Auto und schaute zu, wie die Lichter der Neonreklamen beim Fahren durch die Tropfen auf der Scheibe wanderten wie durch Welten. Ein schöner Wagen. Genüßlich kuschelte sie sich in die Kissen. Dieser Mann würde mit ihr heute die Nacht seines Lebens erleben.

»Martin?«

Ihr Kollege wollte schon ärgerlich reagieren, als sie so plötzlich ins Verhörzimmer trat. Dann bemerkte er ihre Miene und stand auf. »Was ist?« fragte er.

Jeannette erklärte es ihm. Zuerst verstand er nicht. »Und wegen diesem Kater reißt du mich jetzt mitten aus dem Gespräch?«

»Martin«, wiederholte Jeannette eindringlich. »Dieser Kater gehörte nicht Julia Steinert. Sie besaß nichts, was zur Versorgung so eines Tieres gehörte. Und glaub mir, ich weiß, was das bedeutet.« Sie dachte an die Installateure, die nach der Sache mit der Waschmaschine angerückt und gar nicht glücklich über das gewesen waren, was sie in den Schläuchen gefunden hatten.

Martin zuckte mit den Schultern. »Er wird halt irgendwann reingelaufen sein.«

»Er war drin, als die Schutzpolizei die Tür aufbrach«, sagte Jeannette.

Martin kratzte sich am Kopf. »Das heißt ...?«

Sie nickte. »Er ist mit dem Täter gekommen.«

»Von draußen?« fragte er.

Jeannette schüttelte den Kopf. »Romeo läuft nicht gerne weit. Er ist eine Wohnungskatze. Außerdem krank. Und Treppen bereiten ihm Schwierigkeiten.«

Jeannette sah, wie es in Martins Kopf ratterte. »Aber keiner der Nachbarn will die Katze gekannt haben«, wandte er ein.

»Eben«, bestätigte Jeannette. »Das heißt, daß einer lügt.«

Dann legte sie den Zettel vor ihn hin, daneben ihren aufgeschlagenen Notizblock. »Und meine Freundin Regine geht heute abend mit diesem Mann aus, der auf eine Kontaktanzeige geantwortet hat. Eine getürkte Kontaktanzeige.«

Sie beobachtete, wie Martin Regines Zettel studierte und ihn dann mit den Aufzeichnungen verglich, die sie beim ersten Verhör gemacht hatte. Studiendirektor Galster, stand dort am Ende, dann die Adresse, dann die Nummer. Sie hatte sie schon tausendmal verglichen. Martin schaute auf, und Jeannette erschrak. Sie hätte sich gewünscht, nicht diese Angst in seinen Zügen zu sehen.

»Sag mir«, flüsterte sie, »daß das ein Zufall ist.«

»Hoppla!« Regine schwankte auf einen Sessel zu und ließ sich hineinfallen. »Eine hübsche Wohnung«, lobte sie nach kurzem Rundblick. »So männlich.« Sie schnurrte beinahe, als sie ihn näher kommen sah, und hob den Finger, um ihn neckisch zu sich zu winken. Langsam ließ sie ihre Knie auseinanderfallen. Dann verfing sich die Schnalle ihres Abendschuhs in etwas, das unter dem Sessel steckte. Sie schüttelte es ab und hob es auf.

»Oh, ein Katzennapf«, sagte sie und strich über den Rand der Plastikschüssel mit den neckisch geformten Ohren. Dieselbe hatte sie im Geschäft stehen lassen, weil sie sie kitschig gefunden hatte. »Wie niedlich. Wo ist denn das liebe Tierchen?« Sie stieß lockende Laute aus, lachte und räkelte sich in den Polstern.

Ihr Gastgeber stand vor ihr, die Hände in den Hosentaschen, und schaute auf sie hinunter. »Ich mußte ihn weggeben«, sagte er. »Tiere sind hier im Haus nicht erlaubt.« Er wandte sich zur Hausbar, einem gläsernen Rollwagen mit Messingleisten, der neben der Couch stand, und schenkte sehr sorgfältig einen Whisky ein, den er Regine reichte. »Und ich halte mich gern an die Regeln, geschriebene wie ungeschriebene.« Er schaute auf sie hinunter. »Bei Ihnen ist das anders, hm? Bei Frauen ist das allgemein anders.«

Sie lächelte zu ihm hoch und ließ den Saum ihres Kleides höher rutschen. »Ich schlage schon einmal gerne über die Stränge«, gestand sie mit rauchiger Stimme. Dann schraubte sie sich aus den Polstern zu ihm hoch und legte ihm die Arme um den Hals. »Aber ich liebe verläßliche Männer.«

Eine Weile standen sie dicht beieinander. Sie konnte sein Aftershave riechen und spürte die Hitze seiner Haut. Aber er rührte sich nicht. Regine schaute auf. Sie zwinkerte die Schleier vor ihren Augen weg. Da sah sie ihn lächeln.

»Wollen wir tanzen?« fragte er.

24

Martin hatte das Horn aufs Dach gesetzt und schaltete es erst aus, als sie in die Nähe des Filmtheaters kamen. Jeannette sah, daß »Zatoichi« noch immer in einer Spätvorstellung lief, und hoffte einen unsinnigen Moment lang, Regine wäre mit ihrem Kavalier einfach ins Kino gegangen. Sie hatte Jeannette wochenlang bearbeitet, mit ihr in diesen Film zu gehen, aber es hatte sich nie ergeben.

Doch oben die Fenster der Wohnung waren erleuchtet.

»Sind sie das?« fragte Martin und zog seine Dienstwaffe. Er entsicherte. Einige Gäste des Kinocafés schauten neugierig zu ihnen herüber.

Jeannette nickte. »Es ist die Eckwohnung.« Sie starrte hinauf. Waren da nicht einige Schatten zu sehen? Sie schienen sich unruhig umeinander zu drehen. Es sah gespenstisch aus. Sie leckte sich nervös über die Lippen. »Laß uns raufgehen.«

Martin versuchte, sie zu bremsen. »Daß du mir nicht wieder jemandem die Nase brichst«, ermahnte er sie. »Die Katze kann sonstwoher gekommen sein.«

Jeannette fuhr herum und öffnete den Mund, sagte aber nichts. Ihre innere Anspannung war zu groß.

»Taktik statt Testosteron«, meinte Martin leise und lächelte ihr aufmunternd zu.

Sie nickte schließlich.

Jemand verließ in diesem Moment das Gebäude, und sie schlüpften unbemerkt durch die langsam zufallende Tür. »Ab zehn Uhr bitte die Haustüre geschlossen halten«, verkündete ein handgeschriebenes Schild. Jeannette las es grimmig. Es gab nicht allzu viele, die sich hier an die Hausordnung hielten, dachte sie. Ihr Partner suchte sich einen Winkel, von dem aus er die erste Treppe überblickte, und winkte ihr nachzukommen. Jeannette gehorchte. Langsam fand sie Halt in der Routine. Gerade als sie und Martin, sich gegenseitig Deckung gebend, langsam durch das Treppenhaus aufstiegen, klappte in ihrem Rücken eine Tür. Sie fuhr herum und stand vor der auskunftsfreudigen Griechin. Die grüßte unerschüttert, ohne auf die Waffen oder das seltsame Gebaren der beiden zu achten, wünschte ihnen kernig »Kali nichta« und klapperte mit ihren Hausschuhen und einer Mülltüte in der Hand treppab.

Jeannette stieß erleichtert die Luft aus und machte Martin ein Zeichen, daß sie weiter vorgehen würde. Gerade jedoch, als sie den dritten Stock erreichten, ging klickend die Zeitschaltung aus, und sie standen im Dunkeln. Die junge Kommissarin fluchte und machte einen Schritt auf den glühend orangefarbenen Punkt des Lichtschalters zu, der in der Stille bösartig bitzelnd summte.

»Au!« Sie war über etwas gestolpert. Klappernd fiel ihr die

Waffe aus der Hand. Martin, dem sie auf der Treppe in Augenhöhe entgegengeschlittert kam, fing sie elegant auf und reichte sie ihr, nachdem er Licht gemacht hatte.

»Keine eingeschlagenen Nasen, kein friendly fire«, ermahnte er sie leise.

Jeannette griente und rieb sich den Knöchel. Sie machte einen Schritt auf Galsters Tür zu, nur um fluchend einzuknicken. »Verdammt, ich muß mir was verknackst haben an dem Packen«, flüsterte sie und trat mit dem gesunden Bein noch einmal gegen das Hindernis, einen Zeitungsstapel, der schlampig verschnürt neben Spörleins Haustür lag.

»Der war da schon vorhin«, meinte Martin.

»Schon, als wir das erste Mal den Tatort besichtigten«, meinte Jeannette und neigte sich hinunter. Die Exemplare waren durcheinander und verblättert. Aber die obersten Seiten wiesen das Datum vom Montag dieser Woche auf. Die Abbildung einer römischen Therme zog darunter ihre Blicke auf sich. Stumm griff Martin Jeannette über die Schulter, zog die Seite heraus, drehte sie um und wies mit dem Lauf seiner Pistole auf den Titel der Zeitung, der dort prangte.

»Weißenburger Bote«, las sie flüsternd und schaute ihren Kollegen an. »Wenn die jede Woche so offen auf der Treppe herumlagen, hat Galster vielleicht hier die Anzeige mit dem Bild gesehen. Es paßt einfach alles.«

Das Licht ging wieder aus und zeigte ihnen, daß der dünne Streifen Licht, der bisher unter Galsters Tür durchgedrungen war, nun ebenfalls verschwand wie ausgeknipst.

»Regine«, stieß Jeannette hervor. Sie vergaß den Schmerz in ihrem Bein. Ohne darauf zu warten, daß Martin links des Türrahmens in Position ging, rammte sie ihre Schulter gegen die Tür. Die gab überraschend schnell nach.

»Regine!« Mit diesem Ausruf taumelte sie in das Zimmer, das sie schon kannte. Die beigefarbene Sitzgarnitur und die

Bruno Brunis wurden schwach erleuchtet vom Licht der Straßenlaternen, das durch die Fenster hereindrang. »Regine!«

Jeannette sah den dunklen Umriß am Boden und stürzte sich darauf. Ohne nachzudenken, schob sie Sessel und Tisch beiseite, den Blick nur auf das gerichtet, was vor ihr lag. Regines Ohrringe funkelten matt auf, als ein Autoscheinwerfer vorbeiglitt. Darunter machte sich etwas Schwarzes breit. Oh, bitte, bitte, bitte, bettelte Jeannette, laß es kein Blut sein. Doch sie wußte, was es war, dieselbe düstere Aureole hatte Julia Steinerts Kopf umgeben. Sie kniete sich hin. »Regine«, flüsterte sie.

Sie hörte Martin hinter sich in die Wohnung kommen und wandte den Kopf, um ihm etwas zuzurufen. Da fiel der Schlag.

Er traf sie dumpf an der Schulter und warf sie um, so daß sie nach vorne auf den weichen Körper ihrer Freundin fiel. Er war noch warm.

»Jeannette?« hörte sie Martins fragende Stimme. Dann schloß sie gequält die Augen. Ihr Kollege hatte den Lichtschalter gefunden, blendende Helle glitt unerträglich über alles hinweg. Als sie sie wieder aufschlug, starrte sie in Regines starre Pupillen. Sie hatte grüne Augen, fast so leuchtend wie die Romeos. Und so starr wie die eines Stofftieres.

»Martin, er ist …« Jeannette mußte husten. Sie rappelte sich auf alle viere auf und widerstand einige Augenblicke mit hängendem Kopf der Versuchung, sich zu übergeben. »Küche«, würgte sie schließlich heraus. Martin nickte, gebot ihr mit einer Geste, zu bleiben, wo sie war, und schlich mit erhobener Waffe hinüber. Sie sah, wie er vorsichtig die Tür aufdrückte, in das dunkle Zimmer horchte und schließlich lautlos darin verschwand.

Neben ihr regte sich Regine mit einem leisen Stöhnen. Freude durchlief Jeannette wie eine heiße Woge. Sie neigte sich zu der Freundin hinunter, spürte Atem auf ihren offenen Lippen. »Ich bin da«, flüsterte sie. »Hörst du? Alles wird ...« Weiter kam sie nicht.

In der Küche krachte es, es schepperte ohrenbetäubend, ein dumpfer Laut war zu vernehmen. Dann ein Topfdeckel, der wohl auf dem Boden kreiselte, dann war Stille. Jeannette sprang auf und starrte zur Tür. Dabei bemerkte sie das Fehlen ihrer Waffe. Sie mußte sie verloren haben, als sie fiel. Hektisch ging sie in die Knie und tastete herum. Sie konnte den Kopf nicht senken, ohne daß ihr bodenlos schwindlig wurde. Und das Blut aus Regines Wunde, sah sie, rann noch immer. Es rann und rann und saugte sich in den gottverdammten scheißbeigen Teppich.

»Danke schön«, sagte Galster liebenswürdig und trat aus der Küchentür, an deren Rahmen er sich einen Moment gelehnt hatte, um ihren vergeblichen Bemühungen zuzusehen. »Sie haben mir Ihren Kollegen frei Haus geliefert.« Er hatte Martins Waffe in der Hand und richtete sie auf Jeannette, die gerade vor einem Sessel kniete. »Verlaß dich auf eine Frau, und du bist verlassen, wie ich immer sage. Aufstehen!« Der letzten Forderung, mit plötzlich harter Stimme gesprochen, verlieh er mit einer Bewegung der Pistole Nachdruck.

Langsam hob Jeannette die Hände.

»Auf das Sofa.«

Jeannette zögerte. Wo sie jetzt kauerte, befand sie sich zwischen Galster und ihrer schwer verletzten Freundin. Sie wollte ihm Regine auf keinen Fall preisgeben. Aber der Lehrer wiederholte seine Forderung. Das Klicken des Sicherungshebels verlieh ihr Nachdruck.

Widerstrebend zog Jeannette sich zurück und nahm auf der beigefarbenen Couch Platz. Ihr Blick wanderte von dem Fleck hinter Regines Kopf zur Küchentür, hinter der es noch immer dunkel war. von Martin war nichts zu sehen und nichts zu hören. Jeannette leckte sich die Lippen und überlegte.

»Die Frauen haben Ihnen wohl übel mitgespielt«, fing sie langsam an. »Ich kann das verstehen, ich weiß, was eine Enttäuschung ist, ich …«

Galster lachte hämisch. »Hören Sie auf, das liegt Ihnen nicht.« Er wies mit dem Lauf der Waffe auf Regine, deren Hände zu zucken begannen. »Ihr hätte man das abgenommen, die verständnisvolle Nummer. Das Säuseln.« Die Öffnung der Pistole wanderte wieder herum und zeigte auf ihre Stirn. »Sie dagegen sind direkter.« Er schaute sie an. »Sie haben: ›Fick dich‹ in den Hörer gerufen, als ich Sie angerufen habe.«

Zum ersten Mal war Jeannette tatsächlich überrascht. »*Sie* sind das gewesen?«

»Auf dem Revier haben Sie mir Ihre Nummer gegeben. Wegen der Tupperware. Erinnern Sie sich? Kaum waren wir einander begegnet, haben Sie schon versucht, mich auszunutzen.«

Die Schüsseln der Steinerts, mit dem Essen für ihre tote Tochter. Jeannette nickte vage. Er hatte sich bei ihrem ersten Gespräch anerboten, sich darum zu kümmern.

»O ja, so bin ich«, fuhr Galster derweil gehässig fort, »immer höflich und hilfsbereit, immer der gute Nachbar. Und ein zuverlässiger, ruhiger Lehrer, auch wenn den kleinen Hexen auf dem Schulhof die Hormone durchgehen.«

Jeannette starrte ihn an. Sie versuchte, ein Bild von ihm zu gewinnen, von dem Mann, der heimlich hinter den Teenagern herstarrte, die sich kichernd über ihn lustig machten. Dem Mann, der mit verkrampftem Lächeln mit Julia Steinert über Ingeborg Bachmanns Lyrik parlierte und sich dabei von ihrer ahnungslosen Freundlichkeit gemartert fühlte. Vielleicht hatte er einen Versuch gewagt und war zurückgewiesen worden? Wie oft wohl schon in seinem Leben? Dann aber stieg die Wut in ihr hoch. Zwei Freunde von ihr rangen mit dem Tod, weil dieser Kerl womöglich als Kind nie die Gummibärchen bekam, die seine Mutter ihm doch fürs Stillsitzen versprochen hatte.

»Wußten Sie?« fragte sie, »daß die Anzeige, auf die Sie geantwortet hatten, von mir war?«

Für einen Moment war er wirklich verblüfft. »Wieso sollte ich …«, begann er. Dann starrte er sie mit zusammengekniffenen Augen an. »Sie waren das?« fragte er lauernd, und Jeannette konnte förmlich sehen, wie es hinter seiner Stirn an einer neuen Verschwörungstheorie arbeitete.

Sie lachte höhnisch. »Ich wußte, daß Sie anbeißen würden. Sie versuchen sich doch immer an Frauen, die eine Nummer zu groß für Sie sind, nicht wahr?« Im stillen leistete sie Joachim Abbitte für die Art, in der sie seine Beichte verwandte.

»Du verdammtes …« Er sprang auf, außer sich vor Wut. Der Pistolenlauf in seiner Hand wankte einen Moment ziellos, als er sich nicht entscheiden konnte, ob er sie niederschießen oder schlagen sollte.

Auf diesen Augenblick hatte Jeannette gewartet. Sie hechtete ihm entgegen. Die Waffe in seinen zitternden Fingern mit der Rechten beiseite schlagend, holte sie mit der Linken aus und plazierte einen Fausthieb so fest in sein Gesicht, wie sie nur konnte. Mit tiefer Befriedigung spürte sie seine Nase knacken. Er klappte in sich zusammen. Jeannette wollte zu der Pistole laufen, die kreiselnd an der Teppichleiste zur Ruhe kam, hatte die Rechnung jedoch ohne ihren lädierten Fuß gemacht und knickte mit einem Schmerzenslaut ein. Auf den Knien versuchte sie, ihr Ziel noch zu erreichen, doch etwas hielt ihr Fußgelenk erbarmungslos fest. Sie wandte sich um und schaute in Galsters blutendes Gesicht. Seine Brille war zerbrochen und hing an einem Bügel vom Ohr, seine dunklen

Haare über der hohen Stirn standen jetzt wirr ab, und seine Zähne waren gefletscht wie bei einem Tier, als auch er sich auf die Knie rappelte. Jeannette spürte, wie er herankroch.

Sie holte mit dem gesunden Fuß aus und trat ihm, so heftig sie konnte, von unten gegen das Kinn. Sie hörte seine Zähne aufeinanderklacken. Der Rückstoß katapultierte sie ein paar Zentimeter nach vorne. Noch einmal streckte sie die Finger nach der Pistole aus, die nun beinahe in ihrer Reichweite war.

Galster rappelte sich auf. Seine Hand holte aus, blindlings fuhr sie durch die Luft, traf ihren Hinterkopf und verkrallte sich in ihren Haaren. Jeannette schrie wütend auf, als er zupackte und ihr den Kopf zurückriß. Sie gab dem Ziehen nach und rollte herum, konnte aber nicht mehr verhindern, daß er sich auf sie wälzte. Sie war außer sich vor Wut, trat und biß zu, als seine Hand sich über ihren Mund legte. Sie spürte sein Blut über ihre Zunge laufen und wurde fast irr vor Ekel. Aber er ließ sie los. Endlich konnte sie einen Griff ansetzen, um sich von seinem Gewicht zu befreien. Mit beiden Händen nahm sie dann seinen Kopf und knallte ihn gegen die Tischkante. Er krümmte sich zusammen und stöhnte. Jeannette schnappte nach Luft, spuckte aus und rappelte sich hoch. Alles um sie herum drehte sich. Aber da, da war die Pistole!

Jeannette warf sich darauf, umklammerte sie mit beiden Händen und fuhr gerade noch rechtzeitig herum, um sie Galster, der plötzlich wieder hinter ihr war, direkt auf die blasse Stirn zu setzen.

»Ieaahh«, entrang sich ihrer Kehle ein unartikulierter Schrei, und sie mußte alle Kraft aufbringen, um zu verhindern, daß sie abdrückte und schoß. Noch mal. Und noch mal. Und noch mal. Keuchend, mit aufgerissenen Augen, starrte Galster sie an. Blut marmorierte seine Haut und färbte seine Zähne, als er den Mund öffnete. »Miststück«, flüsterte er schwer atmend. Sie holte aus und schlug ihm den Knauf gegen die Schläfe.

Galster sackte zur Seite. Jeannette nestelte die Handschellen aus ihrer Tasche und schloß ihn an das Sofabein. Als das Möbelstück unter seinem Gewicht verrutschte und gegen die Wand knallte, fiel einer der Bruni-Drucke herunter. Es war das Liebespaar, das, ganz in den vielfaltig geknitterten Trenchcoat des Mannes gehüllt, glücklich Seite an Seite ging. Das Bild sauste auf Galster herunter und kam aufrecht in seinem Schoß zu liegen, so daß sich sein Kopf und Oberkörper dahinter verbargen. Nur die ausgestreckten Beine schauten darunter hervor.

Jeannette ließ ihn liegen, wo er war.

Sie humpelte hastig zu Regine, die noch immer an derselben Stelle lag, und suchte mit zitternden Fingern nach einem Puls, konnte aber keinen finden. Tränen schossen ihr in die Augen. Sie wischte sich mit blutigen Fingern über die Nase. Etwas tropfte auf Regine hinunter, die sich nicht rührte. Entsetzt schaute Jeannette sich um. Sie brauchte Hilfe. »Martin?« rief sie schrill.

Dann machte sie sich auf den Weg zur Küche. Es war endlos weit über den wankenden Boden, und die Küchentür wich ihr ein paarmal aus, als sie hindurchzugehen versuchte. Endlich hatte sie die Passage gemeistert und mit zitternden Fingern den Lichtschalter gefunden. Martin lag auf den weißen Fliesen, Arme und Beine grotesk abgewinkelt, neben ihm ein schweres Metallrohr, mit einem blauen Plastikschlauch umwickelt. Kleine Scherben knirschten unter ihren Füßen. Jeannette nahm es auf wie in Trance und betrachtete es, dann schüttelte sie den Kopf. Sie kam nicht drauf, wo sie so etwas schon gesehen hatte. Auch Martin rührte sich nicht, doch er stöhnte.

Das Telefon, fiel es ihr ein. Sie machte sich auf den langen Weg zurück ins Wohnzimmer, das ihr schaukelnd entgegenkam. Irgendwann schaffte sie es endlich zu wählen und sprach geistesabwesend in den Hörer. Beruhigt vernahm sie, wie sie einen Krankenwagen bestellte. Jetzt wurde alles gut. Sie sank an die Wand und rutschte langsam daran herunter. Etwas stach sie in die Hand. Es war ein Plastiknapf, der Rand als Katzenkopf mit Ohren und Schleifchen geformt.

»Kitschiges Scheißding«, sagte sie und übergab sich hinein. Im Fenster sah man den blauen Schein der Polizeilichter.

25

Jeannette kam wieder zu sich, als jemand versuchte, ihr das Metallrohr aus der Hand zu winden. Mit lallender Stimme klärte sie den Polizisten über die Bewandtnis auf, die es damit hatte. Dann verlangte sie, daß man ihr hochhalf. Sie wehrte den Arzt ab, der sich die Platzwunde an ihrem Kopf ansehen wollte, und bestand hysterisch darauf, daß er zuerst nach Martin und Regine sah. Als er ihre Einwände ignorierte, schlug sie nach ihm und beruhigte sich erst, als man ihr Martin zeigte, der bereits wieder aufrecht saß, allerdings mit dicken Mullpaketen an mehreren Stellen des Kopfes und einem zutiefst unglücklichen Gesichtsausdruck. Rotierendes Blaulicht zersplitterte den Raum in hektische Bilder, als ihre Blicke sich trafen. Martin senkte den Kopf.

»Eine Glanzleistung war das nicht.« Jeannette schaute auf und erkannte Paumgartner, der vor ihr stand, mit einem beigefarbenen Trenchcoat, die Hände in den Taschen. »Sie hätten Verstärkung anfordern sollen, ehe Sie rein sind.«

»Regine«, flüsterte sie nur. Sie starrte an ihrem Chef vorbei. Die Stelle auf dem Boden, zwischen Tisch und Sesseln, wo Regine gelegen hatte, war leer. Die Blutflecke wurden bereits schwarz.

»Auf dem Weg ins Krankenhaus«, brummte Paumgartner.

Jeannette hob den Kopf. »Heißt das ...?« Statt die Frage zu beenden, sprang sie auf, schlug die Hände fort, die sich ihr entgegenstreckten, und rannte zur Tür. Wie sie die Treppe hinunterkam, wußte sie später nicht mehr. Unten sah sie eben noch, wie Regine, mit zahllosen Schläuchen in den Armen und im Mund, in eine Ambulanz geschoben wurde. Ihr Gesicht war so bleich wie das Laken der Trage. Ein Sanitäter in grellem Orange trat ihr in den Weg, breitete seine Arme aus, um sie abzufangen, und verwehrte ihr, mit Regine in einem Wagen zu fahren. Schließlich bugsierten sie die sich verzweifelt wehrende Jeannette gemeinsam mit Martin in den zweiten.

Die ganze Fahrt über saß Martin mit hängendem Kopf da, das Gesicht in den Händen verborgen. Jeannette vermutete, daß Paumgartner auch mit ihm gesprochen hatte, doch sie schaffte es nicht, irgend etwas Tröstliches zu sagen. Ihre Gedanken rasten voraus mit dem ersten Krankenwagen. So streichelte sie nur stumm Martins Schulter und ließ den Notarzt gewähren, der an ihr herumpinselte und -klopfte und -klebte und -injizierte. Als der Wagen hielt, sprang sie auf und rannte zur Tür.

»He, wir sind hier nicht in ›Schweigen der Lämmer‹«, fuhr der Sanitäter sie an und packte sie am Arm. »Hier bestimmt der Arzt.« Jeannette nahm sich nicht die Zeit für eine Antwort. Heftig riß sie sich los. Draußen stand die erste Ambulanz, mit geöffneten Türen, leer wie ein ausgeweidetes Tier. Wo war ihre Freundin?

Ihre lästigen Betreuer fingen sie wieder ein und zwangen sie, sich mit Martin zusammen einigen Untersuchungen zu unterziehen. Erschöpft und gerädert, aber voll rasender Unruhe tappte sie danach durch die einsamen nächtlichen Krankenhausgänge. Sie traf eine Schwester, die ihr weiterhalf, und kam bis an die Tür des OP. Dort fing eine herauskommende Anästhesistin sie ab und führte sie zu einer Reihe Stahlrohrstühle in unmittelbarer Nähe des Kaffee- und Getränkeautomaten, der einen Jeannette ohrenbetäubend erscheinenden Lärm verursachte. Sie schloß vor Schmerz die Augen, ihre Lider vibrierten. Eine warme Woge, wie ein Glücksgefühl, lief durch ihren Unterleib. Die Schmerzmittel, dachte sie noch. Der Lärm des Automaten öffnete sein Maul und verschlang sie. Dann war sie eingeschlafen.

Als jemand sie weckte, war es bereits hell. Der Arzt wußte noch nichts Neues. »Gehen Sie nach Hause«, sagte er. »Wir rufen Sie an, sobald sich ihr Zustand stabilisiert hat.« Er ließ ihr ein Taxi rufen. Jeannette fuhr ins Büro.

»Was starrst du so?« fauchte sie Jochen Böhm an, der sofort den Kopf einzog. Paumgartners Sekretärin, die die Szene beobachtet hatte, kramte in ihrer Handtasche und hielt ihr wortlos den Schminkspiegel hin. Jeannette schlug ihn zur Seite. Dann telefonierte sie mit der Spurensicherung.

»Die Mordwaffe war ein Teil der Garderobe«, blaffte sie in den Hörer. Es war ihr inzwischen wieder eingefallen, wo sie so etwas wie das Metallteil, mit dem Martin niedergeschlagen worden war, schon einmal gesehen hatte: An Julia Steinerts Garderobe, dieser Installation aus Schrott und einem blinkenden Lichtband aus blauem Plastik und Glühbirnen. Ihr war, als hörte sie noch immer die Scherben unter ihren Füßen knirschen, sah für einen kurzen Moment das Bild von Martins verrenkter Gestalt aufblitzen. Ihre Schuld. Galster grinste. Sie schluckte. Ein Königreich für eine Cola.

»Wieso ist euch nicht aufgefallen, daß da was fehlte?« fragte sie zornig.

Die Antwort kam behäbig. »Bei dera modernen Kunst. Wie soll aans da wiss'n, ob was fehld odder ned?«

Jeannette knallte den Hörer auf. Sie schob alle Bedenken beiseite, ob das Koffein sich mit ihren Medikamenten vertragen würde, und ging zum Getränkeautomaten. Das ganze Büro schaute ihrem Hinken hinterher. Eine Weile starrte sie auf die Aufschriften der Schalter, die ihr mit einemmal nichts sagten. Sie neigte sich vor. Das Metall des Gerätes kühlte angenehm ihre Stirn.

Jemand tippte ihr auf die Schulter. Sie fuhr herum.

»Kann man sich nicht mal in Ruhe was zu trinken holen?«

»Du lehnst schon eine Viertelstunde hier«, sagte Jochen Böhm. Sein Gesichtsausdruck war so entwaffnend freundlich, daß ihr die Tränen in die Augen schossen. Sie schubste ihn mit beiden Händen beiseite. Im Büro würde sie nicht heulen.

»Geh heim«, rief er ihr nach. Die Stimme hallte ihr hinterher über den Flur. Jeannette lief schneller. Sie hielt die Tränen zurück, bis sie hinter dem Lenkrad ihres Autos saß, keine Sekunde länger.

Als sie wieder aufschaute, verriet ihr die blinkende Digitalanzeige der Uhr über dem Rückspiegel, daß es schon beinahe Mittag war. Der Tag sah nicht danach aus; sie wischte den Dunst ihres Atems von den Scheiben. Grauer Nieselregen aus einem drückenden Himmel schraffierte das Licht. Jeannette schniefte ein letztes Mal und drehte dann den Zündschlüssel herum. Sehr, sehr langsam chauffierte sie den Fiat vom Hof, irgendwie würde sie schon in ihrer Badewanne ankommen. Sie legte eine Vollbremsung hin, als wie aus dem Nichts, wie es ihr schien, zwei Fußgänger auftauchten, die sie durch die regennasse Scheibe entgeistert anstarrten. Jeannette fluchte, schaltete und verschwand mit quietschenden Reifen im Verkehr.

Stunden später plätscherte Jeannette noch immer im Bad ihrer bitteren Schuldgefühle, die kein Schaum und keine Lotion versüßen konnten. Sie drehte abwechselnd das heiße Wasser auf, bis ihr die Schweißperlen auf der Stirn standen, oder erhob sich, um das Fenster aufzureißen, um sich nackt im kalten Wind zu kühlen, der in ihr schwadenerfülltes Badezimmer drang. Nichts änderte etwas daran, daß sie sich elend fühlte.

Schließlich gab sie auf und tapste mit feuchten Füßen in die Küche, um sich einen Tee zu kochen. Im Fernsehen lief irgendeine Serie. Zwei Frauen fielen einander weinend in die Arme und gestanden einander ihre Freundschaft, Jeannette schaltete um. Zwei Rettungsflieger hasteten, geduckt unter kreiselnden Rotoren hindurch, zu einem Verletzten, der ihnen hoffnungsvoll entgegensah. Jeannette schaltete um. Eine Weile war sie bereit, sich die Dokumentation über Karettschildkröten anzusehen, bis der Sprecher erwähnte, daß die Tiere vom Aussterben bedroht waren, und Bilder sie ausgeweidet in der Hand ihrer Schlächter zeigten. Jeannette schaltete ab.

Sie rief abwechselnd im Krankenhaus und im Revier an. Martin war entlassen worden und zu Hause. Von Regine nichts Neues. Jeannette zögerte lange, die Nummer ihres Partners zu wählen. Er würde ihr Vorwürfe machen oder nach Regine fragen. Beides konnte sie jetzt nicht ertragen. Mit angstvoll pochendem Herzen hörte sie auf das Tuten in der Leitung. Es war Josef, der sich schließlich meldete. »Er schläft«, sagte er.

Jeannette bedankte sich kurz und legte auf. Blieb nur das Warten. Sie hielt einen Moment inne. Dann schmiß sie die Tasse an die Wand und stieß dabei einen markerschütternden Schrei aus. Ernüchtert schaute Jeannette zu, wie die Teetropfen die Wand hinabliefen und dabei braune Spuren hinterließen. Es dauerte eine Weile, bis sie bemerkte, daß es an der Tür klingelte.

»Ja?« fragte Jeannette unwirsch.

Vor ihr stand ein junger Mann, den sie noch nie im Leben gesehen hatte. Er trug einen geflochtenen Weidenkorb in der Hand. Hinter dem Gitter, das die Öffnung versperrte, erkannte Jeannette rötliches Fell.

»Romeo!« rief sie und griff nach dem Behälter, den der Mann ihr bereitwillig überließ. »Ist er ...?« Sie strich über das Fell, das stumpf und verklebt war. Romeos Zunge hing aus seinem Maul. Er sah aus wie ein mißhandeltes Stofftier.

»Ich dachte, ich bringe ihn vorbei, nachdem zum vereinbarten Termin niemand kam, um ihn abzuholen.« Der Fremde steckte die Hände in die Taschen seiner Windjacke und betrachtete sie interessiert. »Ehrlich gesagt war ich auch ein bißchen neugierig. Es gibt nicht viele Leute, die bereit sind, fünfhundert Euro für eine herrenlose Katze auszugeben.«

»Er ist nicht herrenlos«, sagte Jeannette schroff. Sie nahm das Tier heraus und drückte es heftig an sich. Dann schaute sie erschrocken auf. »Ich sollte ihn vielleicht schonender behandeln?«

»Legen Sie ihn in sein Körbchen«, riet der Mann und nahm den Korb auf. »Darf ich?« Umstandslos schob er sich an ihr vorbei in die Wohnung. Jeannette folgte ihm mit Romeo auf dem Arm und dirigierte ihn ins Wohnzimmer, wo außer Regines Couch und Anlage jetzt noch ein Kratzbaum und ein Körbchen standen. Beides hatte ihre Freundin angeschafft, sie hatte kaum mitbekommen, wann. Wieder traten Jeannette die Tränen in die Augen. Halbblind bettete sie das Tier auf seine Kissen.

»Behalten Sie ihn im Auge«, riet ihr unbekannter Besucher. »Er wird nach dem Aufwachen noch etwas taumelig sein. Bieten Sie ihm etwas zu trinken an. Aber keine Milch. Und passen Sie auf, daß er sich nicht an der Wunde herumbeißt.«

Jeannette mußte lächeln. »Wie denn«, sagte sie und schniefte. »Er hat ja keinen einzigen Zahn.« Der folgende Laut hätte ein Schluchzen oder ein Lachen sein können.

Der Mann lächelte. Er kraulte den ausgeknockten Kater hinterm Ohr. »Er hat in seinem Leben schon eine Menge gesehen, was?« fragte er sanft. Dabei schaute er sie an.

Jeannette schluckte. Zum ersten Mal bemerkte sie seine braunen Augen, das Kopfschütteln, mit dem er sich die Strähnen aus der Stirn schüttelte, manchmal, sein George-Clooney-Lächeln. Im selben Moment fiel ihr ein, daß sie ihre alten, ausgeleierten Jogginghosen trug, strähnig nasse Haare hatte, rotgeweinte Augen und Blutergüsse im Gesicht. Und nach schlechtem Gewissen stank. Sie hätte ihn gerne ebenfalls angelächelt, aber sie konnte einfach nicht. Sie hatte nicht die Kraft dafür. Was zuviel war, war zuviel.

»Es tut mir leid«, fing sie unbeholfen an. »Aber das ist gerade ein ganz schlechter Zeitpunkt.« Sie schwieg. Es war wohl nur gerecht, daß das Schicksal ihr einen Traummann schickte, wenn sie nicht anders konnte, als ihn abzulehnen. Wenigstens hatte sie so Gelegenheit, ihre Fehler zu sühnen.

Er stand auf und betrachtete sie nachdenklich. Irgendwie hatte sie das Gefühl, daß er ihre Bemerkung besser verstand, als ihr lieb war. Dann griff er in seine Jacke, zog seine Brieftasche heraus und reichte ihr eine Visitenkarte. »Falls sich irgendwelche Probleme ergeben«, sagte er. »Das hier ist die Nummer der Klinik. Und hier erreichen Sie mich privat.« Er wendete die Karte in ihren Händen und tippte mit dem Finger darauf.

»Dr. Philipp Gläser«, las sie, »Tierarzt«. Sie schaute auf und begegnete seinem Blick.

»Sie sollten ihm nicht erlauben, Sie so zu behandeln«, sagte er ernst. Dann ging er.

Jeannette hob die Hand mit der Karte und öffnete den

Mund. Aber sie sagte keinen Ton. Als es wenige Augenblicke später erneut klingelte, stürzte sie zur Tür.

»Sie müssen nicht glauben …«, setzte sie an. Dann prallte sie verdutzt zurück. Draußen wartete Siegfried Messingschlager, Kriminalkommissar aus Bayreuth. Ein paar Augenblicke und einen Kuß lang war sie in ihn verliebt gewesen. Aber er hatte sich für Regine entschieden. Ein halbes Jahr hatten die beiden zusammengelebt, ehe ihre Freundin ihn verließ. Und nun stand er vor der Tür.

Aus seinen struppigen Haaren tropfte Wasser, ebenso aus dem Dutzend Rosen, das er in der Hand hielt. Das vorschriftsmäßig abgewickelte Seidenpapier hielt er in der Linken, die sich immer wieder nervös um die knisternde Kugel ballte. »Wo ist sie?« fragte er.

Jeannette hatte nicht mehr die Kraft, noch einmal im Krankenhaus anzurufen. Sie setzte sich auf Regines Sofa und angelte sich den Kater aus dem Korb, der leise zu maunzen begonnen hatte. Sie lehnte sich zurück, hielt ihn auf Brusthöhe und streichelte ihn mechanisch, wieder und wieder. Sie starrte an die weiße Decke, während sie Siegfrieds Stimme lauschte, die erst angespannt klang und dann ruhiger wurde und nur noch »Ja« sagte, »ja?« und wieder »ja«.

Der Kater stank überhaupt nicht mehr, er roch unvertraut nach Medizin.

Schließlich hörte sie, wie Siegfried auflegte. Sie hob den Kopf leicht und schaute ihn an, konnte aber seinen Blick nicht deuten.

»Sie lebt«, sagte er. Jeannette ließ den Kopf sinken und schloß die Augen. Dennoch quollen Tränen daraus hervor, eine nach der anderen. Es war ihr egal, daß sie Flecken auf der teuren Wildledercouch hinterließen. Ein keuchender, angestrengter Atemzug hob ihren Brustkorb, und sie drückte den protestierenden Kater glücklich an sich. »Sie lebt«, flüsterte sie Romeo ins Ohr, »alles wird gut.«

Siegfried ging zum Fenster hinüber und schaute in den Regen hinaus. »Aber sie wird vielleicht nie wieder laufen können.«

26

Kriminalkommissarin Dürer nahm nicht an den Verhören von Galster teil. Paumgartner hatte ihr Urlaub verordnet, den sie zwar nicht annahm, aber sie war ebenso wie Martin raus aus dem Fall. Nur einmal auf dem Flur am Getränkeautomaten hörte sie, wie Zametzer sich darüber ausließ, daß Galster damit geprahlt hätte, er hätte ihr, Jeannette, und den Steinerts, als sie am Mordtag bei ihm im Wohnzimmer saßen, den Kaffee mit Katzenmilch angeboten. »Und keiner hätte was gemerkt«, sagte er.

Einer der Zuhörer schüttelte den Kopf. »Perverse Sau. Dabei hat er kurz vorher das Mädchen geschlachtet.«

»Hat's denn geschmeckt?« fragte Zametzer mit erhobener Stimme über den Kopf seines Gegenübers hinweg, als er Jeannette bemerkte.

Sie schüttete ihm ihren Tee ins Gesicht und ging. Kommentarlos räumte sie ihren Schreibtisch und fuhr ins Krankenhaus, um Regine zu besuchen, wie jeden Tag. Es waren quälende Stunden, da Regine sich ganz in sich zurückzog und vor allem nicht über das Vorgefallene sprechen wollte. Jeannettes wiederholte Versuche, Galster zu erwähnen, blockte sie vollständig ab, bis Jeannette irritiert schwieg. So kannte sie Regine nicht: so schweigsam, so introvertiert, so feige. Nein, nicht feige, korrigierte sie sich beschämt: eingeschüchtert. Und du bist schuld dran. Also redete sie über Kino und Bücher, doch zum ersten Mal klang das zwischen ihnen beiden wie Gespräche über das Wetter, unbeteiligt, hohl und falsch. Es war zum Verzweifeln. Schließlich verstummte sie ganz und griff nach der Hand ihrer Freundin, die diese ihr überließ. Nach einer Weile spürte sie einen sanften Händedruck. Sie schluckte ihre Tränen hinunter und sagte: »Natascha hat Joachim übrigens zurückgenommen. Hast du es gehört?«

Regine nickte. »Sie war gestern hier. Aber er wollte lieber auf dem Flur warten.«

»Er fürchtet eben deinen kritischen Geist«, sagte Jeannette und lächelte aufmunternd.

Regine schaute aus dem Fenster. »Mehr ist auch nicht geblieben.«

Das tat so weh, daß Jeannette aufsprang und den Arm um sie legte. »Warte es ab«, flüsterte sie der Freundin ins Ohr, die sich sanft von ihr wiegen ließ. »Warte es ab.«

Auch Siegfried versuchte bei seinen Besuchen, sie optimistisch zu stimmen. Aber Regine wollte vorerst nichts darüber hören, daß irgendwelche Fortschritte erzielt würden oder Hoffnungen bestünden. »Macht nichts«, sagte sie bitter, wenn man sie trösten wollte. »Ich war eh gerade in einer Phase, in der ich seßhaft werden wollte.«

»Sie ist müde«, versuchte Jeannette es Siegfried zu erklären, den so viel mangelnder Kampfgeist verärgerte. »Sie ist zutiefst verschreckt. Laß ihr Zeit!«

Siegfried Messingschlager schüttelte den Kopf. »Wie kann man nur?« fragte er zähneknirschend. »Wie kann man nur nicht gehen *wollen*?«

»Mit dir?« fragte Jeannette und erntete einen bitterbösen Blick. Versöhnlich nahm sie ihm die roten Rosen aus der Hand, die Regine keines Blickes gewürdigt hatte. »Ich gehe dafür mal eine Vase suchen«, sagte sie und senkte ihr Gesicht auf die Blüten. »Mm, Baccara.«

»Und was machst *du* so den ganzen Tag?« wollte Martin von ihr wissen, der sie zu Hause abholte und ins Sushi-Glas ausführte, als er am anderen Tag erfuhr, daß sie ihren Urlaub doch noch genommen hatte.

Jeannette tunkte eine der Reisrollen in die Sojasoße. »Ich jogge, surfe ein bißchen im Internet.« Sie zuckte mit den Achseln.

»Klingt gar nicht nach dir«, meinte Martin, und sie wurde rot.

»Ach weißt du.« Einen Moment lang erwog sie, ihm die Sucht zu beichten, die sie nach den Flirtplattformen im Netz gepackt hatte. Schließlich hatte er dieselben Erfahrungen gemacht, diese Ich-Überschreitung, den Rausch des folgenlosen Aus-sich-Heraustretens. Aber dann ließ sie es bleiben. Es hatte in ihrem Fall zuviel von einer Bußübung. Dort im Netz gab sie sich hart und ein bißchen vulgär und genoß es wie eine Geißelung, als hülfe das dabei, das schlechte Gewissen auszutreiben, das sie quälte. Oder dabei, die Visitenkarte von Gläser zu vergessen, die unter der Schreibunterlage verborgen vor sich hin glühte und deren sie sich im Moment einfach nicht würdig fühlte, irgendwie. Es wäre ihr schwergefallen, das alles zu erklären.

»Darf ich dich etwas fragen?« sagte sie statt dessen. Es hatte ihr auf der Seele gelegen, seit Jonas ihr davon erzählt hatte.

Martin hob die Augenbrauen. Jeannette sah, daß noch immer einige der schwarzen Fäden aus seiner Kopfhaut ragten, da, wo er nach Galsters Schlag genäht worden war. Sie stopfte sich das Sushi in den Mund und kaute ausgiebig darauf herum. Dann spülte sie mit einem Schluck Jasmintee nach.

»Jonas hat mir gesagt«, begann sie, um dann zu zögern. »Daß Josef sich mit dem Gedanken trägt, Vater zu werden.« Sie hielt beinahe den Atem an.

Martin tippte unentschlossen mit den Stäbchen an seine

Sushi-Stückchen, entschied sich dann für das mit der Süßwassergarnele. »Hm«, sagte er nur.

»Und du«, fragte sie atemlos, »du billigst das?«

Martin kämpfte mit dem glitschigen Reis. »Was soll ich sagen«, brummte er. »Mir persönlich reicht ja die Familienarbeit, die wir für deine Schwester leisten, dicke. Allein die ellenlangen Gespräche, die ich mit Jonas nach unserem Kampfeinsatz geführt habe.« Er schaute auf und zwinkerte ihr zu. »Aber ich denke, jetzt ist er wieder in der Spur. Hängt'n bißchen viel am Computer, doch im großen und ganzen ...« Er schob sich ein weiteres Sushi in den Mund.

Jeannette nickte ungeduldig. »Und Josef ...«, soufflierte sie schließlich, um ihn auf ihr eigentliches Thema zurückzubringen.

»Ja, so.« Martin griff nach der Serviette. »Wenn er unbedingt will.« Er kaute.

Jeannette war aufs höchste gespannt. »Und die« – sie hätte beinahe gesagt anderen – »Frauen stören dich nicht?«

Martin schaute sie an. »Die meisten sind ganz in Ordnung. Wollen ein Kind ohne den Beziehungsstreß. Und finden es ganz gut, einen Vater zu kriegen, der sich engagieren will, aber liebestechnisch auf Distanz bleibt.« Er kaute. Dann traten ihm die Tränen in die Augen. Mitfühlend legte Jeannette ihm die Hand auf den Arm.

»Zuviel von dem grünen Zeug«, keuchte Martin, als er wieder zu Atem kam, und wies auf die Paste, die als kleines Häufchen neben dem eingelegten Ingwer lag. Er tupfte sich mit einer Serviette den Schweiß von der Stirn. Für einen Moment konnte Jeannette sein Gesicht nicht sehen.

»Trotzdem muß man natürlich drauf achten, daß die Chemie stimmt«, fuhr er fort und nahm einen großen Schluck Bier. »Man spendet ja nicht jeder seinen Samen, oder?«

Jeannette fiel ein Stein vom Herzen. Samenspende! Daß

sie darauf nicht von selbst gekommen war! Josef und Martin ging es gut. Keine Experimente, keine Iris Steinerts. Wenigstens hier war alles gut. »Nein«, sagte sie und schüttelte den Kopf. »Vermutlich nicht.«

»Genau«, sagte Martin und kaute weiter. Vor lauter Freude gab Jeannette ihm eins ihrer Sushis ab.

Zurück zu Hause, setzte Jeannette sich im ersten euphorischen Schwung an den Computer, um wieder einmal ihrer neuen Leidenschaft zu frönen. Sie nahm Romeo auf den Schoß, der schon wieder munter durch die Wohnung humpelte und ihr die Krallen in die Oberschenkel schlug, als sie keine Anstalten machte, sein Betteln um Futter umgehend zu beantworten. Mit einer Gestankwolke verabschiedete er sich aus dem Raum. Doch was Jeannette den Atem nahm, war die Botschaft ihres unbekannten Chatpartners auf dem Bildschirm.

»Will dich treffen«, stand da, »und alles mit dir machen, was du vorgeschlagen hast.«

Sie schluckte.

»Bin verrückt nach dir«, erschien dann noch. »Komm diese Nacht.«

Jeannettes Hals fühlte sich mit einemmal trocken an. Sie tastete nach der Visitenkarte unter der Plastikunterlage, konnte sich aber nicht vorstellen, wie sie dort anrief und ihren Namen nannte. Sie hatte ja nicht einmal mehr genug Speichel, um zu schlucken.

Sie hob die Finger und tippte etwas. Schlagartig wurde sie rot, ihr Gesicht glühte. Dabei fühlte sie sich so frei wie schon lange nicht mehr. Bei der Frage »Zu dir oder zu mir?« zögerte sie noch einmal und schlug, einen letzten Funken Vernunft aktivierend, ein Treffen in einem Lokal vor. Die Bar, die er nannte, kannte sie. Sie bestätigte. Ihr Blick fiel auf Siegfrieds

Baccaras, die noch immer aufrecht und heimatlos in ihrer Vase standen. Sie schlug eine rote Rose als Erkennungszeichen vor, wartete auf die Bestätigung, küßte Romeo hinters Ohr und machte sich auf zu ihrem Wagen.

Während der Fahrt hatte sie die Musik bis auf volle Lautstärke gedreht, während die Nacht vorbeisauste. Surreal, dachte sie, komplett surreal das Ganze. Es konnte einfach nicht wahr sein, was sie da tat. Und genau das genoß sie. Gleich würde sie dieses komplett andere Wesen sein, diese Frau, die Worte in die Tasten hieb, die Jeannette Dürer nicht einmal laut auszusprechen wagte, die Dinge tun würde, die diese Jeannette nie für möglich gehalten hätte. Sie würde sich hineinstürzen, besinnungslos, in diesen Sündenpfuhl, dieses Purgatorium, das ihr Erniedrigung und Genuß zugleich war, und sich die Qualen der letzten Wochen aus dem Leib schwitzen. O Gott, dachte sie überdreht, während sie spürte, wie ihre Haut brannte, ich hätte nie gedacht, daß ich so katholisch sein könnte. Sie parkte gewagt in einer Halteverbotszone des Parkplatzes und ging dann auf die Kreuzung zu, auf deren anderer Seite das Kino und das Lokal lagen. Wieder mein verheißungsvolles Schwarz, dachte sie, als sie die Fassade des Manhattans betrachtete. Aber diesmal, diesmal würde tatsächlich etwas geschehen. Sie ging vorbei bis zum Eingang des Bogarts. Rauchgeschwängerte Luft und Klaviertöne waberten ihr entgegen, als sie schwungvoll die Tür aufstieß. Dahinter Gedränge, Gesichter, wie Blitzlichter. Prickelnde Abgründe.

»Jeannette!«

Ihr Name war das letzte, was sie hier zu hören gehofft hatte. Mit schlechtem Gewissen fuhr sie herum. Es dauerte eine Weile, bis es ihr gelang, Stimme, Gesichtszüge und Namen einander zuzuordnen. In ihrer Erregung flatterte alles durcheinander.

»Tanja«, stieß sie schließlich hervor und strich sich hastig über die heißen Wangen. Jetzt wußte sie, was Iris Steinert damals gemeint hatte, als sie sagte: »Ich dachte, ich leuchte wie eine Ampel.«

»Höchstpersönlich«, entgegnete ihre Schwester ein wenig verwundert, aber gutgelaunt und schüttelte den Kopf.

Hinter ihr war ein Mann aufgestanden, der Jeannette im ersten Moment obszön erschien. Den Kopf voller Sex, konnte sie nicht anders, als ihn sich nackt vorzustellen, mit keuchendem Atem, die feuchten Lippen geöffnet, um sie auf ihre eigenen zu drücken. Sie mußte sich schütteln, um die Vision loszuwerden. Sein Mund war in der Tat auffallend rot unter dem schwarzen, gut gepflegten Musketierbärtchen. Er war groß und massig, ohne dick zu sein, von aufmerksamkeitsgewohnter Präsenz. Aber er war beileibe kein Faun, sogar eher distanziert in seiner Höflichkeit.

Jeannette erinnerte sich ihrer Manieren und grüßte ihn. Aber obwohl er überhaupt nicht ihr Typ war, hatte sie es schwer, die Bilder abzuschütteln, daß er und sie sich nackt umeinander schlangen. Ekel und Erregung ließen ihren Atem noch immer hastig ein und aus strömen.

Tanja musterte sie mißtrauisch. »Hat Mutter mit dir gesprochen?« fragte sie schließlich streng.

Das Wort wirkte auf Jeannette wie ein Eisbeutel. »Mutter?« stammelte sie und fuhr sich verlegen durch die Haare. »Nein, warum?«

Tanja zuckte theatralisch mit den Schultern. »Du kennst sie doch, dauernd schnüffelt sie hinter mir her. Wenn du versprichst, ihr nichts zu verraten …«

Mechanisch hob Jeannette eine Schwurhand. Sie wurde sich der Rose in ihrer anderen bewußt und versteckte sie hinter ihrem Rücken.

Tanja trat einen Schritt näher an sie heran. »Ich habe wieder mit dem Studium angefangen«, sagte sie triumphierend. »Medizin. Wenn Mutter das erfährt, fällt sie tot um.« Sie lächelte. Dann legte sie die Hand ihrem Begleiter auf den Arm. »Das ist Herr Professor Meinecke. Er ist mein Semester-Tutor und Studienberater.«

Jetzt erst entdeckte Jeannette hinter dem Paar die anderen Begleiter, die an den beiden zusammengeschobenen Tischen sitzengeblieben waren. Es waren etwa genauso viele junge Frauen wie Männer, die meisten Anfang Zwanzig oder jünger. Jeannette sah einen Jungen mit schmutzigblonden Dreadlocks und einem gestreiften Fischerhemd, einen Brillenträger mit kantigem Schädel, einen schmalen, hochgewachsenen Typ mit tiefliegenden, dunklen Augen und knochigen Händen und zwei oder drei nette Jungs, frisch aus der Schule. Zu ihrer Erleichterung hielt keiner von ihnen eine rote Rose in der Hand.

»Das«, stammelte sie, »das ist ja toll. Ehrlich.« Es kostete sie alle Kraft, einen Kommentar zustande zu bringen.

»Kein Wort zu Mutter, oder du bist tot«, wiederholte Tanja gutgelaunt. »Ich werde ihr das selber beibringen. Klar?«

Jeannette nickte. Dennoch fuhren Tanjas Augenbrauen kritisch in die Höhe. »Und wen haben wir denn da?« fragte sie spöttisch. »Ist heute etwa Familientreffen?«

»Hi, Mama«, sagte Jonas, verschränkte die Hände hinter dem Rücken und heftete den Blick starr auf die Tischplatte.

Jeannette fuhr herum. Aber es war zu spät; er hatte die Rose, die sie an ihr Kreuz gepreßt hatte, sicherlich gesehen. Und sie konnte ihren entsetzten Blick nicht von den beiden blutroten Blütenblättern abwenden, die hinter ihm zu Boden fielen. Blutrot lagen sie auf den Dielen. Ihr war, als stünde darauf in glühenden Lettern jedes der Worte, die sie einander in den letzten Tagen geschrieben hatten. Hastig murmelte sie irgend etwas und stürzte hinaus, gefolgt von den Blicken ihrer kopfschüttelnden Schwester.

Draußen rannte sie eine Weile, dann lief sie langsamer. Ein Zug fuhr donnernd vorbei. Sie schloß ihr Auto auf und ließ sich schwer atmend auf den Sitz fallen. Mit offenem Mund starrte sie auf die Signallichter am Rande der Bahn. Dann, erst leise, dann immer lauter, begann sie zu kichern. Sie schnappte nach Luft, konnte gar nicht mehr aufhören. Es war der reinste Krampf. Jeannette Dürer lachte aus vollem Halse. Ich und mein Überwältiger, dachte sie, und es schüttelte sie vor Gelächter. Was für ein Sündenfall!

Wenn ich das Regine erzähle, fiel es ihr ein, und hielt einen Moment japsend inne, wenn ich *das* Regine morgen erzähle, dann lacht sie sich kaputt. Und dann schossen ihr übergangslos die Tränen in die Augen. Den Kopf auf dem Lenkrad, weinte sie, genauso heftig, wie sie zuvor gelacht hatte. Um Regine, um sich selbst.

Der Wagen stand noch lange auf dem Parkplatz, nahe den Schienen. Züge brausten fauchend vorbei, die Schritte und Rufe später Heimkehrer klangen laut durch die feuchte Luft in die Nacht. Von drinnen war kein Laut zu hören, keine Bewegung wahrzunehmen. Die roten Lichter auf dem Kamin des nahen Stadtwerks glühten stumm wie ein Leuchtfeuer.

Danksagung

Mein Dank gilt vor allem zwei Katern: Leo dafür, daß ich seine Gestalt als Vorbild für die Figur des Romeo nehmen durfte, samt Zahnlosigkeit, Sabbern und Flatulenz, dennoch wird er heiß geliebt. Anton gebührt Dank dafür, daß ich aus seiner Krankengeschichte zitieren durfte. Gesundheit und ein langes Leben, Anton.

Menschen ist in diesem Sinne nicht zu danken, da all die Liebeswirren, die im Laufe der Handlung geschildert werden, selbstverständlich niemandem je zustießen und alle Ähnlichkeiten bis auf die rein zufälligen wie immer gründlich von mir getilgt wurden. Sonstige Fehler tilgte Dr. A. Palme, wofür ich ihm sehr verbunden bin.

Boris Akunin: »Ein kriminell guter Schriftsteller.« F.A.Z.

In kürzester Zeit gelangte Boris Akunin in Rußland mit seinem Serienhelden Fandorin zu legendärer Popularität. Meisterhaft spielt er mit Versatzstücken der russischen Literatur wie des klassischen Detektivromans. »Akunin erzählt in bester russischer Tradition, grotesk wie Gogol, dunkel wie Dostojewski, unterhaltsam bis zuletzt.« DIE WOCHE »Seit Doktor Shiwago ist Erast Fandorin der erste russische Romanheld, den Hollywood haben will. Sherlock Holmes, Maigret, James Bond, aber mit russischer Seele.« ARD-KULTURREPORT

Fandorin
Moskau 1876: Im Alexandergarten erschießt sich aus unerklärlichem Grund ein Student. Der 19jährige Fandorin, begabt, unwiderstehlich und als Detektiv frisch im Dienst Seiner Kaiserlichen Majestät, wird stutzig – hinterlassen doch alle Opfer ein ansehnliches Vermögen. Fandorins unerschrockene Ermittlungen führen in rasantem Tempo von Moskau über Berlin und London nach St. Petersburg, vom Selbstmord eines Studenten zur Aufdeckung einer Weltverschwörung.
Roman. Aus dem Russischen von Andreas Tretner. 289 Seiten. AtV 1760

Türkisches Gambit
1877: In seinem zweiten Fall ist Fandorin für den russischen Geheimdienst in der Türkei unterwegs, mit der Rußland zu dieser Zeit im Krieg steht. An der bulgarisch-türkischen Grenze begegnet er Warja, die in den Kriegswirren ihren Mann sucht. Um nicht zurückgeschickt zu werden, wird sie Fandorins Gehilfin. Die beiden geraten in die Schußlinie internationaler Geheimdienste.
Fandorin ermittelt . Roman. Aus dem Russischen von Renate und Thomas Reschke. 245 Seiten. AtV 1761

Mord auf der Leviathan
Seinen dritten Fall löst Fandorin auf dem Luxusschiff »Leviathan«, mit dem er 1878 unterwegs nach Japan ist. Dort begegnet er Kommissar Gosch, der versucht, ein Jahrhundertverbrechen aufzuklären: In Paris wurden Lord Littlebee, sieben seiner Bediensteten und zwei Kinder ermordet.
Fandorin ermittelt. Roman. Aus dem Russischen von Renate und Thomas Reschke. 280 Seiten. AtV 1762

Weitere Informationen erhalten Sie unter www.aufbau-verlag.de oder in Ihrer Buchhandlung

AtV

Fred Vargas:
»Es ist unmöglich von Vargas nicht gefesselt zu sein« Die Zeit

Die schöne Diva von Saint-Jacques
Im Garten der Sängerin Sophia im Pariser Faubourg St. Jacques steht eines Morgens ein Baum, der am Tage zuvor noch nicht da stand. Niemand hat ihn gepflanzt. Zwei Tage später ist Sophia spurlos verschwunden. Ihr Nachbar Marc, ein junger Historiker, beginnt den Boden unter der kleinen Buche aufzugraben und stößt auf einen uralten Haß, der beinahe auch ihn das Leben kosten wird.
»Eine vielversprechende neue Stimme des europäischen Kriminalromans.« Der Tagesspiegel
Kriminalroman. Aus dem Französischen von Tobias Scheffel. 288 Seiten. AtV 1510

Der untröstliche Witwer von Montparnasse
Mathias, Marc und Lucien, die drei »Evangelisten« aus der »Schönen Diva von Saint-Jacques«, haben einige Monate später ihren nächsten Fall am Hals. Ihr Freund Louis Kehlweiler, Ex-Inspektor des Pariser Innenministeriums, versteckt einen mutmaßlichen Frauenmörder in ihrem Haus, von dessen Schuld er nicht überzeugt ist. Doch schon am nächsten Morgen steht das Phantombild des Mörders in allen Zeitungen.
»Es ist unmöglich, von Vargas nicht gefesselt zu sein.« Die Zeit
Kriminalroman. Aus dem Französischen von Tobias Scheffel. 278 Seiten. AtV 1511

Es geht noch ein Zug von der Gare du Nord
Auf Pariser Bürgersteigen erscheinen über Nacht mysteriöse blaue Kreidekreise, darin liegt stets ein verlorener oder weggeworfener Gegenstand. Keiner hat den Zeichner je gesehen, die Presse amüsiert sich, niemand nimmt die Sache ernst. Aber eines Nachts geschieht, was Kommissar Adamsberg als einziger befürchtet hat: es liegt ein toter Mensch im Kreis.
»Wer Donna Leon liebt, wird Fred Vargas vergöttern.« P.S., Zürich
Kriminalroman. Aus dem Franz. von Tobias Scheffel. 212 Seiten. AtV 1512

Bei Einbruch der Nacht
Ein Wolfsmensch, so sagen die Leute, zieht nach Einbruch der Dunkelheit mordend durch die Dörfer der provenzalischen Alpen. Der halbwüchsige Sohn eines Opfers und ein wortkarger Schäfer nehmen die aussichtslose Verfolgung auf. Ein urkomisches Roadmovie und eine zarte Liebesgeschichte um die schöne Camille und Kommissar Adamsberg aus Paris.
»Prädikat: hin und weg.« WDR
Kriminalroman. Aus dem Franz. von Tobias Scheffel. 336 Seiten. AtV 1513

Mehr Informationen über Fred Vargas erhalten Sie unter www.aufbau-verlag.de oder bei Ihrem Buchhändler

AtV

Schwester Fidelma ermittelt. Keltenkrimis von Peter Tremayne bei AtV

Der Historiker und Romancier Peter Tremayne gilt gegenwärtig als einer der wichtigsten Botschafter der alten keltischen Kultur. Im 7. Jahrhundert, einer Zeit zunehmender Auseinandersetzungen zwischen dem frühen Christentum der Kelten und der Kirche Roms, löst Schwester Fidelma die schwierigsten Kriminalfälle. Sie ist eine Nonne von könglichem Geblüt und gleichzeitig Anwältin bei Gericht. Damit hat die kluge und selbstbewußte junge Frau eines der wichtigsten Ämter im Lande inne. Ihr treu zur Seite bei vielen ihrer gefährlichen Abenteuer steht Bruder Eadulf, ein angelsächsischer Mönch von großer Toleranz.

Die Tote im Klosterbrunnen
Irland 666. In einer Schwesternabtei findet man im Klosterbrunnen eine junge Frau, nackt und enthauptet. Unter der wohlgeordneten Oberfläche in der Abtei stößt Schwester Fidelma auf allerlei Ränke, Eifersüchteleien, ja sogar Haß. Noch viel undurchsichtiger ist das Verhältnis der Äbtissin zum Herrn der Festung in unmittelbarer Nähe.
Historischer Kriminalroman. Aus dem Englischen von Bela Wohl. 440 Seiten. AtV 1525

Der Tote am Steinkreuz
Als man Schwester Fidelma nach Araglin ruft, um die Morde am dortigen Fürsten und seiner Schwester aufzuklären, scheint über die Schuldigen kein Zweifel zu bestehen. Doch schon auf dem Weg in die Berge geraten sie und ihr Begleiter, der angelsächsische Mönch Eadulf, in einen Hinterhalt.
Historischer Kriminalroman. Aus dem Englischen von Friedrich Baadke. 387 Seiten. AtV 1527

Tod in der Königsburg
Aus dem Kloster Imleach sind Reliquien verschwunden, die für Irland Symbolcharakter tragen. Mit Geschick und scharfem Verstand gelingt es Schwester Fidelma, einer Gruppe von Verschwörern auf die Spur zu kommen.
»Spannung und Humor – das ist die unwiderstehliche Mischung dieser irischen Krimis.« NDR
Historischer Kriminalroman. Aus dem Englischen von Friedrich Baadke. 429 Seiten. AtV 1528

Tod auf dem Pilgerschiff
Schwester Fidelma ist nach Iberia mit einem Pilgerschiff unterwegs, das in einen furchtbaren Sturm gerät. Nach dem Unwetter stellt man fest, das Schwester Muirgel wahrscheinlich über Bord gegangen ist. Trotzdem beginnt Fidelma nach ihr zu suchen, und bald entdeckt sie Muirgel in ihrer Kabine: mit durchschnittener Kehle.
Historischer Kriminalroman. Aus dem Englischen von Friedrich Baadke. 411 Seiten. AtV 1529

AtV

Geschichten von starken Frauen: Heldinnen bei AtV

LISA APPIGNANESI
In der Stille des Winters
»›In der Stille des Winters‹ ist ein Thriller für alle, die sich an Henning Mankells Büchern erfreuen, weil sie Muße haben für viel Atmosphäre und nachdenkliche Momente.« NORDDEUTSCHER RUNDFUNK
Roman. Aus dem Englischen von Wolf-Dietrich Müller. 412 Seiten. AtV 1812

LISA HUANG
Jade
Das exotische China zu Beginn des 20. Jahrhunderts: Jade führt als Tochter eines hohen kaiserlichen Beamten ein behütetes Leben. Der Tod ihres Vaters jedoch markiert das jähe Ende ihrer Kindheit. Während das Kaiserreich durch heftige Unruhen erschüttert wird, verliert ihre Familie beinahe all ihren Besitz. Jade muß heiraten, um sich in den Schutz einer neuen Familie zu begeben, doch stellt sich ihr angeblich wohlhabender Mann als opiumsüchtig und bettelarm heraus.
»Besser kann man Geschichte nicht erzählen.«
NÜRNBERGER NACHRICHTEN
Roman. Aus dem Amerikanischen von Wolfgang Neuhaus unter Mitwirkung von Michael Kubiak. 576 Seiten. AtV 1759

PHILIPPA GREGORY
Die Schwiegertochter
Elizabeth ist die perfekte Schwiegermutter. Nur leider hat ihr Sohn Patrick mit Ruth nicht die perfekte Schwiegertochter geheiratet. Was bleibt Elizabeth da weiter, als sich selbst um Patricks Wohlergehen zu kümmern, vor allem aber um das ihres kleinen Enkels Thomas. Für Ruth wird ihre mehr als gutgemeinte Fürsorge bald zum Alptraum.
»Ein Gänsehaut machendes Psychodrama.« JOURNAL FÜR DIE FRAU
Roman. Aus dem Englischen von Ulrike Seeberger. 400 Seiten. AtV 1649

GILL PAUL
Französische Verführung
Nach einem wunderschönen Wochenende in der Bretagne verschwindet Jennys Geliebter Marc spurlos. Ein New Yorker Privatdetektiv arrangiert für sie ein »zufälliges« Zusammentreffen mit ihm. Doch vor Jenny steht ein Fremder. Wer aber ist der Mann, den sie liebt? Die Geschichte einer Obsession verbindet gekonnt Kriminalistisches, Erotisches und politisch Brisantes zu einem hochspannenden Roman.
Roman. Aus dem Englischen von Elfi Schneidenbach. 412 Seiten. AtV 1796

Mehr Informationen erhalten Sie unter www.aufbau-verlag.de oder bei Ihrem Buchhändler

AtV

Gefühlvoll und stark. Frauen bei AtV

MERRILL MARKOE
Mein Geburtstag und andere Katastrophen
An ihrem Geburtstag zieht sie Bilanz und muß wieder einmal feststellen, daß sie dem großen Glück kein Stück näher gekommen ist. Doch im nächsten Jahr soll alles anders werden – sie wird zum ersten Mal die Männer verstehen, wird mit ihren exzentrischen Eltern zurechtkommen und endlich begreifen, warum ihr Ex-Lover ihr immer noch Blumen schickt. Aber natürlich kommt alles anders.
»Ein perfektes Geschenk für alle Frauen.«
PUBLISHERS WEEKLY
Roman. Aus dem Amerikanischen von Ursula Walther. 234 Seiten. AtV 1901

BARBARA VOORS
Klaras Tagebuch
Saskia van Ammer führt ein glückliches Leben, bis ein Unfall ihre mühsam verdrängte Vergangenheit wieder wach werden läßt: Erinnerungen an einen Todesfall und an ihre Zwillingsschwester Klara, die seit zehn Jahren verschwunden ist. In den schwedischen Schären warten nicht nur Klaras Tagebücher auf sie, sondern auch Kriminalinspektor Adolfsson.
»Ein spannendes Buch von einer jungen Autorin, die wirklich eine Geschichte erzählen kann.«
MARIANNE FREDRIKSSON
Roman. Aus dem Schwedischen von Gisela Kosubek. 302 Seiten. AtV 1835

VONNE VAN DER MEER
Inselgäste
Ein Häuschen auf einer Insel im Wattenmeer. Die Saisongäste geben einander die Klinke in die Hand. Und was sie nicht alles treiben! So manches Mal wünschte sich die Putzfrau, daß die Wände reden könnten. Doch ihr Wunsch bleibt unerfüllt. Zeuge jener Träume und Geheimnisse, die die Gäste im Haus »Dünenrose« mit sich herumtragen, wird allein der Leser.
»Unbedingt im Strandkorb lesen – oder im Ferienhaus.« MARIE CLAIRE
Roman. Aus dem Niederländischen von Arne Braun. 197 Seiten. AtV 1840

BARBARA KROHN
Rosas Rückkehr
»Ich habe dieses Buch nur zum Essen und Schlafen aus der Hand gelegt.« INGRID NOLL
Rosa Liebmann kehrt nach fast zwanzig Jahren zurück nach Deutschland. Während sie auf den Zug in ihren Heimatort, das Ostbeebad Scharbeutz, wartet, entdeckt sie ihre Mutter in den Armen eines fremden Mannes. Doch damit nicht genug: Auf ihrem ersten Spaziergang an der Ostsee findet sie ihren Vater, den stadtbekannten Herzensbrecher, erschossen in seinem Strandkorb.
Roman. 278 Seiten. AtV 1941

AtV